JN245947

青森の文学世界

〈北の文脈〉を読み直す

The Literary World of Aomori

青森の文学世界

〈北の文脈〉を読み直す

The Literary World of Aomori

郡千寿子
仁平政人
編著

目次

はじめに

仁平　政人

私の郷土は、本州の東北端に位する津軽である。物は乏しいが、空は青く、雪は白く、林檎は赤く、女達は美しい国である。私の日日はそこで過され、私の夢はそこで育まれた。

――石坂洋次郎(1)

しかし、青森が私をつくった。青森には、私の体験や少年時代だけが「残されてある」ような気がする。

――寺山修司(2)

「わが青森県の風土は、中央作家と地方作家とを問わず、近代以降に限ってみても、比較的多くの文人を生んでいる」――今から六十年ほど前、小山内時雄氏（故人、元弘前大学名誉教授）は、雑誌『郷土作家研究』の「創刊の言葉」をこのような一文で始めている(3)。この小山内氏の言葉は、例えば青森県近代文学館で常設展示の対象とされる十三名の作家

――佐藤紅緑、秋田雨雀、葛西善蔵、福士幸次郎、石坂洋次郎、北村小松、北畠八穂、高木恭造、太宰治、今官一、三浦哲郎、長部日出雄、寺山修司――の実に多様な顔ぶれを見るだけでも、容易に首肯されるだろう。この言葉に続けて、小山内氏は地方の文学に「新しい探求の目」を向けることが、「中央偏重」の「固定化」した文学史・文学研究を問い直し、「近代日本文学の歴史的な背景を認識する」ことにつながると主張しているが、この提言が持つ意義は、文学研究の状況が大きく変容した今日も失われていないように思われる。

ところで、青森出身の文学者の豊富さは、その土地（「風土」）と文学との間に本質的なつながりを見るような言説にも、しばしば結びついてきたと見られる――たとえば「厳しくも自然豊かな青森の風土が文学を育んだ」、あるいは「津軽の「反骨」気質が葛西善蔵や太宰治の文学の背後にある」、などというように。そうした見方は、最初に掲げたような作家たちの郷里への思い入れある発言によっても、裏打ちされるように見えるかもしれない。

だが、少し慎重に考えれば、地方（「風土」）と文学とを直結させるような見方には、幾つもの問題があるということも確かだろう。すなわち、そのような視点のもとでは、近現代の文学を形づくる多様な文脈（「中央」＝東京との関係はその最たるものだ）も、青森（また津軽・南部・下北など）という地域の中にふくまれる不均質性や歴史的な状況も、往々にして等閑視されてしまう。そしてそうした本質主義的な視点は、「地方」に対する表象・イメージが、どのような力学のもとで生み出されてきたのかという点も、不問にしてしまう危うさを持っている。小説家・今官一は「芸術家を、そこで生まれたというだけで、郷土へ丸ごと抱え込むのは危険である」(4)と述べているが、この言葉は忠告として今日でも傾聴に値すると言えよう。

以上を踏まえるならば、青森の文学に「探求の目」を向けることとは、地方と文学とを「丸ごと」結びつけるような視点から離れ、あくまで個々の文学者の活動や作品を検討し、そしてその「青森」との多様な関係性について、具体的な文脈のもとで問うことを措いて他にないように思われる。文学者たちの青森に対するまなざしもまた、このような見地から読み解かれるべきものに他ならない。

＊

本書は、青森県出身の文学者のうち八名を取り上げて、多様な観点からのアプローチを通して、その文学の意義・魅力をとらえることを試みた論集である。なお、太宰治・寺山修司については弘前大学出版会から別に論集が刊行されており、本書では扱わない。

本書の概要は以下の通り。

舘田勝弘「陸羯南の文学観念の形成」は、明治期を代表するジャーナリストである陸羯南の人生を辿り、新聞が「上の文学」であった時代における彼の文学との多面的なかかわりを、またその文学観のあり方を論じる。

山田史生「感想其他　佐藤紅緑『ああ玉杯に花うけて』」は、旧弊な「立志小説」とも読まれうる佐藤紅緑の少年小説『ああ玉杯に花うけて』について、哲学的な視点を交えて柔軟に読み解き、その魅力の所在を明らかにする。

尾崎名津子「敗戦直後の秋田雨雀　―占領下の郷里とのかかわり―」は、秋田雨雀の津軽への疎開時代に光を当て、当時の彼の多様な活動と、その占領下の青森の状況に対するまなざしを詳細に明らかにする。

竹浪直人「葛西善蔵「雪をんな」論　―弘前の雪女伝承を起点に―」は、葛西善蔵の初期短編「雪をんな」について、これまで明らかにされてこなかった弘前の雪女伝承との関わりを詳細に明らかにするとともに、その近代小説としての意義について分析を行う。

ソロモン・ジョシュア・リー「幻の蝶を追いかけて　―高木恭造・満洲・マイナー文学―」は、方言詩で著名な高木恭造について、特に満州時代の小説を取り上げ、「マイナー文学」という観点からその特性と意義を論じる。

戦後のベストセラー作家・石坂洋次郎については次の二つの論考を収める。

森英一「石坂洋次郎「老婆」改訂の意味」は、葛西善蔵の名義で発表された短編「老婆」に、石坂が戦後になって加えた改訂を詳細に検討し、そこから戦後の石坂の立場をとらえる。

また、**郡千寿子「『若い人』と『青い山脈』の色彩世界」**は、日本語学の立場から小説『若い人』・『青い山脈』における色彩語の使用について分析し、太宰治との比較も交えて、その特性と石坂文学の一般的なイメージとの関係性を考察する。

仁平政人「「場外れ」のモダニストの射程 ―今官一論序説―」は、今官一の文学の方法をモダニズム文学という文脈をふまえて概観し、特に「アイヌ」をモチーフとする小説を取り上げて、その特性について分析を行う。

鈴木愛理「三浦哲郎「盆土産」の教材としての可能性」は、三浦文学の国語教科書への採録状況の検討とともに、中学校の定番教材となってきた「盆土産」について詳細に分析し、その多様な読みの可能性を明らかにする。

巻末の**櫛引洋一「青森文学案内」**は、青森出身・ゆかりの主要な四〇名の文学者を取り上げ、その相互のつながりや、文学団体との関わりも含めてコンパクトに紹介する。本書で取り上げる八名の文学者に関する情報も、こちらをご参照いただきたい。

*

本書副題の〈北の文脈〉という言葉は、青森の地方文学研究の成果として名高い、小野正文氏の著作『北の文脈―青森県人物文学史』(5)の題から借りたものである。「明治以降の日本の、青森県という地域に限って、それが一世紀を越える歩みの中で、どのような文学者が出生、成長し、作品を生産し、それが、史的な位置を与えられ、保存、定着しているか、また、いかに多くの人たちが、文学者たらんとして、挫折し、瓦解し、その足跡は、時間とともに、記憶と記録の中から消去されてしまったか」という歴史的な動態を「追求し、発掘」する営為として、長期間の調査を通して約二〇〇人もの文学者（文学関係者）の基本情報を詳細に明らかにしたこの労作は、青森の文学を論じるための基盤として揺らぐことのない意義をもつ。そして、そうした調査のもとで提示される小野氏の視点も、今日なお多くの示唆を含んでいるように思われる。(7) だが、何より印象的なのは、同書において小野氏が、「地方文学史の全体像」や「伝統と風土からの影響」を語ることにあくまで慎重であろうとしている（むしろ、膨大な調査を通して、それを語ることの困難をこそ明かしている）ということだ。小野氏は自らの営為を、「涯しない奥行ある山岳図」をスケッチブックに描きつつ、「近くの丘を散策」し、「遥かな峰」に仰ぎ見るような具体的な歩みとして語っている。そしてそれは同時に、「過去の先達」からの「現在と未来に託する呼びかけの声を聞きとる」(8) 試みでもあったのだと。

本書が取り上げる対象は、もとより少数の、比較的知名度の高い文学者にとどまっている。ただ、本書に示される多様なアプローチは、ごく限られた範囲の文学の「散策」＝探求ではあれ、個々の作家・作品に対する見方を更新し、その世界を新たに辿るための道筋や文脈を提示するものであることは確かだと考えている。

本書が読者にとって、青森の文学に触れる契機となり、またささやかにでも「現在と未来」の思考を触発することがあるとすれば、それに勝る喜びはない。

注

（1）石坂洋次郎「あとがき」（『わが日わが夢』中央公論社、一九四九年七月）

（2）寺山修司「私と青森」（初出未詳、引用は『寺山修司著作集』第4巻（クインテッセンス出版、二〇〇九年三月）による）

（3）小山内時雄「創刊の言葉」（『郷土作家研究』創刊号、一九五九年一〇月）

（4）今官一「津軽の生んだ文学者たち」（『津軽　文学と風土への旅』学習研究社、一九七七年六月）。今は同じ文章で、津軽に生まれた作家が持ちうる「特権」とは、その土地を「現実としてよりも、抽象思念のものとして」――すなわち〈故郷〉というフィクションとして――考えられることと以外にはないと言う。

（5）『北の文脈―青森県人物文学史』全三巻（北の街社、一九七三〜一九八一年）、『続　北の文脈―青森県人物文学史』（北の街社、一九九一年一二月）

（6）小野正文「はじめに　風土と文学」（『北の文脈―青森県人物文学史　下巻』所収）

（7）例えば、小野氏は青森の文学者をとらえる上で、東京という「不思議な坩堝」の影響とともに、北海道との「親和」的な関係を重視する視点を提示する（「はじめに」、『北の文脈―青森

県人物文学史　中巻』所収)。歴史的な視点を交えれば、それは、津軽を「〈日本〉と〈アイヌ〉の双方と関係性を持ちながら、〈吾等〉として自己形成していった人々の郷土としてとらえる」近年の河西英通氏の見解(「津軽という郷土」、『国文学　解釈と教材の研究』第五三巻第一〇号、二〇〇八年七月)とも接続できると考えられる。

(8)以上、引用は前掲「はじめに　風土と文学」による。

I

陸羯南

陸羯南の文学観念の形成

舘田　勝弘

一　はじめに

陸羯南は、明治期を代表するジャーナリストである。その羯南が、社長兼主筆として活躍した新聞『日本』は、大新聞に組み込まれていた。大新聞は、政論を中心とする新聞を言い、羯南が著した社説や論説は硬文学と言われる文学に属した。一方の、政治よりも社会文化を中心とする小新聞は、軟文学の範疇に組み込まれていたのである。

羯南は、明治維新を本州最北に位置する弘前藩士の子として迎えている。羯南は、明治の激動の中で、いかにして知識教養を身につけ、これをいかに活用していったか。羯南の生涯を、文学観念の形成の視点で見て行く。

二　中田家

陸羯南（中田実）は、安政四（一八五七）年十月十四日、弘前藩士中田謙齋と妻なほの長男（戸籍では二男）として陸奥国弘前・在府町二十二番地に生まれた。中田家は、御近習坊主や御茶道頭、御坊主頭などを務め、金十五両四人扶持の給禄であった。この金給を禄高に換算すれば、金十五両が八十俵、四人扶持が十八俵となり、都合九十八俵となる。中田家の金十五両四人扶持は、百石の禄高に相当するわけである。

真島芳恵氏は、中田家について「代々藩主の側近くに仕えて任務をこなしているところからみても、藩主からの高い信頼を得ている家であり、教養やしきたりを厳しく仕込まれる家という位置づけであったことが推測できる。」という。(1) ところが、藩校稽古館に学ぶことができるのは禄高百五十石以上の上級藩士の嫡子で、羯南は藩校に入ることはできなかった。

これが、明治新政府の施政によって、弘前藩士の生活が大きく変わっていく。明治二年六月、版籍奉還となり、明治三年八月に父謙齋はお役ご免となる。明治四年、弘前藩が実施した帰田法により一家は在府町から狐森（板柳村在）に移住するが、直後に廃藩置県となり実質帰田法が廃止され、一家は弘前町隣の清水村に移っている。(2)

こうした激動の中で羯南はどのような教育を受けたか。羯南が幼少年期に受けた教育を語る「青年社会の弊」を、次に引用する。(3)

士族の子弟は家庭教育に於て既に『君国の為め』と云ふことを教へられたり、内心には生活の前途を苦慮しながらも、兎に角『君国の為め』と云ふ口実を以て世の中に泳ぎ出つるなり、是れ社会組織の変更せしにも拘らす養育法は猶ほ前代の惰力を保つか故なり、

羯南は「幼少の時より『国の為め君の為め』」という士族の家庭教育を受けたことを語っている。恐らく四書五経の素読から始まったであろう。同じ士族の子弟で、羯南と竹馬の友であった伊東重の回顧談を見る。(4)二人は同じ安政四年生まれであった。「私は明治三年の春頃から珍田君（引用者注　珍田捨己）のお父さんに皇朝史略を習ひに行つたが此の本は支那の十八史略に対する皇朝史略である。寺子屋を終へてから習ひに行つたのだから、今で云へば中学一年程度位と見たらよからう。」と述べている。藩医の子であった伊東は、「慶応元年、九才のとき、大工町にあった原子という学校に入門し、さらに相良町の黒滝学校に転じ、慶応元年まで四書五経の素読を習っ」たという。(5)続いて、明治三年には、寺子屋に通い、さらに珍田捨己の和学者の父から講義を受けたわけである。羯南を伝える資

料はないが、伊東と同様に私塾や寺子屋に通ったと思われる。『青森県教育史第一巻』(6)には、弘前町の私塾や寺子屋の指導者等が現れている。在府町にも二つの寺子屋が見える。

また、羯南の本家中田家に「山鹿語類」写本四十五巻があり、稲葉克夫氏によると、これを本家の同年輩の子等と読み合ったという。「「山鹿語類」の説く士道の道徳的責務は、羯南の生涯を貫いたもので」あった(7)という。

三　私塾思斉堂

明治三年十一月、弘前藩は藩校の改革を行い、入学許可の範囲を広げて藩士子弟を選抜している。四年の春、藩校は弘前敬応書院となり、弘前の最勝院に英学と漢学の漢英学寮を、青森の蓮心寺に英学のみの英学寮を置いた。青森には教師として長島貞次郎と吉川泰次郎（引用者注　のち泰二郎）が慶応義塾から招かれて来ている(8)。先の伊東は、弘前で珍田捨己や佐藤愛麿らとともに英学を学び、一戸兵衛は漢学を学んだ。廃藩置県のため、青森の英学寮は廃止され、生徒は弘前の学寮に合併する。その後は、弘前の旧大名屋敷に漢学と英学とに分かれて学んだが、明治五年八月の学制頒布により廃止されている。

ところで、羯南はこの敬応書院に入ったのかを確かめることができない。明治四年、羯南は馬屋町の工藤（旧姓古川）他山ほか四名が教える思斉堂に入塾する。思斉堂は漢学と習字を教えていた。この思斉堂入塾については、『羯南文録』[9]の鈴木虎雄編「羯南先生年譜」明治四年の項に次のように見えているのが根拠である。

　是の年弘前下町の古川塾に入り、古川他山を師とす。嘗て詩を賦す、風濤自二鞨羯南一来の句あり、師の賞する処となる、因て羯南を以て号となすといふ。

羯南が、古川塾即ち思斉堂在学中に作った詩句「風濤鞨羯《ふうとうまっかつ》ノ南自《よ》リ来ル」（烈風は中国鞨羯《まっかつ》の南の地から我が国に吹いて来る）を他山に賞められ、のちに「羯南」と号するようになったという。

明治五年となり、羯南は思斉堂の後身である私塾向陽館に学んだようである。向陽館は上白銀町にあり、同じく工藤他山が塾長であった。塾は漢学と算術を教えた。学制頒布により、向陽館も廃止となるが、授業は東奥義塾開校直前まで続いていたようである。

羯南と他山との師弟関係を示す羯南詩「悼他山先生并序」を見る。[10] 漢詩「悼他山先生」の後半に、「経術一州真博士。文章五郡老先生。奥東耆宿多衰謝。今日誰支風教傾。」とある。読みは、「経術は一州の真の博士。文章は五郡の老先生。奥東の耆宿多く衰謝し、今日誰か支へん、風教の傾くを。」となる。

以下に該当部分の通釈を表す。

先生は我が国における経書の研究者として真の博士であった。先生は、津軽の地で長く漢詩漢文を教導してきたのであった。今や先生はこの世になく、先生の教えを受けた津軽の先生達も衰えてしまった。一体誰がこれを救ってくれるのであろうか。この詩は、師である他山の遺徳を偲んだものである。

四　東奥義塾

羯南は、明治六年二月、私立東奥義塾へ入学する。東奥義塾ははじめ希望者をすべて受け入れた。東奥義塾は成田五十穂と吉川泰次郎の連名（ともに慶應義塾出身）で私学東奥義塾設立の申請を出している。明治五年十一月に文部省の認可があり、翌六年二月に開校した(11)。

開校時の教員は、塾長にあたる幹事が兼松石居（漢学）、副幹事が菊池九郎、成田五十穂で、一等教授が吉川泰次郎（のちに日本郵船会社社長）、鎌田文治郎、須藤寛平、寺井純司、須郷元雄で、そのほか二等・三等教授がいた。外人教師はチャルズ・H・H・ウォルフであった。羯南は、すでに十七歳であり、下等生の級に入ることは考えられなく、上等生のいずれかの級に入ったものと思われる。上等生のカリキュラムには幾何、代数、算術や史学、地学、窮理学などのほか、文法、作文、読み方などの英学があり、この英学を吉川（六年八月まで勤務）やウォルフ（六年十二月まで勤務）に学んだものと思われる。幹事は漢学の兼松であるが、漢学の教科はなく、「東奥義塾は、『文部省第二年報』から記載されているが、明治十一年に私立中学校になるまで、私立外国語学校としての存在であった。」のである。(12) 学友には、のちの外交官珍田捨己、同じく佐藤愛麿、医師・衆議院議員伊東重、陸軍大将一戸兵衛らがいた。

五　宮城師範学校

羯南は、明治七年に東奥義塾を退学し、宮城県仙台の官立宮城師範学校に進んだ。宮城師範学校は明治六年八月十八日に設置され、同年十一月十七日に開校している。小学校教員養成の学校で、卒業後は、各県の師範学校の教官や県内教員の指導教員となるのである。この学校を選んだのは、学生に官費が支給されるためで、中田家の経済的困窮から進んだ道であった。師範学校生に毎月八円から十円の官費が支給されたのである。

ところで、宮城師範学校の入学資格は、前述の稲葉克夫氏によると、初め二十五歳以上であったが、明治六年十二月には二十歳以上三十五歳までと改正されている。したがって、十八歳の羯南の入学は、特別の配慮であった。羯南の入学時期ははっきりしないが、稲葉氏は、第一回生十五名が明治七年八月に卒業したあと、同年九月に欠員補充のため二十五名の生徒募集をした時としている。全寮制度の師範学校のカリキュラムには、史学、数学の時間数が多い。教科に文学が見えるが、漢学なのか英学なのかそれとも和学なのかはっきりしない。初代校長大槻文彦の膝下にいたのは入学からわずか五ヶ月の間であった。

羯南とともに宮城師範学校に学んだ相川勝蔵に「羯南逸事」がある。(13) 相川は、宮城師範学校時代の羯南を、頭脳が優れていて、そのため格別勉強しなくても進級できた、と回想している。明治九年二月頃、羯南と春日慶之進（仙台出身）、相川（米沢出身）の三人が、卒業を目前にして、第二代校長松林義規（慶應義塾出身）の方針に抗議したために、退校処分となっている。

羯南らは、上京して官立東京師範学校に転入学をしようとしたが、宮城師範学校から退学処分の報告が届いており、転入学は拒絶された。

六　司法省法学校と漢詩

明治九年三月、羯南は司法省法学生徒募集に応募した。志願者は二千人以上あったが、七月、書類選考した三百四十三人に、入学試験と身体検査が行われた。入試問題は白文『論語』の読みと解釈、それに『通鑑綱目』に句点をつけることであった。試験の結果百名が合格した。九月下旬、法学校第二期生として入学したものは、百四人（四人は華族で自費入学したもの）であった。この法学校学生にも官費が支給された。六円支給のほかに、洋服、靴、帽子、下着も支給品であった(14)。

原敬が記した「法学生徒名簿」には入学試験合格者の順位が見える。原敬が二位、国分豁《とおる》（青厓）が十八位、中田実（陸羯南）が三十四位、福本巴（日南）が八十三位、大原恒忠《つねただ》（加藤拓川）が九十七位であった。寄宿舎の部屋割りは成績順による四人部屋であった(15)。

法学校は、フランス法律学専修で予科四年本科四年である。予科はフランス語を中心とする普通教育、本科はフランス語による法学教育が行われる。前述の原敬以下の五人は本科に進むことはなかった。予科の講義は仏人御雇教師ムリエらが行った。その授業はまことにきびしく、一週ごとに小試験を行い、各学年に第一期・第二期の大試験を行った。小試験は、会話、地理、歴史、暗記、和訳、数学など、十点満点の試験であった。

ところで、法学校はフランス語中心の学校であり、学生はフランス語の上達に鋭意努力した。が一方で、学生は漢詩漢文の上達に努力をした。これは、ある意味で当然なことと言える。先に触れたように、入学試験は漢文二題であったが、授業はフランス語による普通教育であり、日本語は真っ当な扱いをされていないところに、学生が漢詩漢文それに和歌の創作に精進する環境があったのである。

羯南に法学校時代の作品を収める漢詩集「第一集咳声余韻《がいせいよいん》」(16)がある。そのうち五言絶句一篇を見る。

吾心　　　　陸羯南

吾心堅如金。　吾が心堅きこと金の如し。
吾心淡如水。　吾が心淡きこと水の如し。
富貴豈可求。　富貴豈《あに》求むべけんや。
危難当有死。　危難《きなん》まさに死有るべし。
唯願一片名。　唯だ願はくは一片の名、
留在千載史。　留めて千載《せんざい》の史に在《あ》らんことを。

通釈を次に加える。

通釈　吾が心は金剛石のように堅く、吾が心は水のようにまたあっさりしている。地位や名誉は少しも望まないが、一旦、何かが起きた際には身を投げ出し死も恐れるものでない。ただ一つの願いは、百年の後の世に自分の名前が遺ることである。

加藤拓川の回想に、次のような記述が見える。(17)

> 陸の文筆は天品だ。学校時代から盛に詩を作り、少し興に入ると即座に長篇の五六首もやつたものだ。其頃僕も平仄も拈《ひね》くつて居たが、相手がヅン〱上達するので、自分の詩が自分ながらいやになり断然やめにした。其頃文章は未熟で僕等が添削した、是も一文ごとに進歩して、僅《わずか》の間に僕等を降服せしめた。書も同様だ、書生時代に横文字は上手であつたが、竪字は拙の方の様に思ふた。然るに別に習字もせずと、いつの間にやら能筆となり、晩年には誠に品のよい枯れた字が出来た。

拓川は、この法学校で学生同士がお互い漢詩文に切磋琢磨していった様子を述べている(18)のである。このことについては、羯南も「今昔感」で触れている。

> 今は十三年前の昔と為りぬ。青厓、日南、拓川などと同じ窓の下に書を読む、当時何れも弱冠の少年、十歳で神童二十歳で才子と呼ばれたるほどにもあらねど、自分免許の豪傑、抱負甚大なりき。今ま少し其棚卸しを始めん白シヤツの背に赤インキを以て忠肝義胆と記し岳武穆（引用者注　南宋の忠臣岳飛）を気取りたるは「青厓」なり、贋筆を以て商売にせよと評せらるゝ迄藤田東湖の書を学びたるは「日南」なり、洒々落々最も小品文に長じ自ら支那風の才子を以て任じたるは「拓川」なり、

とあり、さらに「居士（引用者注　私）も青厓に就て唐歌（引用者注　漢詩）を学ぶ」とも見える。こうして、漢詩文、さらに書について、特に言及していない和歌も含めてお互いに切磋琢磨していった様子が窺える。この仲間には、原敬（一山）も入る。

七　放廃社の人々

明治十二年二月、羯南ら十六人が賄《まかない》事件に関連して法学校から放校処分を受け、十六人は予科の中途で退学となったわけである。事件の当事者の一人拓川によると、原や羯南は直接賄事件に関わっていなかったが、学校側の厳罰に抗議して一緒に退学となったというのである。[19]放校処分の理由は、司法省の年報には学業不進歩のためと記録されている。[20]

放校された原敬、陸羯南、加藤拓川、国分青厓の四人は、同じ部屋に寄宿して、皆で新聞記者になるための就職運動をはじめている。[21]彼等は役人の道を断たれて、「今度は「民」の立場から国家政治に関係してゆくべく、新聞記者となることを目指した。[22]」この就職運動の中から「放廃社」が生まれた。ここでも、漢詩文が残されている。鈴木啓孝氏は、その漢詩文に「体制に同調しようとしない価値意識と、世の中がいかに乱れても自分一人は正道を守っていたい「衆酔独醒」の美意識」を見出している。[23]鈴木氏は、放廃社の一人羯南の「詩歌稿」が原敬『原文書四』に残っているとして、漢詩「賈生《かせい》」を紹介している。

この漢詩は羯南の漢詩集「第一集咳声余韻」にも収録されており、ここでは、『陸羯南詩通釈』(24)から引用する。

賈　生

青年楽事須相歓。　青年の楽事須く相よろこぶべし。
漢帝恩深遠放臣。　漢帝恩深くして遠く臣を放つ。
可是長沙不無酒。　長沙酒無きにあらざる可きも、
如何却学独醒人。　いかんぞ却って独醒の人を学ぶ。

通釈　青年時代を歓楽のうちに過そうとした賈生(引用者注　前漢の文人賈誼《かぎ》)ではあったが、漢の文帝は恩情が深く、彼を権臣の激しい糾弾から守るために、遠く長沙《ちょうさ》に追放するという非常手段を取った。ところで長沙には酒がないわけではないのに、どうして賈生は酔いに気を紛らそうともせず、却って独醒の人屈原を学んだのであろうか。

彼等青年が望んだ新聞記者とは、国家政治に関係するための一番の近道であったのである。

柳田泉は『明治初期の文学思想上巻』(25)で述べる。明治の初期（引用者注　明治十年代）

において、新聞記者は広い意味では文学者として扱われていた。明治初年代に自由民権運動の盛り上がりによって、新聞は政治論が主となっていくものと、社会的興味を目的とした新聞に分かれる。前者が大新聞、後者が小新聞と呼ばれた。大新聞は政治第一、文化がこれに次ぎ、小新聞は社会第一、人情これに次ぐ、というようになり、自然に大新聞は上の文学、小新聞は下の文学という区別がはっきりしていった。小新聞の記者は戯作者風の文学者であり、大新聞の記者は文学者、啓蒙家の範疇に入れられていた。当然、四人が目指したのも、大新聞の記者であったのである。

しかし、四人のうち拓川と羯南は、長期間の就職運動に堪えきれず、記者となる夢を捨てて帰郷した。原敬は、遅れて明治十二年十一月、政論新聞『郵便報知新聞』に入った。青厓は、民権派の政論新聞『朝野新聞』に入った。

八　『青森新聞』の編集長に就く

明治十二年の夏、羯南は郷里に帰った。まもなく、羯南は、「明治十二年九月八日親戚陸治五兵衛絶家再興願届」を村役場に提出して、中田から陸と姓を改めた。羯南は、二十二歳になっていた。絶家再興の願は、中田家より分家することであり、士族から平民の身分となることでもあった。陸の戸籍には、平民陸実と記載され、同じく「元当郡弘前

平民陸治五兵衛絶家再興」と書かれている。本籍地は、中田家と同じ清水村富田一二八番地となっている。(26)

同じ頃、羯南陸実は青森新町（現青森市）の眞文舎《しんぶんしゃ》（『青森新聞』発行所、青森県庁門際）に入社し、『青森新聞』(27)編集長となる。『青森新聞』は、十二年三月六日に創刊され、隔日発行の新聞であった。しかし、地方新聞『青森新聞』は政論新聞とは言えなかった。

入社当時、国家政治に関係する、国会開設運動が青森県内にも生まれている。青森新聞社はこの運動をどのように伝えたか。明治十三年二月十八日の『青森新聞』は、弘前の本多庸一らが国会開設を訴える「四拾余万同胞兄弟ニ告ク」を掲載している。発起委員の笹森要蔵、本多庸一、杉山龍江、菊池九郎、今宗蔵、館山漸之進、中田謙三らの名前を載せているが、『青森新聞』にこの運動を積極的に伝える姿勢は見られない。

三月二十七日、本多庸一、笹森要蔵、菊池九郎、小友謙三（引用者注　羯南が東奥義塾を中退するまで同居していた叔父）、羯南ら二十一名は青森町の蓮華寺で協議し、国会開設建白書を作成した。この建白書起草委員に羯南の名が見えている(28)が、羯南のその後についてははっきりしない。

明治十三年、羯南は中田家本家の中田敬太郎に宛てた手紙に、『青森新聞』に勤めた理由を述べている。「此の有名なる青森県下に新聞編集長たるは小子（引用者注　小生）も余り快哉《かいさい》の事に存せず、只負債の一件これ有る故、暫時潜屈《ざんじせんくつ》（引用者注　かくれる）まかりあり候。早く辛抱して出国仕りたく、日夜頓足（引用者注　じだんだ踏む）まかりあり、御推察あれ。」と、借金返済の為に就職した新聞社の編集長は、全く愉快な心持ちをもつことは出来ないと伝えている。(29)

同十三年五月二十九日、『青森新聞』に「去る廿四日弊社の実（引用者注　羯南）義は当警察署よりお呼出になり第二百一号新聞雑報欄内に弘前本町辺の或る医者殿の長女云々と記載したる一件で一応お調になりましたが又罰金ダローー」と出ている。さらに、楠美太素がこの一件で裁判所へ告訴する。これは、中田家と親戚である楠美太素が『青森新聞』編集長の羯南を訴えたことになるのであった。中田家にとってこれは由々しき問題であった。この雑報筆禍事件は、羯南を窮地に陥らせた。

六月二十五日から『青森新聞』に「編集長陸実」の名前がなくなり、羯南は『青森新聞』を発行する眞文舎を辞めている。

九　官営紋鼈製糖所に勤務する

青森新聞社から、東京の友人加藤拓川に、「弟（引用者注　私は）当年五六月の比《ころ》は必ず上京すべし」と伝え、(30)また、東京に住む竹馬の友伊東重にも、「何《いず》れ当夏迄には其地にて拝眉を可得と存候」と伝えていた。(31)

ところが、この年九月、羯南は北海道へ向かっている。羯南の漢詩集「第三集寒帆余影《かんぱんよえい》」は、北海道の体験を詠んでいる(32)。その「寒帆余影序」で羯南は述べる。十八歳の時、父の許しを得て志を実現しようと上京した。だが、六、七年の間努力をしたが、何も得るところなく故郷に帰ってきた。帰ってみれば、家は貧しく、父は年老いてしまった。二十四歳になったというのに、何も果たすことができないでいる。時に『大学』を読み、父に孝行ができない我が身を思ってしまう。一日も早く家産を手に入れるためには、郷里に長く足を留めることはできない。ここに、友人が勧める北海道に生活をする決意をした、と。

北海道行を友人の勧めで決めたとあるが、友人とは笹森儀助であった。羯南は笹森の紹介で北海道の官営紋鼈《もんべつ》製糖所に就職をしたのである(33)。

内務省が紋鼈の開拓村に、製糖所の設置を決めたのは、明治十二年十二月である。同十三年九月、羯南は官営紋鼈製糖所（内務省勧農局所管、勧農局局長品川弥二郎、所長山田寅吉）に採用された。羯南のフランス語の能力が評価されたのである。製糖に関係する機械はフランスから直輸入であり、機械の取扱説明等がフランス語であった。製糖工場の完成は、同年十二月であったが、羯南が儀助に宛てた手紙には、「当製糖処建築は昨年中に落成、当月中には開業の手順にも相成候」と二月近くなっても開業したとは言っていない(34)。

羯南の仕事は、フランス語の訳述が主なものであった。官営であり、高額な給料であった。しかし、青森よりもはるかに田舎の地には、心を許しあう友人はいなかった。「偶感」(35)は、紋鼈の生活を詠っている。

偶　感

眄瞥徒過廿四秋。
疎狂違俗客荒陬。
風雲寂寞池龍志。
山海隔離籠鶴憂。
載白在堂今何状。
紆朱満世希吾儔。
故邱未得計帰養。
落魄殊方猶壮游。

眄瞥《べんべつ》いたずらに過ぐ廿四秋。
疎狂《そきょう》違俗荒陬《こうすう》に客たり。
風雲寂寞《せきばく》池龍の志。
山海隔離籠鶴《ろうかく》の憂え。
載白《たいはく》堂に在って今何の状ぞ。
紆朱《うしゅ》世に満ちて吾が儔希《ともまれ》なり。
故邱《こきゅう》未だ得ず帰養を計るを。
殊方《しゅほう》に落魄《らくはく》してなお壮游《そうゆう》。

通釈　あちこち、ちらっちらっと見廻しながら徒に二十四年が過ぎた。疎狂の性格で世俗に合わぬところから、こんな僻地に身を寄せることとなった。池中の龍は風雲に乗り得ない寂しさをかこち、籠の中の鶴は広い山や海から隔離された憂えに沈んでいる。郷里の白髪の親は今どんな状態であろうか。世間には貴顕の名士があふれ、我が輩の仲間は至って少ない。郷里に帰って親の孝養するなど、今は出来そうもない。ままよ、異郷におちぶれたこの身だが、時には大尽遊びでもするとしよう。

この漢詩には、父への孝行の理念が色濃く現れている。

このように、これまで見て来た羯南の漢詩集「第一集咳声余韻《がいせいよいん》」や「第三集寒帆余影《かんぱんよえい》」などは、羯南の生前に公刊されることはなかったものの、羯南が自己を追求し表したまさに立派な文学作品であった。

松田修一氏によると、紋鼈製糖所は、明治十三年十二月に、製糖所の機械の試運転が行われたが、蒸気が噴き出し、その改修に手間取り、十四年三月まで一粒の砂糖も生産できなかったという。羯南も原料係の一員となり買い付けた甜菜六十七万貫は雪中で腐敗してしまったのである。(36)この失敗の責めは山田所長が一身に背負うことになる。こうした中、四月農商務省が設置され、紋鼈製糖所は農商務省工部局の所轄になった。この時、山田所長が更迭された。このため、羯南も製糖所を辞め、山田より先に上京した。

十　翻訳生活

北海道から郷里にも寄らず上京した羯南は、まもなく、品川弥二郎の庇護のもとで、フランス語の翻訳を専らとする生活を始めた。

明治維新ののち、西洋に学ぶための翻訳時代が起こり、明治十年代に入ってもこの翻訳時代が続いていた。

明治十四年七月、山田寅吉訳述の『甜菜《てんさい》製糖新書』（農商務省工部局・紋鼈製糖所藏版）が刊行されている。羯南は、山田寅吉訳述書の翻訳と編集を手伝っている。フランスに十年ほど留学した山田から、フランス語の実力が買われて翻訳を手伝ったものである。このような事情があって、山田から品川弥二郎へ、フランス語の翻訳者として羯南が推挙されたものと思われる。

さらに、明治十六年九月、仏蘭西クリノン・ウァスロー合著・大日本陸実訳『山林実務要訣』が刊行されている。羯南の最初の翻訳書は、農商務省庶務局所蔵本のフランス語訳で、山林造成に関する実用的な林学書であった。

十一　官僚生活

明治十六年六月、羯南は太政官御用掛に採用されて、役人となっている。官吏となる事情は、以下のようである。この前年十五年二月十二日付の品川弥二郎宛の手紙に、羯南は述べている。「仕官云々の義御話ニ相成、帰途熟《つ》ら〱考候処、実ニ御説の如く翻訳のみにては困入候故、御使用の途も有之候ハヽ、何分宜敷様御取計被遊度此段奉希望候。」とあり、品川は以前から羯南に仕官を勧めていたことがわかる。[37] やがて、品川の養女の夫で、文書局局長平田東助による直々の採用試験が行われた。平田の羯南に宛てた手紙によれば、試験は、複数の論文と書類の提出、それに外字新聞翻訳と面接であった。[38] その結果、羯南は、月俸（引用者注　月給）五十円の太政官文書局の役人となったのである。

当時の文書局は、『官報』発行のための部署であり、羯南が採用された翌月、『官報』第一号を発行している。この文書局刊行の『官報』は、省庁の政令や布達を掲示するだけでなく、省庁が収集した農工商情報や外国新聞を翻訳した外報等を掲載する報道内容であり、言わば政府の新聞という性格をもっていた。

明治十七年三月、羯南は、制度取調局御用掛の兼務となり、同年五月には制度取調局専任となっている。制度取調局は、憲法起草のために宮中に設けられた組織で、長官は伊藤博文、局長が井上毅《こわし》であった。井上が羯南に宛てた手紙がある。「別紙ボアソナド氏答議書、乍御休暇中、至急御翻訳被成下度候」とある。(39)フランス語が堪能であった井上が、羯南のフランス語の実力や法学知識を高く評価していたことがこれで知られる。同年十二月、羯南は太政官文書局に復したが、井上との関係は続き、翻訳を依頼されている。これが、同十八年九月に刊行されたビユフヲン（ビュフォン）著・井上毅訳『奢是吾敵論上下巻』であった。井上が羯南と室田充美の協力を得て、さらに品川弥二郎の勧めで刊行したものである。この内容について、有山輝雄氏は「奢侈が「恭敬の道と祖先の遺教」を失わせ、ひいては「国民の至徳なる其名誉及独立を保存する所以の愛国心を消滅」させることを警告し、奢侈への戒めを説いた内容である。」としている。(40)

同じ九月に、羯南は、ド・メストル（ジョセフ・ド・メストル）原著・陸実訳述『主権原論』を刊行している。奥付は、明治一八年九月一二日版権免許、訳述人青森県平民陸実、となっている。(41)これには、羯南による訳注が原注のほかに組み込まれている。ド・メストルは、ルソーの社会契約論を「妄謬」として斥ける。有山氏は、「ド・メストルは、『凡人類は君主政治の為めに生るゝ者なり』と汎論することを得べし」と断言し、君主政治の正当性は歴史によって証明されているとする。羯南も「君主政治を以て人類自然の政治とし、貴族民主の両政治を以て例外となすの意なり」と訳注を付け加え、「自然の政治」としての君主政治を強調した。」と述べている。(42)

ほかに翻訳したものとして、スタール氏著「法理沿革論原序」（個人蔵）「法理沿革論第一編第一款プラトンノ学派」（個人蔵）がある。ともに、太政官の罫紙に書かれている。これはドイツのシュタール著『法哲学史』の翻訳に取り組んだことの証拠となるものである。

こうした羯南の翻訳の仕事について、松田宏一郎氏は、「羯南はこれまで本格的に学問に取り組む機会を逸してきたが、この翻訳の仕事がいわば羯南にとっては貴重な学問的基礎となったのである。」と述べている。(43)

明治十八年六月、太政官制度は廃止となり、内閣制度が発足した。内閣総理大臣伊藤博文以下各大臣が任命された。文書局は官報局と改称する。官報局長が青木貞三、次長が高橋健三、編集課長が陸実であった。官報局は、掲載資料の精選などを行い、『官報』の部数拡張計画を立てた。さらに、新たに官報印刷所を設置した。明治二十年七月、井上馨《かおる》外相が進める条約改正案に、谷干城《たてき》農商務大臣が反対して辞任して、ついには、各国との条約改正交渉は無期延期となる。この谷らの主張に同調して、羯南は役人を辞めて在野の人になろうと決心する。こうして、官報局長が羯南の意に添わない人物に交替したのをきっかけに、明治二十一年三月十六日付けで、官報局編集課長を依願退職する。

ところで、文書局が官報局に再編されたとき、羯南は局編集課長になったが、局次長が高橋健三であったことは既に記した。羯南は高橋と思想信条において共鳴し、協力しあった。官報局を依願退職して、創刊した『東京電報』に高橋は協力をし、次に創刊した新聞『日本』にも協力をしている。

その高橋とともに始めたものに、我が国最初の「著書出版の批評を専門とする雑誌」『出版月評』[44]の刊行がある。明治二十年八月、高橋健三が呼びかけて、杉浦重剛《じゅうごう》や羯南が発起人となって刊行した雑誌であった。

『出版月評』創刊号の巻頭を飾ったのは羯南の「将来之日本（徳富猪一郎氏著経済雑誌社発兌）」である。羯南は貫宇迂史《かんううし》の筆名で、前年十月に発表された徳富蘇峰《そほう》の『将来之《の》日本』を取り上げた。

> 将来之日本は如何なる性質の著述なるやと云に、政治上経済上及び世態上よりして、我国の将来の成行きを推測したる一種の未来記なりと云も可なり。其大旨意を摘みて言へば、我日本は早晩生産的の国となるべし、平民的の世と為るべし、其積りにて今より覚悟すべしと云に外ならず。此結局の旨意を慥《たしか》めんが為め、此大要領を呑込ましめんが為に、著者は世界局面の表裏を駈廻はり、国の内外より種々の材料を取集め、到頭二百ページ以上の長文章を綴出せり。斯る長文章と雖も、之を読みて少も煩を覚へざるのみならず、今日の新聞紙面上一日分の論説さへ通読し兼る吾々も、覚へず知らずに読過して、尚ほ再読の念を生ずるに至れり。是れは強がち其論旨の面白ろきに

因るにあらずして、用語の巧者なると行文の達者なるとは、如何にも他の論説著述に於て見能はぬ手際なればなり。

蘇峰の『将来之日本』は時宜《じぎ》にかなったものであると高く評価したのである。羯南は、こののちも書評や論説「辞礼論　文辞と社交との関係」（明治二十一年八月、十三号）を載せた。羯南の書評や論説が新たに登場したのである。

十二　『東京電報』と文学

さて、羯南は、官報局を退職して一ヶ月もしない、明治二十一年四月九日、『東京電報』の社長兼主筆となった。これは、官報局の上司であった青木貞三が経営していた『東京商業電報』を継承・改組したもので、創設にあたって高橋健三や杉浦重剛が尽力し、谷干城が資金の援助をしていた。経済新聞を継承・改組したため、『東京電報』は社会・政治面を取りあげながらも、経済面に力を入れた新聞となった。

『東京電報』の最初（引用者注　『東京商業電報』から引き継ぐ通算第四七五号が、『東京電報』第一号にあたる）の社説は「実業者の政治思想及び改題の主意」であった。(45)

我が明治の時代は洵に清明の時代なり。夫の情実政治、模倣制度の如き不詳の事は吾輩決して之あるを見ず。然れども外交、内治、兵備、財務、教育並に地方制度の諸項に於て、吾人実業を主とする者と雖ども、尚ほ献替すべきもの少しと謂ふべからず。況や代議政体の基本将に二年を出でずして設立せられんとす。是れ古今の奇局、千歳の一時なり。夫れ憲法を製し政体を定むるは至難の事にあらずと雖ども、其国性に合し民情に適し国人をして永く其慶に頼らしむるの事は、豈其れ容易の業ならんや。帝室の威徳、人民の福利は共に損傷するを容れず。政府宰相の職権も亦妄に制限し難し。国家と各人との関係を調理して相偏傾なからしむるは当局者の任なりと雖ども、国人たる者亦た予め講究し之が計を為さゞるべからず。特に国家の要素たる実業社会は、後来之が利弊を感ずること極めて大なるが故に、最も深く意を留めざるべからず。

羯南は、二年も経ずに国会開設があり、憲法が制定されるのも間近かであり、「国人たる者亦た予め講究し之が計を為さゞるべからず。」と訴える。時に、「我商業電報は明治十九年の創刊に係り、元と商業上の報道を専一とする者なりと雖ども、商業を報道するには従て他諸般の事に亘るの必要あるに因り、昨年より以来は漸く普通の事項をも併載するに至れり。然れども題名猶ほ商業の二字を冠するが故に、編集及配布の上に於て今日益々其範囲の狭隘を感じ、遂に東京電報と改題することに一決せり。蓋し時勢の亦た已むを得ざる者あればなり。」とし、「新聞紙は敏速を以て其主用と為すと雖も、亦正確の基本体たることを忘るべからず。吾輩は此主旨に基き此方法に拠り、本日より以後日日紙上に於て読者と相見るの光栄を得んと欲す。」と宣言している。これはまさに、大新聞『東京電報』誕生の宣言であった。東京電報社は日本橋区蛎殻町に置いた。『東京電報』は、社長兼主筆の羯南のほかに、社員として、司法省法学校で放校処分を受けた放廃社仲間の福本日南《にちなん》と国分青厓《せいがい》がおり、これに国友重章《しげあき》が加わった。

また、羯南は社説「日本文明進歩の岐路」で、国民主義（「ナショナリチー《ママ》」の訳語として羯南が生み出した言葉）を唱えた。端的に言えば国家主義であるが、彼の国民主義は、西洋文明をすべて排斥するのでなく、日本文化にとっての「道理と実用」を標準として、外国文化を取り入れるというものであった（明治二十一年六月九日）。

次に、『東京電報』の社説「文学的勢力、定時刊行物の発達」を取りあげる。この社説で、社長兼主筆の羯南が文学の力を述べている。ここには、羯南が文学をどのようにとらえていたのか、が表れている。

文学は文明の母なり、文章は経国の大業なり。欧洲の文学は其学術を促して振興せしめ、其宗教を促して変革せしめ、又た其政治を促して改良せしめたり。我が国に於ても出版社会の勢力は、着々其歩を転じ、将に社会万般の事を促し、軽浮模倣の域を脱して正実なる基礎に就かしめ、特に政治上の運動をして其本領を得せしめんとせり。吾輩昨年以後の文事世界を通覧するに、学術に富み世勢に通ずる壮年の人士が、相ひ連結して文陣を張り、沈着優美の筆を以て政治上及社会上の批評に従事せり。又誠実練達の老政治家が、往々定期刊行物に依りて、其政義を公にするの勇断あるを見る。我国の文明は是より益々文学の力に因て発達すべく、我国の政況は是より将に一変せんことを予想するなり。（明治二十一年七月六日）

欧州では文学が学術を振興し、宗教を改革し、政治をも改良したという。我が国も出版界の発展により社会の変革がもたらされ、政治に大きな変化をもたらしている、というものである。明治二十年以降の定期刊行物として、民友社の雑誌『国民之友』創刊（明治二十年二月）や『反省会雑誌』創刊（明治二十年八月）、さらに政教社の雑誌『日本人』創刊（明治二十一年三月）、が想起される。また、西村茂樹の『日本道徳論』（明治二十年四月）や中江兆民の『三酔人経綸問答』（明治二十年五月）の刊行等もこの文意に即したものと思われる。

羯南は、この社説で、「文学は文明の母なり、文章は経国の大業である」としてあらゆる文章をすべて文学ととらえており、その力を信じている。こうした考えを推し進めるならば、当時の新聞の社説や論説なども、羯南は文学と捉えているといえる。少なくとも、明治二十年代の新聞や雑誌で活躍している者は文学者である、という文学概念を羯南は抱いていたと言える。

十三　『日本』の創刊

しかし、「此の新聞は創刊の際其の計画を誤りたるが為、数月を得て意外の障碍《しょうがい》に遭いて非常の困難を生じ」て『東京電報』は廃刊する。(46) 明治二十二年二月九日の『東京電報』最終号に、「東京電報逝《ゆ》き日本生る」の社告を載せている。(47)
この社告で、『東京電報』を改組して新たに『日本』が誕生することを伝えている。

「日本」は固より博愛の大義を知るものなり。故に国民精神の発揚を力むると雖も、決して徒らに他国民を嫌忌するが如き狭隘なる精神に非ず。我国政上の事に至りては立憲の法既に立つと雖も、封建時代を去ること猶ほ遠からず、封建の余風たる宿弊は未だ全く去るに至らず、日本は此宿弊を除き武断特権の如き貴族的の習慣を排し、統一「国民」の上に皇室を戴きたる国民的君主政を欲するものなり。（中略）蓋し「日本」は眼中只尊厳なる皇室と親愛なる国民あるのみ。「日本」は一の手を以て政治上の弊習を拒ぎ、一の手を以て社会上の頽敗を救ふべし。「日本」の期する所は公明の見識と正大の元気を以て、我日本をして日本たらしむるの外ならず。

ここに、羯南の手によるその後の『日本』の主張が見られる。「「日本」は眼中只尊厳なる皇室と親愛なる国民あるのみ。」「「日本」の期する所は公明の見識と正大の元気を以て、我日本をして日本たらしむるに外ならず。」との主張である。

日本新聞社は神田区雉子町に置かれた。当初の『日本』は、羯南を含む政教社同人と乾坤社同人との共同経営の様子を示していた。したがって、『日本』については、羯南はじめ、杉浦重剛、三宅雪嶺ら政教社同人と、谷干城ら乾坤社同人が、広く協議したものであった。創刊当初は社長が杉浦重剛で編集監督となり、羯南はその下で主筆として活動した。

明治二十二年二月十一日の創刊号で、『日本』は、政党の機関紙でもなく、営利を目的とするものでもないと、政党からの中立と儲け主義は取らないとし、その上で、国民一人一人の国民精神の回復発揚を目的とする新聞とした。当然、国民主義を貫くものであった（「創刊の辞」）。社説は「日本と云ふ表題」さらに「日本国民の新特性」と続く。中でも、「日本国民の新特性」[48]に注目する。

「日本」は国民旨義を抱きて此の佳節に生れたる上は、自己の誕辰と共に建国紀念と立憲紀念とに向ひて年々永く今日同様の祝意を表せんことを望む。内には君民の調和を鞏くし外には一国の特性を明にし以て世界の君子国たらんことは、是れ「日本」の最終希望なり。君民偕和の間に憲法の発布あるは「日本国民の新特性」なりとすれば、此の発布の憲法を国民偕楽の間に遵守することは豈に亦日本国民の特性たらざらんや。而して此の特性を保続するの方法如何は憲法其物の如何に由らずんばあらず。

ここに、『日本』の最終希望が何であるかを示している。

創刊当時の社員には、『東京電報』から続く日南、青厓、国友のほか、古島一雄、桜田大我、武田賢三、中川四明《しめい》らが名を連ねている。

この年、外相大隈重信がすすめる条約改正の反対運動の中心になって、新聞『日本』が確固たる位置を占めていく。翌二十三年三月にいたって、羯南は社長兼主筆として経営ならびに編集の責任を負うこととなる。

羯南が生存中に単行本にまとめられたものに、先に挙げた飜訳を除いて『近時政論考』『予算論』『行政時言』『原政及国際論』がある。これらは、『東京電報』そして『日本』の社説を収録したものであった。

平岡敏夫氏が、『近時政論考』(49)をとりあげているので、次に紹介する。(50)

「近時政論考」は幕末の開港論派・王権論派から説きおこし、現実の明治二十年初頭の国民論派にまで及んだ政論・政治思想の歴史的研究であるが、ただ過去に政論が存在しているから研究する、対象があるから歴史的考察を行なうといった類の歴史学ではない。何故に歴史に向かうかということ、歴史とは何なのかということに、ぎりぎりかかわらざるをえない主体によって生まれた歴史叙述であり、歴史研究なのである。「近時政論考」が結論において到達した真正の政論、国民論派は我田引水でも党利党略でもない、真正と羯南自身が確信しうる自己自身の立場・思想にほかならなかったという事実は、この歴史研究が史家自身の血肉とも言うべきものとなっていること、現実と密接にかかわる性格のものであることを示している。

ところで、三宅雪嶺は、「陸君の一番盛んなのは矢張条約改正当時で、其頃は人と談話をして居ても論文を書いて非常に筆が早かつたが、晩年は思ふ様に書けぬと嘆息していた。」と回想している。(51)

十四　理想の文学

三宅はまた羯南が読書家であったことを伝える。

陸君は読書家には相違なく、外国文では重《おも》に仏文のものを読んだ。小説でもヂユマ、モリエルの物を愛読してたらしいが、若い時分にはヂユマの『椿姫』を読んで飜訳をしやうと為た事もあつた相《そう》だ。日本の小説などは殆んど見なかつたらしい。(52)

ビクトル・ユーゴー作「エルナニ」の第一幕第一場から第二場の途中までの羯南訳「英兒拿尼」草稿が、弘前市立郷土文学館で所蔵されている。三宅の指摘するデュマの『椿姫』ではないが、たしかに翻刻を試みていたわけである。(53)

また、「日本の小説などは殆んど見なかつた」ことを連想させるのに、佐藤紅緑が語る羯南の文学観がある。紅緑は羯南家での書生時代に、何になるかと羯南に問われて、紅緑は最初に新聞記者になりたいと言うが、それはだめだと言われてしまう。別な日、紅緑は小説家になりたい、と言うと、羯南が話したのは、「ものを書いて其れを金に代へるといふ事になると、どうも其れで満足が出来るかね、ウヰクトルユーゴーの様に社会人道のために、議論の代りに小説で行かうといふなら実に立派なものだが、婦女子を喜ばして飯代を働くのでは大道の手品師の様なものだからね、もつと大きな事が日本の眼前に迫つてる様な気がするが、さうは思はんかね。天下国家の経綸が……」というのである。(54)現実の小説とは限らずに、もっと広い文学の理想を述べている。羯南は、経綸のための文学を、理想の文学としていたのである。

十五　子規と俳句・短歌

正岡子規に宛てた羯南の書翰がある。子規が日本新聞社へ入社する以前のことである。この書翰の追伸に羯南は次のように書いた。

> 名月ハ宵ニくもり申候　夜更ニ晴れわたり独り草廬之《の》中ニ眺申候　名句も不出唯友なきを恨ミ申候[55]

ここには、子規と交際をはじめて、俳句に取り組もうとする羯南の姿が伺われる。子規が日本新聞社に入社後、羯南の俳句は、子規の手を経て、蕉隠という号で『日本』に掲載されている。

明治二十七年二月、日本新聞社入社二年目の子規を、羯南は新聞『小日本』の編集主任に抜擢する。やがて、病気の悪化で寝たきりとなる子規を最後まで庇護したのが羯南であった。この羯南の庇護がなかったならば、子規の俳句革新運動も短歌革新運動も実現できなかったであろう。

明治三十一年四月、子規が紅緑に宛てた書簡がある。[56]

此上まだありとあらゆる不幸は小生の一身にかかつてくるものと常に覚期致候足は二本とも立てぬやうになるべしと存候月給をもらへぬやうになる時もあるべしと存候熱があり苦痛烈しき最中でも筆をとらねば家族がかつゑるといふやうな時も来るべしと存候か丶る空想も小生にありては空想にもあるまじ真に来るべきかと存候併シどこ迄も艱難に負けぬつもりに有之候小生の身で艱難に負けるやうなら一刻も生きてをられまじくと存候（中略）

四月八日　　　　　　　　　　　　　　規

紅緑　兄

われ病んで桜に思ふこと多し

子規は明治三十一年には新聞社から退社となる事態も覚悟していたのである。しかし、亡くなるまで、日本新聞社は客員の扱いで給料を出し続けたのである。

ところで、子規の俳句革新運動とは違い、子規の短歌革新運動は始めから順調ではなかった。子規が「歌よみに与ふる書」を『日本』に発表中に社長である羯南へ書簡を送っている。(57)

私が今日和歌を非とするは前日俳句を非とせしと事情相似たるのみならず論点迠も一致致居候。陳腐、卑俗、無趣味、無気力、人為の法則に拘束せらるる事等は箇条の重なる者に有之候。然れども和歌は士君子間に行はるゝこと久しく先入したる者は容易に抜け難きにつき和歌に付きての愚論愚作を発表致し候ハヾ攻撃四方に起り可申候。勿論外部の攻撃を恐るゝやうな弱き決心にては無之候へども恐るゝ処ハ内部の攻撃に有之候。歌を二三首出す、はや四方より苦情が起る、最早歌を出すことが出来ぬといふやうな始末にては余り残念に存候に付予め御願ひ申上候わけに御座候。私がつくり候歌なる者を続々新聞へ載せてもよろしく候や。右御許を得候はゞ外の諸氏の攻撃ありとも構はずやる積りに御座候。（中略）我儘は申さぬつもりにて、歌には手もつけず抛ち置きたる次第に候へども今日の如くやかましくなりては胸底の持論再び焔を燃やしそれがために懊悩煩悶数日来睡眠も自ら安からず神経極めて敏捷に相成自ら堪ふること能はず乍失礼愚意以手紙申上候次第に御座候

子規の羯南への直訴は成功して、子規の「歌よみに与ふる書」は引き続き『日本』に発表されていった。

十六　羯南の和歌と随筆

羯南の和歌は、「瑞穂舎歌草　牟多加記」(58)として残されている。号は瑞穂舎、それに本名実の仮名書きであるみのるであった。羯南の和歌には、題詠が多く、子規が指摘する士君子の歌といえる。歌集の題名は「牟多加記」即ち「無駄書き」の意味である。一首を示す。

執筆
真弓にも征矢《そや》にもかへてとる筆のあとにや我は引返すへき

羯南の随筆としては、「檮園贅筆《ちよえん》」と「間文字」があげられる。「檮園贅筆」の作者檮園主人は羯南であるが、檮とは役に立たないものを意味している。

「間文字」(59)は、無署名であるが、世界一周での旅の風景を描いており、羯南の文章と特定されている。「間文字」は、羯南が何を考えて北欧・ロシア・東欧の旅をしたのかが語られる。端的にいえば、それは民族興亡の歴史に注目したのであった。特に、ロシア政府に弾圧される亡国の民ユダヤ人の多くの言及にそれは極まっている。

なお、「間文字」の間は、暇、閑を表していた。社説を書く立場とは異なって、漢詩や和歌、それに俳句も風流隠士の立場に身を置いているような風情である。
明治三十九年六月、病気のため日本新聞社を伊藤欽亮に譲り渡した。これは羯南にとっての文学の別れと言えよう。
この時期の心境を表した俳句が、友人に示されている。(60)

五十にして天命を知る紙子かな

翌四十年九月二日、羯南は鎌倉極楽寺の別荘で亡くなる。享年五十一歳であった。

〔付記〕陸羯南の文章の引用は、『陸羯南全集』(みすず書房、昭和四三年〜六〇年)に拠った。

注

(1) 真島芳恵「陸羯南の「家」」(『陸羯南会誌第八号』、平成三〇年三月)
(2) 中田家戸籍謄本(弘前市立郷土文学館蔵)
(3) 陸実「青年社会の弊」(『後進　第六号』明治二五年七月、『青森県史　資料編現代2』青森県、

平成一五年三月）
（4）「珍田伯の学生時代　伊東重翁の回顧談」（『東奥日報』大正一五年五月三日）
（5）鈴木忠雄「伊東重」（『郷土の先人を語る（6）』弘前市立弘前図書館、昭和四五年三月）
（6）『青森県教育史第一巻』（青森県教育委員会、昭和四七年一一月）
（7）稲葉克夫『陸羯南の津軽』（陸羯南生誕百五十年没後百年記念事業実行委員会、平成一九年八月）
（8）岩川友太郎「五十年前に於ける旧津軽藩の洋学」（『東奥日報』、大正九年九月一六日）
（9）『羯南文録』（大日社、昭和一三年一一月）
（10）『他山遺稿』（外崎覚、明治三一年一二月）。「悼他山先生」の訓読は村山吉廣氏の「陸羯南と漢詩―同時代漢詩人との交流―」（『陸羯南会誌第四号』平成二六年三月）に拠った。
（11）『写真で見る東奥義塾一二〇年』（東奥義塾、平成四年一〇月）
（12）北原かな子「開学時東奥義塾学校体制」（『洋学受容と地方の近代―津軽東奥義塾を中心に―』岩田書院、平成一四年二月）
（13）相川勝蔵「羯南逸事」（『陸羯南全集第一〇巻』）
（14）「不窺園録」（『原敬日記第六巻』福村出版、昭和五六年九月）
（15）同右
（16）『陸羯南全集第一〇巻』、髙松亭明『陸羯南詩通釈』（津軽書房、昭和五六年三月）
（17）加藤恒忠（談）「故陸実氏」（『陸羯南全集第一〇巻』）

(18) 羯南居士「今昔感(二)」(『日本』明治二三年九月二五日)、(『陸羯南全集第九巻』)
(19) 前掲加藤恒忠(談)「故陸実氏」
(20) 江戸恵子「加藤恒忠と梅謙次郎―司法省法学校の周辺から―」(『民法典論争資料集』(復刻増補版)の現代的意義』学校法人松山大学、平成二六年三月)
(21) 前掲加藤恒忠(談)「故陸実氏」
(22) 鈴木啓孝『原敬と陸羯南』(東北大学出版会、平成二七年五月)
(23) 同右
(24) 髙松亨明『陸羯南詩通釈』(津軽書房、昭和五六年三月)
(25) 柳田泉『明治初期の文学思想上巻』(春秋社、昭和四〇年三月)
(26) 陸家戸籍謄本(弘前市立郷土文学館蔵)
(27) 『青森新聞』(青森県環境生活部県民生活文化課県史編さんグループ蔵)
(28) 「政治史」(『青森県総覧』東奥日報社、昭和三年一一月)
(29) 明治一三年一月二五日付陸羯南中田敬太郎宛書簡(『陸羯南全集第一〇巻』)
(30) 明治一三年二月一六日付陸羯南加藤拓川宛書簡(『陸羯南全集第一〇巻』)
(31) 明治一三年□月一二日付陸羯南伊東重宛書簡(『陸羯南全集第一〇巻』)
(32) 『陸羯南全集第一〇巻』
(33) 明治一三年(推定)七月二六日付小友謙三笹森儀助宛書簡(『笹森儀助書簡集』東奥日報社、

平成二〇年一一月）
(34) 明治一四年一月二九日付陸羯南笹森儀助宛書簡（『笹森儀助書簡集』）
(35) 前掲高松亨明『陸羯南詩通釈』
(36) 松田修一『陸羯南―道理と真情の新聞人―』（東奥日報社、平成二七年六月）
(37) 明治一四―一五年□月十二日（※明治一五年二月一二日）付陸羯南品川弥二郎宛書簡（『陸羯南全集第一〇巻』）
(38) 明治一六年五月一八日・同年五月三〇日付平田東助陸羯南宛書簡（『陸羯南全集第一〇巻』）
(39) 年不詳八月五日付井上毅陸羯南宛書簡（『陸羯南全集第一〇巻』）
(40) 有山輝雄『陸羯南』（吉川弘文館、平成一九年五月）
(41)『陸羯南全集第一巻』
(42) 有山輝雄『陸羯南』
(43) 松田宏一郎『陸羯南―自由に公論を代表す―』（ミネルヴァ書房、平成二〇年一一月）
(44)『出版月評』第一号（月評社、明治二〇年八月）（弘前市立郷土文学館蔵）
(45)『陸羯南全集第一巻』
(46) 陸羯南「自恃庵の書柬（しょかん）」（『陸羯南全集第九巻』）
(47)『陸羯南全集第一巻』
(48) 同右

(49)『陸羯南全集第二巻』
(50)平岡敏夫『明治文学史の周辺』(有精堂、昭和五一年一一月)
(51)三宅雪嶺「陸羯南の面影」(『陸羯南全集第一〇巻』)
(52)同右
(53)舘田勝弘翻刻「陸羯南訳ビクトル・ユーゴー作「英児拿尼」」(『郷土作家研究第三六号』平成二六年三月)
(54)佐藤紅緑「陸羯南先生「銘肝私記」」(『日本及日本人』第一八四号、昭和四年九月)
(55)明治二五年一〇月七日付陸羯南正岡子規宛書簡(『子規全集別巻一』講談社、昭和五二年三月)
(56)明治三一年四月八日付正岡子規佐藤紅緑宛書簡(『子規全集第一九巻』講談社、昭和五三年一月)
(57)明治三一年二月二三日付正岡子規陸羯南宛書簡(『子規全集第一九巻』)
(58)『陸羯南全集第一〇巻』
(59)『陸羯南全集第九巻』
(60)田中慶太郎「羯南翁の俳句」(『陸羯南全集第一〇巻』)、中川四明「羯南君の書簡及び詩俳」(『懸葵』四ノ八、明治四〇年一〇月)

Ⅱ

佐藤 紅緑

感想其他　佐藤紅緑『ああ玉杯に花うけて』

山田　史生

一　はじめに

「嗚呼玉杯」（作詞矢野勘治・作曲楠正一）は経世済民の使命に燃えるエリートの心意気をうたいあげた旧制第一高等学校寮歌である。マントをまとった一高生が手にもったグラスを月にさしのべ、そこに桜の花びらが散りかかっているといった光景を髣髴させるけれども、いったい玉杯を手にしているのはだれか。

おりおりふたりは郊外へでて長い長い堤の上を散歩した。寒い寒い風がひゅうひゅう野面をふく、かれあしはざわざわ鳴って雲が低くたれる、安場は平気である。かれは高い堤に立って胸一ぱいにはって高らかに歌う。

ああ玉杯に花うけて、緑酒に月の影やどし、

治安の夢にふけりたる、栄華の巷低く見て、
向ヶ岡にそそり立つ、
五寮の健児意気高し。……
バリトンの声であるが、量は豊かに力がみちている。それは遠くの森に反響し、近くの野面をわたり、冪々たる落雲を破って、天と地との広大無辺な間隙を一ぱいにふるわす、チビ公はだまってそれを聞いていると、体内の血が躍々と跳るような気がする。自由豪放な青春の気はその疲れた肉体や、衰えた精神に金蛇銀蛇の赫耀たる光をあたえる。（佐藤紅緑『ああ玉杯に花うけて』講談社文芸文庫　一八一頁）

弊衣破帽の安場が「嗚呼玉杯」をうたい、チビ公がその雄姿をあこがれをもって見つめている。挿絵（一八三頁）を見るまでもなく、一高生のエリート然とした颯爽たるたたずまいが目に浮かんでくる。

ところが歌詞をよく読んでみれば、あに図らんや、「玉杯に花うけて、緑酒に月の影やどし、治安の夢にふけりたる」のは「五寮の健児」ではない。「栄華の巷」にたむろする連中である。やれ玉杯だの緑酒だのと現世の快楽にウツツをぬかしながら「治安の夢」にふけっている「巷」のひとびとには、高邁なる理想など薬にしたくも無い。「五寮の健児」はそういう下界の無知蒙昧なやからを侮蔑のまなざしで「低く見て」いるのである。

してみると紅緑が小説のタイトルに『ああ玉杯に花うけて』とつけたのは、どうやら「嗚呼玉杯」の歌詞は一高生の雄々しいすがたをうたったものであるという勘ちがいにもとづくとおぼしい。

日はとっぷりと暮れた、安場ははたと歌をやめてふりかえった。

「なあおい青木、一緒に進もうな」

「うむ」

たがいの顔が見えなかった。

「おれも早くその歌をうたいたいな」とチビ公はいった、安場は答えなかった、ざわざわと枯れ草が風に鳴った。（一九〇頁）

一高生になって「嗚呼玉杯」を高歌放吟することを夢見て、「おれも早くその歌をうたいたいな」とチビ公は目をかがやかせる。歌詞について勘ちがいしているかどうかはさておき、チビ公はいったいなにを夢見ているのだろうか。なるほど夢をもつのはわるいことじゃない。しかしそれは「一緒に進もうな」とハッパをかけられるほどの夢だろうか。真にすばらしい夢とはおだやかな声でひっそりと語られるものじゃないだろうか。

いったん実現すれば、夢は燃えつきてしまう。のこりの人生はなにをもとめればよいのか。人生とは夢をかなえるための捧げものでしかないのか。せっかくの人生が夢なんていうものに回収されてはつまらない。

これは持論なのだが、学生は「なぜ学ぶのか」を教師に質問してはならず、教師も「なぜ学ぶのか」を学生に説明してはならない。学生が質問せず、教師が説明しないということ、それこそが教育が成り立つための要件である。

学ぶことの意味がわからなければ学ばないというのは、学ぶものの姿勢ではない。学ぶことの意味は、学んでいる最中にはわからない。学生にわかっているのは「自分はまだ知らない」ということであり、さらに「でも知りたいとおもっている」ということである。だからこそ学生は自分が学ぶことにどんな意味があるのかもわからぬままに学ぶことができるのである。

ひとは夢をかなえるために学ぶのではない。「なぜ」と問うことなく学んで、はじめて学ぶことができる。学ぶことによって夢を成就せよとうながす立身出世主義にもとづいた紅緑の「学び」観は、わたくしの持論とまったく相容れない。ところが紀田順一郎の「解説」によれば、この小説はもっとも反撥すべきはずの少年たちに熱狂的に受けいれられたようである。

「少年倶楽部」の編集部によりいみじくも「立志小説」と名づけられた本書が、ど

れほど当時の少年の「志あれど馳するを得ず」という鬱屈した心情を解放したか、今日からは想像もできないほどで（三〇〇頁）

なにかしら普遍的にうったえかけるものがあるから、この小説は少年の「鬱屈した心情を解放した」にちがいない。そこに時代情況のちがいというだけでは片づけられない万古不易の真理があるとすれば、それはなんであろうか。

以下、すこしく卑見を呈するが、どうしても「為にする」ような論調にならざるをえない。書かずもがなの論考であるというそしりを、わたくしは甘受する。

二　時間について

子どもは時間をもっていない。時間をもっていないとき、生命はよろこび、かがやく。子ども時間をもっていないとは、いいかえれば「現在にしかいない」ということである。子どもには過去もなければ未来もない。いつだって現在にいる。

冬の朝が晴れてゐれば起きて木の枝の枯れ葉が朝日といふ水のやうに流れるものに洗はれてゐるのを見てゐるうちに時間がたつて行く。どの位の時間がたつかといふのではなくてただ確実にたつて行くので長いのでも短いのでもなくてそれが時間といふものなのである。(『吉田健一集成』三　新潮社)

吉田健一「時間」の冒頭である。人間にとって、とりわけ子どもにとって、時間というものがもつであろう意味をこれほど見事に語りきったものを、わたくしは寡聞にして知らない。

人間にとって、どれだけ生きているかは、どれだけ現在の状態にあるかによって決まる。子どもはのべつ現在を生きている。だからこそ子どもの生命は、よろこび、かがやいている。しかし幸か不幸か、子どもは否応なく大人になる。大人にとっての時間とは、哀しいかな現在のみではおさまりきらない。いつだって現在を生きていた、つまり時間をもっていなかった子どもが、時間をもつようになるのはいったい「いつ」からなのだろう。もとより時間をもっていないはずのチビ公が、理不尽きわまりない現実にさいなまれるさまを仮借なく描くことによって、紅緑は子どもが時間の流れに否応なく巻きこまれてゆくすがたをあばきだす。

ところで、そもそも時間とはなにか、わたくしには皆目わからない。

過去は「去る」としても、どこへと去るのだろう。世界の始まりからの時間をためておく場所が、この世界のどこかにあるのだろうか。未来は「来る」としても、どこから来るのだろう。世界の終わりまでの時間がためてある場所が、この世界のどこかにあるのだろうか。

過去や未来が「ある」ことは、しょせん実証できそうもない。もし実証できるとすれば、それは「ある」という言葉の意味からして、現在のどこかに「ある」ことにならざるをえない。かりに現在のどこかに過去や未来が「ある」としても、わたくしはそこにゆけない。だったら「ない」としておいても不都合はない。

過去は「もうない」のではなく、端的に「ない」。過去を回想することはあるが、それは現在における「ない」というあり方で「ある」。未来は「まだない」のではなく、端的に「ない」。未来を予想することはあるが、それは現在における「ない」というあり方で「ある」。わたくしに「ある」のは、もっぱら「いま・ここ」だけ。

そのつど「いま・ここ」はある。その「いま・ここ」が、どこから来て、どこへと去るのかは知らないが、わたくしはそれを生きている。これは「ありがたい」ことではなかろうか。どうしてかは知らないが、わたくしは「いま・ここ」において生き、やがて「いま・ここ」において死ぬだろう。

いずれ死なざるをえないと知りながら、それでもなお生きている。そうやって死にむかって生きていることの意味を、わたくしは知らない。でも、そうやって生きている。そういえば古人は「今朝酒有れば今朝酔い、明日愁い来たれば明日愁えん」といってたっけ（羅隠「自遺」）。古人のいうところをおのれに都合よく読めば、楽しみは先のばしするなっていうことである。ネガティブなものは「今日酒があるからといって、明日も酒があるとはかぎらない。だったら今日ある酒は今日のうちに飲んでおこう」という。ポジティブなものは「明日になれば、また新しい酒が飲めるかもしれない。だったら今日ある酒は今日のうちに飲んでおこう」という。どっちみち今日ある酒は今日のうちに飲んじゃおう。

イエスも「明日のことを思ひ煩ふな、明日は明日みづから思ひ煩はん。一日の苦労は一日にて足れり」（「マタイ伝福音書」6）といっていたが、明日なにが起こるかを今日のうちからビクビクしてもしょうがない。今日のやり方で対処できるのは今日の心配事でしかない。それに明日になってみれば、べつに心配事は起こらないかもしれない。

今日の酒をキレイに飲むためには、昨日のことをやたらと後悔したり、明日のことをむやみに心配してはならない。わたくしは今日の酒を飲むようにしてノンキに生きてきた。それかあらぬか、なにひとつ価値のあることを成しとげていない。死ぬときになって「オレはこれをやった」と自慢することはできそうもない。なるほど世間的にみれば、これといって成しとげたことはないが、わたくしはかけがえのない自分の人生を生きてきた。死ぬまぎわに「オレの人生はなんだったのだろう」と問うことを、わたくしはしないだろう。生まれ、生き、そして死ぬということは、そんな問いを超えている。どういうふうに超えているのか、わたくしにはわからないけれども。

「なぜ生きるのか」と問われ、「それを知るために生きるのだ」と答えるのは、なんにも答えてはいないが、わるくない答え方だとおもう。生きているかぎり生きることの意味を知ることはできないというのが、たぶん生きるということなのだろう。それはそうだとしても、じゃあどういう自分として生きればよいのであろうか。これはわたくしの問いであり、チビ公の問いでもある。

自分のなかに「理想の自分」などというものをもつと、ひとは不幸になる。自分とは、げんに生きており、やがて死ぬところのものでしかない。それ以上でも以下でもなく、まして以外ではない。「いま・ここ」にいる自分のほかに、いまでない「いつか」ここでない「どこか」にいる理想の自分をもとめちゃいけない。

小説は「豆腐屋のチビ公はいまたんぼのあぜを伝ってつぎの町へ急ぎつつある」（七頁）と書き起こされる。なにげなく読みとばしてしまいそうだが、わたくしは違和感をおぼえた。チビ公？　紅緑はどういう気持でこれを書いたのだろう。

言葉は力をもっている。使われ方次第では、チビ公という言葉は「いじめ」にもちいられうる。言葉はたんなる道具ではあるが、それはナイフのようにひとを刺せる。

かれは十五ではあるがいたってちいさい、村ではかれを千三と呼ぶ人はない、チビ公のあだ名でとおっている、かれはチビ公といわれるのが非常にいやであった、が人よりもちびなのだからしかたがない、来年になったら大きくなるだろうと、そればかりを楽しみにしていた、が来年になっても大きくならない、それでもう一つ来年を待っているのであった。(九頁)

チビ公にとって、チビ公とよばれることは、ただ「いま・ここ」のみじめな境遇をわらわれているのみならず、これからの行く末をもあざけられているかのように感ぜられる。だからチビ公としても、できることなら「いま・ここ」の自分を肯定したいのだが、それがむつかしい。待てど暮らせど、希望の光はどこにも見いだせない。いったいいつまで待ったら自分がチビ公でなくなる日がくるのだろうか。

なんとなく光一の前途にはその名のごとく光があふれてるように見える、学問ができて体力が十分で品行がよくて、人望がある、ああいう人はいまにりっぱな学者になるだろう。(一四頁)

情けないけれども、かつての学友・柳光一にもコンプレックスをいだくばかり。むかしは自分のほうが勉強もできたのに、いまやくらべることも愚かしいくらいの雲泥の差。「いま・ここ」の自分を肯定しようにも、およそ無理である。

チビ公はびっくりしてものがいえなかった、かれはたった一年のあいだに友達の学問が非常に進歩し、いまではとてもおよびもつかぬほど自分がおくれたことを知った。幾何や物理や英語、それだけでもいまでは異国人のように差異ができた、こうして自分が豆腐屋になりだんだんこの人達とちがった世界へ墜落してゆくのだと思った。

（二三二頁）

チビ公は時の流れにとりのこされつつある自分にまるで自信がもてない。無理もないけど、だからといって自分をおとしめちゃいけない。自分とは、生きる主体であって、おとしめる対象ではない。

自信とは、自分を信じることではない。自分が信じることである。理想の自分をめざして、「大丈夫、そういう自分になれる」と信じることじゃない。「いま・ここ」に生きている自分を受けいれ、そういう自分として生きることである。

「ああいう人はいまにりっぱな学者になるだろう」「こうして自分が豆腐屋になりだんだんこの人達とちがった世界へ墜落してゆくのだと思った」とチビ公は自嘲する。自信がなくなって、自分を受けいれることができず、自分をおとしめたくなる。そういうときって、きっと世間の物差しでものごとを見ようとしている。そんなテイタラクじゃ生きている甲斐がない。

わが身をかえりみるに、チビ公のような境遇でこそないが、つくづく大金に縁のない人生であった。でもなあ、負け惜しみのようだが、金持ちになるなんて世間における相対的な事実にすぎないんだよ、とチビ公の肩をだいていってやりたい。それにくらべれば「自分が自分であること」は、これはもう絶対の真実である。ありもしない理想の自分を追いかけたりせず、あるがままの自分として生きてゆくことは、何歳からだって、もう遅いということはない。

過去がどこへと去るのか、未来がどこから来るのか、わたくしには皆目わからない。わたくしはいつも「いま・ここ」にいる。これまでのことは、どうしようもない。これからのことは、どうなるかわからない。だったら「いま・ここ」の自分を生きてゆこう。そうやって生きていれば、なぜかは知らないけれども、明日はかならずやってくる。

チビ公は、いくたびも絶望しかけ、弱音を吐くが、そのつどヨロヨロと起ちあがる。めげそうなチビ公を起ちあがらせるのは、母への想いであり、黙々先生や友人の存在である。

「お母さん！　つまらないことをいうのはよしてください、ぼくはいまにあれ以上の家を建ててあげます」（一六五頁）

チビ公の言葉には、なんの根拠もない。しかしそれでよいのである。根拠のない自信をもつことが、「いま・ここ」の自分を肯定するためには不可欠である。

「きみはな、貧乏を気にしちゃいかんぞ」と安場はいった。「貧乏ほど愉快なことはないんだ」（一八二頁）

安場の言葉にも、なんの根拠もない。しかしそれでよいのである。根拠のない自信をもつことが、「いま・ここ」の自分を肯定するためには不可欠である。

自信がない人間は、ひとから肯定され、承認されることをもとめる。自信がない人間は、おのれが肯定され、承認されているかどうかを確認することに手間をとってしまい、自分らしく生きているヒマがない。

自信がなくなっているときって、ものの見方がひどく狭くなっている。ものの見方が狭くなると、世の中は自分のものの見方と相容れないものだらけになってくる。自分のものの見方と相容れないものを「ダメ」と否定していたら、ダメじゃないものの数はかならずへってゆく。逆に、わずかな部分であれ、自分のものの見方と合うものを「よし」と許容することができれば、よいものの数はすこしづつでもふえてくる。「いま・ここ」に生きている自分を受けいれ、そういう自分がよしとするものを、ゆっくり味わいながら生きてゆくことができる。

自分が信じることに、ことさらな根拠は要らない。根拠のない自信をもつこと、それこそが自信のリアルな根拠なのである。無から創造された自信こそが真の自信なのである。事実に由来することをもとめるような自信は、ほんものの自信ではない。事実はあとからつくられるものであり、あとからつくられるような事実こそが人間的な事実なのである。

根拠のない自信をもって、やれることをやっていると、かならず自分に変化が生ずる。そのことを如実に体感させてくれるもの、それが学問である。


　そこでおれは読んだ。最初はむずかしくもありつまらないと思ったが、だんだんおもしろくなってきた、一日一日と自分が肥っていくような気がした。（一八四頁）

「いま・ここ」の自分は、かならず変化しうる。げんに「いま・ここ」にいる自分をただちに肯定するのはむつかしくても、あきらめずにやっていれば、いずれ自分を肯定できるようになる。

学問をやるというのは、井戸を掘るようなもので、やればやるほど困難が生じてくる。辛抱づよくやらないと、けっして身につかない。中途で挫折するくらいなら、はなから手を染めないほうがよい。

挫折しないコツは、「オレはやれる」という根拠のない自信をもつことである。錯覚でもよい。その錯覚をもてないものは、ものにならない。

才能とは錯覚の所産である。なにかをやるときには、錯覚でもよいから才能が「あることにする」しかない。やりはじめるさいに必要とされるものが才能なのである。で、やってみて、それなりに結果が得られたとき、「才能あり」というフィクションが事後的にでっちあげられる。

よい小説を書いたとき「文才がある」とされるのであって、その逆ではない。文才のありそうな人間に小説を書かせてみて「やっぱり文才があったか」とうなづくといった事態にはならない。才能とは、なにかをやりはじめるさいの支配的な要素ではない。あくまでも結果をふまえて、その結果を説明するために、あとから勘定されるものにすぎない。

才能なんてしょせんフィクションにすぎないんだから、そんなものに一喜一憂しないほうがよい。そこそこ結果を出したり、みじめに失敗したりしながら、なんとか自暴自棄にならずにやりつづけられるなら、ひとまず「才能あり」とみなしてよい。才能なんてその程度のものである。

チビ公にとっての現実は、真剣に生きることを断念させるに十分なくらい悲惨である。いかに悲惨であろうとも、それはチビ公自身が「悲惨である」という意味を付与するのであって、出来事それ自体が悲惨なわけじゃない。チビ公にできることは、みずからの生き方を肯定できるように生きることであって、そのことが報われるか報われないかということはまた別の話である。「だんだんおもしろくなってきた、一日一日と自分が肥っていくような気がした」というふうに自分を肯定できるように生きられるかどうか、それが鍵である。

世間のひとは「末は博士か大臣か」といった価値観をふりかざしてくる。それは客観的な実在ではなく、言語的な観念である。この世界は言語が語るように「ある」とおもってしまうと、それと現実とのギャップに苦しむことになる。

未来が現在と同じように「ある」という保証はない。未来は「これまで」は到来したが、「これから」も到来するとはかぎらない。未来は「まだない」のではなく、端的に「ない」のである。未来がなくたって、この世界はなんにも変わらない。変わるのは自分の言語にまみれた信念だけである。そしてその信念は変えることができる。

未来という端的に「ない」ものを、どうして「めざす」ことができようか。チビ公の目のまえにあるのは、なにからなにまで「いま・ここ」である。もし未来があるとしても、それはチビ公が言語をもちいて意味を付与することによって「ある」ものにすぎない。だとしたら、「だんだんおもしろくなってきた、一日一日と自分が肥っていくような気がした」というふうに「いま・ここ」の自分を肯定することに立脚しながら生きてゆけばよい。

小学唱歌「仰げば尊し」は、チビ公も、光一も、みなうたったであろう。その一節「身

をたて　名をあげ　やよはげめよ」は、『孝経』開宗明義章第一の「身体髪膚は之を父母に受く。敢て毀傷せざるは、孝の始めなり。身を立て道を行い、名を後世に揚げ、以て父母を顕すは、孝の終りなり」をふまえる。『孝経』がつくられた当時の中国とはどのような社会であったのか。

中国古代の都市国家において、それが成長して大きくなると、その内部には、階級の別が生じた。それは姓を有して、同時に完全なる市民権を有する士と、姓を有せず、また完全な市民権を有しない庶民との間の階級的対立である。（「中国史」『宮崎市定全集』第一巻・岩波書店・八九頁）

『孝経』がつくられたころの古代中国は、「仰げば尊し」の歌詞から連想されるような「どんなに身分の低いものであっても、努力次第では、身をたて、名をあげる機会が均等に与えられている」といったサクセス・ストーリーがつづられうるような社会情況ではなかったようである。そうであるとすれば「身をたて、名をあげ」とはいかなる営為でありえたのだろうか。

『孝経』はつづけて「夫れ孝は親に事うるに始まり、君に事うるに中し、身を立つるに終る」という。なにはさておき親につかえ、それによって人格をみがくことが「身をたて」

ることであり、その結果として「名をあげ」ることを得るのである。親につかえることをないがしろにして、ひたすら富貴な身分をもとめることではない。『孝経』がうながすのは、あくまでも親につかえる「いま・ここ」の自分の生き方を律するということであって、いわゆる出世主義ではない。

三　大人について

この小説がいわゆるビルドゥングス・ロマン（はじめはガキだった主人公が、まわりの人間とのかかわりのなかで、だんだん大人になってゆく物語）であるとすれば、主人公はチビ公というよりも、むしろ生蕃こと阪井巌といってよい。生蕃は町役場の悪徳助役の息子で、こいつがまあ親の地位を笠に着てチビ公をいじめたおす。まさに絵に描いたようなガキ大将である。

元来生蕃は手塚をすかなかった、手塚は医者の子でなかなか勢力があり智恵と弁才がある、が、生蕃はどうしても親しむ気になれなかった。（二四頁）

ズルがしこい手塚を、生蕃は本能的に好きになれない。生蕃は幼稚なガキであるが、根っからのクズではない。さすがに教師はそのあたりは見ている。

「しかし」と漢学の先生がいった、「阪井は乱暴だがきわめて純な点があります、うそをつかない、手塚のように小細工をしない、おだてられて喧嘩をするが、ものの理屈がわからないほうでもない（八四頁）

生きていれば、どうしたって壁にぶつかる。生蕃のようにワルではあっても「純」なところのあるものは、いずれ壁を突きぬけてゆける。ところが手塚のような「小細工」を弄する手合いは、うまく立ちまわろうとして、けっきょく痛い目にあう。

いつまでもワルであることに自覚のないガキでありつづけられれば楽なのだが、それはゆるされない。純であろうが、小細工を弄そうが、子どもは遠からず大人にならざるをえない。いったい大人になるとはどういうことなのだろうか。

クリスマス・イヴの夜、サンタクロースがプレゼントをもってくる。サンタクロースの正体が親であることを、子どもはいつか知ることになる。

子どもはサンタクロースがいると頭から信じている。大人はサンタクロースが実在するとはおもっていない。サンタクロースの存在を信じること（P）と信じないこと（┐P）とは論理的に両立しえない。P∧（┐P）は矛盾である。ただし、Pの否定が┐Pにほかならないのとちがって、子どもの否定がただちに大人であるとはかぎらない。

子どもはなにゆえにサンタクロースの存在を信じるのだろうか。クリスマス・イヴの夜、プレゼントをいれるための大きめの靴下を用意している子どもは、サンタクロースがきてくれることを信じきっている。サンタクロースはいないという可能性など微塵も考えていない。

天気予報によれば、午後は雨になるらしい。念のために傘をもってゆくことにする。大人は天気予報を信じるが、もしかしたら天気予報がハズレるかもしれないという可能性を織りこんだうえで信じる。大人にとって天気予報を信じるというのは、天気予報は「あたる」「はずれる」というふたつの可能性をもっており、そのうちの片方により大きな蓋然性をあたえているにすぎない。

子どもの信念は、真と偽という可能性にひらかれてはいない。子どもは「サンタクロースはいる」ということを選択的に信じているわけではない。子どもは「サンタクロースはいる」という世界を疑いの余地なく端的に生きている。

サンタクロースの存在にかんする信念がそうであるように、子どもと大人とでは現実のとらえ方もまたちがってくる。大人にとって現実とは、なにかが実現しない可能性を織りこんだかたちで、かろうじて成立しているものにすぎない。子どもにおける現実には、なにかが実現しない可能性がはいりこむ余地はない。

子どもは親のいうことを無批判的に信じる。子どもがなにゆえに父親のいうことを信じこめるかということを理解するには、子どもの信念を吟味するよりも、子どもの置かれた環境について考察すべきである。

巌はまだ学生の身である。政治のことはわからないが、かれは絶対に父を信じていた。かれは町へ出るとあちらこちらで不正工事のうわさを聞くのであった、だがかれははらのうちでせせらわらっていた。

「ばかなやつらだ、あいつらにぼくの親父の値うちがわかるもんか」

かれは何人よりも父が好きであった、父は雄弁家で博識で法律に明るくて腕力があって、町の人々におそれられている、父はいつも口をきわめて当代の知名の政治家、大臣、政党首領などを罵倒する、文部大臣のごときも父は自分の親友のごとくにいいなす、それを見て巌はますます父はえらいと思った（一〇七頁）

生蕃は父親からみずからの権威づけをくりかえし刷りこまれることによって、父親の言うこと為すことは正しいと無批判的に信じるようになる。生蕃が父親のいうことを信じるのは、子どもがサンタクロースの存在を信じるような信じ方である。生蕃は父親のいうことを選択的に信じているのではない。父親という大人との関係において無批判的に信じこんでいる。生蕃は父親の存在を、およそ事実として「わかっている」のではなく、はなから営養として「とりこんでいる」のである。

生蕃は、サンタクロースを信じきっているような、あからさまに子どもらしい子どもである。大人が「サンタクロースは実在する」とくりかえし説くことによって、子どもはそれを信じる。生蕃もまた父親による自己正当化にもとづく価値観を権威づくで押しつけられることによって、おのれの横暴なふるまいを是認するような信念を形成してしまった。もし生蕃が子どもどうしの世界においてのみ生きていたら、かれは父親のふりかざす選民主義に汚染されることもなく、チビ公をいじめることもなかっただろう。

子どもがサンタクロースの存在を信じることは、共同体がつくりあげる信念として、つまり大人との上下関係において、そのことが成り立っている。子どもがサンタクロースを信じるのは、大人がそういうふうに仕向けるのである。生蕃にとっての正義とは、父親という権威を前提し、それを受けいれ、それに服従することである。正しいということが、正しさを説くもの（父親）と説かれるもの（生蕃）との徹底的な非対称性を隠蔽したまま、ただ強要されているのである。

子どもにとって大人は権威者である。権威者をして権威者たらしめる所以はなにか。それはふたつある。ひとつは「権威者はこの世における万端の知識の所有者である」ということ。もうひとつは「権威者はわたくしを裏切ることはないという信頼の体現者である」

ということ。このふたつのいずれかが揺らぐとき、権威者の権威は失墜する。

クリスマス・イヴの夜、父親がプレゼントを靴下につめているすがたを見て、子どもはサンタクロースが架空の存在であることを知る。生蕃もまた父親の卑劣なおこないを目の当たりにして、その権威がまやかしであることを知る。

巌はだまった、かれの頭にはふしぎな疑惑が生じた。これがはたしてぼくの父だろうか。わが身の罪を隠蔽するために役場を焼こうとした凶悪な昨夜の行為！　それがぼくの父だろうか。

かれは幼少からわが父を尊敬し崇拝していた、学識があり胆力があり、東京の知名の士と親しく交わって浦和の町にすばらしい勢力のある父、正義を叫び人道を叫び、政治の覚醒を叫んでいる父！

実際かれはわが父をゆいつの矜持としていたが、いまやそれらの尊敬や信仰や矜持は卒然としてすべて胸の中から消え失せた。

「お父さんは悪い人だ」

かれは大声をだしてなきたくなった。かれにはなにものもなくなった。

「悪い人だ！」

いままで父に教えられたこと、しかられたこと、それらはみんなうそのように思え

た。（一一八頁）

生蕃の父親はおのれの瀆職の証拠を湮滅するために役場に放火する。生蕃はその現場を見てしまう。ガキではあるが「純」なところもある生蕃は、父が「悪い人」であることに気づく。なまじ純であるがゆえに、いったん気づいてしまえば父をさげすむところまでゆく。ひとたび権威が失墜すれば、それは侮蔑の対象へとなりさがる。崇拝がはげしいほど、幻滅もいちじるしい。

巌はだまって顔をそむけた、苦しさは首をのこぎりでひかれるより苦しい、しかしそれは火傷の痛みではない、父をさげすむ心の深傷である。この世の中に神であり仏であり正義の英雄であると信じていたものが一夜のうちに悪魔波旬となった絶望の苦しみである。（一一八頁）

瀆職の証拠を湮滅するために役場に放火するという父親の卑劣なふるまいを見てしまった生蕃は、父親のいうことを鵜呑みにしていた自分のなかの子どもに気づき、その無邪気な子どもをキッパリと斬り捨てる。

「お父さん、あなたはぼくのお父さんでなくなりましたね」

「なにをいうか」と父はどなった。

「お父さんはぼくにうそをつくなと教えました。それだのにあなたはうそをついています、あなたはぼくに義侠ということを教えました。それだのにあなたは命を助けてくれた恩人を罪におとしいれようとしています、ぼくのお父さんはそんなお父さんじゃなかった」（一二二頁）

「お父さん、あなたはぼくのお父さんでなくなりましたね」とは、まさしく血を吐くような言葉である。この言葉を吐いたとき、生蕃はもはや子どもでいられなくなった。なにが正しく、なにが正しくないかは、世間のしがらみに気をつかっていれば「ひととおり」には決められない。しかし自分の「こころ」においては、ひととおりに決めることができる。正しいとおもうことはやる。正しくないとおもうことはやらない。やれるとかやれないとかいうことじゃない。やらないのである。やれるかやれないかは世間が、あるいは神さまが決めることかもしれないが、やるかやらないかは自分が決めることである。だれにも口出しはさせない。自分が正しいとおもうことはやるし、自分が正しくないとおもうことはやらない。

「おれに悪いところがあるならおれが改めればいい、お父様に悪いところがあるならおれがいさめて改めさせればいい、ふたりが善人になればこの町はよくなるのだ、南山にとらをうちにゆく必要もなければ長橋にりゅうをほふりにゆく必要もない、第一の害はおれだ、おれを改めて父を改める、それでいいのだ」

かれは立って室を一周した、得もいえぬ勇気は全身にみなぎって歓喜の声をあげて高く叫びたくなった。（一四八頁）

生蕃が「歓喜の声をあげて高く叫びたくなった」のは、かれの「こころ」が生まれ変わったからである。幼虫がサナギになり、蝶になるように、内なるあり方が化学反応を起こしたのである。それは積みかさねによる変化ではない。本人も予想しないような存在そのものの劇的な変革である。

生蕃の身に起こったのは、なにか別のものとであいであり、そのであったものに憑依されるような、まさに全人格的な変容である。それは自分のなかの子どもがなにかに乗っ取られることであり、大きくて深くて悲しいものを、自分のなかに摂り入れることである。

わたくしは大人であると自認している。が、はたして生蕃をわらうことができるだろうか。わたくしの有している知識は、ひょっとすると子どもがサンタクロースの存在を信じるような、しばしば伝聞にもとづいたものなのではあるまいか。

小説の後半、黙々塾と浦和中学との野球試合がおこなわれる。両チームについての大人たちの前評判はこうである。

浦和中学と黙々塾が野球の試合をやるといううわさが町内に伝わったとき人々は冷笑した。

「勝負になりやしないよ」

実際それは至当な評である、浦和中学は師範学校と戦っていつも優勝し、その実力は埼玉県を圧倒しているのだ、昨日今日ようやく野球を始めた黙々塾などはとても敵し得べきはずがない。（一九七頁）

世間の下馬評にふりまわされる大人に、子どもの無知をわらう資格はない。では、いったい大人と子どもとのちがいとはなにか。

按ずるに、大人になるとは「もしかしたら自分はサンタクロースの存在を信じている子どもなのではないだろうか」という疑いをいだくことである。「サンタクロースなど存在しないと知る」ことが大人になることではない。「自分はサンタクロースの存在を信じるような子どもじみた人間なんじゃないだろうかという自己認識をもつ」ことが大人になるということである。子どもは自分が子どもであることを自覚しない。大人は自分のなかの子どもに気づいている。いいかえれば、子どもが自分のなかの子どもに気づくとき、かれは大人になる。

阪井助役の陰謀によって校長が辞めさせられるという事件にさいして、チビ公と柳光一とは世間における正義のあり方について議論する。

「そんなことはない」と光一は顔をまっかにして叫んだ。「もしこの世に正義がなかったらぼくらは一日だって生きていられないのだ、ぼくは悪いやつと戦わなきゃならない、この世の悪漢をことごとく撃退して正義の国にしようと思えばこそぼくらは学問をするんじゃないか」

「それはそうだが、しかし強いやつにはかないません、正義正義といったところで、ぼくの伯父は監獄へやられる、阪井は助役でいばってる、それはどうともならないじゃありませんか」(一〇三頁)

いくら正義をとなえたところで、けっきょく強いものには勝てない。チビ公の言い分のほうが、世間のきびしい風にさらされているぶん、いくらか大人びているようである。

いっそぼくの頭がガムシャラで乱暴で阪井のように善と悪との差別がないならぼく

はもう少し幸福かもしらない（一〇四頁）

チビ公のいう「頭がガムシャラで乱暴で」「善と悪との差別がない」とは、まさしく子どもである。ところがチビ公は自分がそうではないことを自覚している。大人になりかけているると評すべきであろう。

子どもの光一は「もしこの世に正義がなかったらぼくらは一日だって生きていられないのだ」というが、そもそも「この世」における正義とはなんだろうか。正しいことと正しくないこととを分けるために、たとえば法律のようなルールをつくる。しかしルールに違反していることは、はたして正しいと正しくないとを判別する目安になりうるだろうか。政府を批判するものは罰するといった「正しくないとはいえないことを禁止するルール」や、女性の入場を制限するといった「正しくないことを要求するルール」は、どう考えても正しくない。

チビ公は「どうしても悪いやつにはかないません」と溜息をつく。長いものに巻かれたくはない。しかし屈辱的な目にあいつづけてきたチビ公のいうところは、どうしてもペシミスティックにならざるをえない。

光一はなにもいうことができなくなった。かれはいままで正義はかならず邪悪に勝つものと信じていた。それが今日もっとも尊敬する久保井校長が阪井のためにおいはらわれたのを見て、正義に対する疑惑が青天に群がる白雲のごとくわきだしたところであった。（一〇四頁）

ひどく狭く限定されたものとして「この世」をとらえれば、たとえば光一がそこにおいて純粋培養されている学校のような閉ざされた空間にあっては、正しいか正しくないかを一義的に決めることもできる。

そこには階級の偏頗もなく、貧富の差異もなく、勉強するものは一番になりなまけるものは落第した（三六頁）

学校にあっては「勉強する」ことはそれ自体において正しく、「なまける」ことはそれ自体において正しくない。「勉強する」ものは正しく「なまける」ものは正しくないというルールが、すくなくとも学校ではひとつの決め手になりうる。ところが俗世間にあっては、つねに有効なルールというものはない。

チビ公と光一という好対照のふたりを描きながら、光一はいかにも子どもらしく描かれ、チビ公はどこか諦観めいた屈折をともなって書かれる。紅緑の筆をそのようにうごかす所以のものはなにか。身もフタもないようだが、光一は豊かな家に生まれ、チビ公は貧しい家に生まれたからである。しかし、あるものが豊かな家に生まれ、あるものが貧しい家に生まれるということは、そもそも不公平なことなのであろうか。もし不公平であるならば、どのように是正されるべきものなのであろうか。

自分のせいでもないのに生ずる不公平について、ふたつのことを考えてみよう。ひとつは「生まれてきた経済的なちがい」である。もうひとつは「生まれもっている才能のちがい」である。

チビ公は、かれ自身になんの落ち度もないのに、みじめな境遇に生きざるをえない。たとえば光一や手塚にくらべて、はるかに不利な生き方を強いられている。運がわるいのだろうか？　チビ公に責任はないのだから、なるほど運がわるいといいたくなる。だがそれをいえば、どういう資質をもって生まれてくるかということも、ひとしく運の問題ということになる（手塚のように性根の腐った性格で生まれてこなかったということは、チビ公は運がよかったのかもしれない）。

「生まれもっている才能のちがい」については、社会はおよそ介入のしようがない。そこへゆくと「生まれてきた経済的なちがい」については、社会は介入する余地をもてそうである。たとえば徴税によって得られる公的な資産をもちいて公共の社会福祉をおこなうといった再分配的なやり方がある。それは生まれてきた経済的なちがいの是正に直接的な効果をもつだろう。とはいえ、どういう境遇に生まれてくるかということは、意図的におこなわれる人種差別や性差別とちがって、なにかが「おこなわれている」わけではない。なるほど不公平ではあるが、それはなにか正しくないことがおこなわれた結果というわけではない。

「持って生まれた性格」と「生まれ落ちた境遇」とを分けて考えることができる以上、みぎのような事態はいくらでもありうる。そしてそこに幸運や不運を見いだすこともいくらでもありうるだろう。

なにが正しく、なにが正しくないかは、ふたりにとっては明らかである。だが、その明らかなことが世間では通用しない。つくづく理不尽きわまりない。いったい万人にとって正しい唯一の判定基準など、ついに存在しえないのだろうか。

このシビアな現実にたちむかうために紅緑がさししめす対処法は、すこぶるシンプルなものであった。一言でいえば、それは自分の「こころ」を決めるということである。なにが正しく、なにが正しくないかについて、世間の物差しをあてがって決めるのではなく、自分のこころに照らして決めるのである。そういう自分への配慮をもたなければ、そもそも道徳的でありうる動機がないことになる。

自分のこころに照らしてものごとを決めるとは、まことに拍子ぬけするくらいシンプルな対処法である。シンプルではあるが、おのおの道徳的でありうる動機として、これ以上のものはない。端的な事例として、パラリンピックの選手を見るがよい。かれらは身体的なハンディキャップを受けいれ、そういう自分として力強く生きている。卑劣な父親に洗脳されていた生蕃が見事に生まれ変わったように、苛酷なハンディキャップをもつがゆえに、それを受けいれてポジティブに生きてゆくのだというふうに、ひとは自分の「こころ」を決めることができる。そう考えると、なに不自由なく育った光一のような子どもは、現実の理不尽さを目の当たりにしながらも、そのなかに自己を位置づけることがかえってむつかしいという仔細もありそうである。

生蕃の父の画策によって排斥せられた校長がいよいよ浦和を去るというとき、捕手の小原はひどく分別くさいことをいい、光一もそれに賛同する。

「今日の見送りだがね、もし生徒が軽々しくさわぎだすようなことがあると、校長先生がぼくらを扇動したと疑られるから、この点だけはどうしてもつつしまなきゃならんよ」

「ぼくもそう思ったからきみに相談しようと思ってでかけたんだ」（一二七頁）

まことに思慮に富むものの見方のようだが、はたしてそうだろうか。なるほど「軽々しくさわぎだす」のは子どもじみているが、かといって世間の顔色をうかがって坐視しているのが大人というわけでもあるまい。

「ねえきみ、ぼくにはよく先生の気持ちがわかった、それはね、ぼくが捕手をやってるからだよ、捕手は決して自分だけのことを考えちゃいかんのだ、全体のことを……みんなのことを第一に考えなけりゃならない、ちょうど校長は捕手のようなものだからね」

「そうかね」

柳はひどく感慨にうたれていった。そうして口の中で、「みんなのことみんなのこと」とくりかえした。（一二八頁）

捕手と投手とは相補的な関係にある。この関係は夫唱婦随というような一方が他方を支配する関係ではない。相手を活かすべく自分が工夫し、相手を充たすことが自分の満足であるような関係である。

小原の「みんなのこと」というセリフは柳光一にむけられたものではあるが、読むものには大人の生き方を示唆するもののように響く。たしかに自立した大人であって、はじめて「みんなのこと」を考える利他的な生き方ができる。しかし利他的であることがエクスキューズとなると、ややもすれば自分のこころに正直に生きることをためらわせる。

ここにおいて紅緑は、すこぶる意味深長なことをのべる。煩を厭わず引いてみる。

政党は国家の利益を増進するための機関である、しかるに甲の政党と乙の政党とはその主義を異にするために仲が悪い、仲が悪くとも国家のためなら争闘も止むを得ざるところであるが、なかには国家の利益よりも政党の利益ばかりを主とする者がある。人民に税金を課して自分達の政党の運動費とする者もある。人間に悪人と善人とあるごとく、政党にも悪党と善党とある、そうして善党はきわめてまれであって、悪党が非常に多い。これが日本の今日の政界である。（一〇六頁）

紅緑のいうところが相変わらず「日本の今日の政界」の現状であるかどうかはさておき、紅緑の驥尾に附して、これだけは書いておきたい――とおもったのだが、うまく書けそうもないので、ひとの文章を引く。

敵をおそれるな、かれらは君を殺すのが関の山だ。友をおそれるな、かれらは君を裏切るのが関の山だ。無関心な人々を恐れよ、かれらは殺しも裏切りもしない、だがかれらの沈黙の同意があればこそ、地上には裏切りと殺戮が存在するのだ（「怒らない若者たち」『長谷川四郎全集』第六巻・晶文社）

感情にかられて「軽々しくさわぎだす」ことを自重するのと「無関心」であるのとはちがうけれども、そういう分別じみた子どもは得てして無関心な大衆になりがちだとはいえるんじゃないだろうか。

ちょうど汽車が動きだしたとき、ひとりの少年が大急ぎでやってきた、改札口が閉鎖されたのでかれはさくを乗り越えようとした。

「いけません」

駅員はかれをつきとばした。かれはよろよろと倒れそうになって泳ぐように五、六歩しざった、そうしてやっと壁に身体をもたらして呼吸をきらしながらだまった、その片手は繃帯にまかれて首からつられてある。彼の胸があらわになったときその胸元もまた繃帯されてあるのが見えた。（一三四頁）

この少年とは生蕃である。生徒たちが騒ぎたてることを自粛しているとき、かれは「さくを乗り越えようとした」。やむにやまれぬ激情に子どもっぽく身をまかせた。

「おれはなあ柳」

阪井は感慨に堪えぬもののごとくいった。

「おれは今日から生まれかわるんだぞ」（一四〇頁）

事態のなりゆきを忖度して「軽々しくさわぎだすようなこと」をしないのが大人なのではない。自分のなかの子どもらしい部分に気づきながら、ときにそれに自覚的に身をまかせられるもの、それが大人である。このときの生蕃は、チビ公や光一を置き去りにして、一足先に大人になっていたのである。

四　自分について

ひとはみな自己というあり方で生きている。痛いというのは「わたくしの」経験であって別のだれかの経験ではない。この経験の「わたくし性」についての吟味は哲学者にまかせておくとして、さしあたり問題にしたいのは、悲惨きわまりない境遇にあるチビ公がいかにして「自分の人生は自分のものだとおもってよいのだ」と自己を肯定するにいたったかということである。

読者は知っている。チビ公には自己を肯定しうる資質があるということを。げんに貧困にあえいでいるけれども、この少年は性根まで貧乏くさくなってはいないということを。

だからねえきみ、きみが中学校をやって大学をやるまでの学資ならぼくの父がだしてあげるとこういうのだ。きみは学校でいつも優等だったしね、それからきみの性質や品行のことについてはこの町の人はだれでも知ってるんだからね、豆腐屋をしてるよりも、学問をしたら、きっと成功するだろうと父もいうんだ（五九頁）

学資を支援しようという柳光一の父のありがたい申し出を、チビ公はいさぎよく辞退する。

「ぼくはねえ柳さん、ぼくは独力でやりとおしたいんです、人の世話になって成功するのはだれでもできます、ぼくはひとりで……ひとりでやって失敗したところがだれにも迷惑をかけません、ぼくはひとりでやりたいのです」（六二頁）

悲惨きわまりない境遇にありながら、チビ公はおいしい話に食いつかない。痩せガマンではあるが、このチビ公の示したひとりの人間としての矜持に、読むものはかれの明るい未来を予感する。

わたくしの趣味である囲碁についていえば、人間はＡＩに勝てない。評価関数が定義できることにかんしては、いまやＡＩのほうが断然強い。人間がかろうじてＡＩよりまさっているのは評価関数が定義しにくい領域、すなわち「みずから当の営みの意味を考えねばならないような営み」である。たとえばチビ公のように痩せガマンすることがそうである。

痩せガマンできるというのは、レッキとした人間としての実力である。痩せガマンできることと、ガンバれることとは、表裏一体である。痩せガマンできないようでは、ガンバることもできない。

なに不自由なくもっている光一にくらべて、チビ公はなんにももっていない。しかし痩せガマンするという契機を、チビ公はもっているが、光一はもっていない。お金持ちのボンボンは「ぼくは独力でやりとおしたいんです」といった発想をもちにくい。

自己とは、とりあえず「あるがまま」の自分自身のことであるが、あるがままの自分自身がただちに真の自己であるといってよいのだろうか。アテナイの法廷にあってソクラテスはこういっている。

　自分自身に気をつけて、できるだけすぐれた善い者となり、思慮ある者となるようにつとめ、自分にとってはただ付属物となるだけのものを、決して自分自身に優先して気づかうようなことをしてはならない（田中美知太郎訳「ソクラテスの弁明」『プラトン全集』第一巻・岩波書店・一〇一頁）

自己にとって「ただ付属物となるだけのもの」にとらわれるのは愚かしい。では、チビ公にとってそれはなにか。まさに枚挙にいとまもないが、たとえばこういうものだろう。

「親がないのはお金がないよりも悲しいことだね」（三四頁）

「親がない」「お金がない」のは「悲しいこと」である。しかし「親」「お金」といった光一がもっていてチビ公がもっていないものは、はたして人間にとって不可欠のものなのだろうか。否。それは「ただ付属物となるだけのもの」にすぎない。「親」「お金」は、人間にとって不可欠のものではない。子どものチビ公にそれに気づけというのは酷だが、それに気づかないかぎり「すぐれた善い者となり、思慮ある者となる」ことはむつかしい。

チビ公の目から熱い涙がとめどなく流れた、金のためにさいなまれたかれは、腕力のためにさいなまれる、この世のありとあらゆる迫害はただわれにのみ集まってくるのだと思った。（三八頁）

チビ公は、親や金がないのみならず「腕力」もない。それゆえ生蕃の横暴のまえに屈服せざるをえない。腕力などもちろん「ただ付属物となるだけのもの」にすぎないのだが、子どものチビ公はそのことに気づけない。

「おれはだめだ」

かれはこう考えた、どんなに勉強してもやはり金持ちにはかなわない。（一六七頁）

「お母さん堪忍してください、ぼくは自分で自分をどうすることもできないのです」（一六八頁）

チビ公にふりかかる貧乏に由来する理不尽な仕打ちは、理としては「ただ付属物となるだけのもの」にすぎないけれども、情においては耐えがたきものである。チビ公は「自分で自分をどうすることもできない」ところにまで追いこまれる。

「ただ付属物となるだけのもの」とは、自己にたまたま帰属するだけのものの謂である。親の有無・金の有無・腕力の有無、それらはその人間の本質ではない。その証拠に、手塚を見よ、金があってもあの卑劣漢である。生蕃を見よ、腕力があってもあの粗暴者である。金のある卑劣漢や腕力のある粗暴者よりも、親も金も腕力もない「すぐれた善い者」「思慮ある者」となれ、とソクラテスは教える。

チビ公につきつけられる苦悩は、じつは万人のそれでもある。いかに裕福であろうとも、ふとした拍子に「人生の意味とはなにか」という問いにさいなまれる。それはたんに生き甲斐を問うているのではない。生きているということ自体への問いである。

チビ公は「お母さん堪忍してください、ぼくは自分で自分をどうすることもできないのです」とおのれの苦悩を母親にぶつけていた。その言葉は、無意識のうちに、他者にむけられた承認欲求をはらんでいる。「お母さん堪忍してください」というのは、ひかえめな訴えではなく、愛されることの要求である。他者にもとめているかぎり、チビ公は大人の自分になりきれない。自分というものは、自信や自尊心があって、はじめて作動するものである。他者にむけられた承認欲求をふりはらい、みずからを肯定するとき、ようやく自分として生きはじめることがかなう。

すでに論じたとおり、紅緑がチビ公にあたえる答えは「自分を肯定する」というシンプルきわまりないものであった。自分を肯定するとき、そこに「回心」ともいうべき転換が生ずる。ただし、ただ現実にまみれているだけでは、けっして回心の機は得られない。チビ公に自分を肯定するキッカケをあたえたのは黙々先生である。先生は「きみの先祖からの由緒書きだ」とチビ公に系図を示す。

「きみの父祖は南朝の忠臣だ、きみの血の中に祖先の血が活きてるはずだ、きみの精神のうちに祖先の魂が残ってるはずだ、君は選ばれたる国民だ、大切な身体だ、日本になくてはならない身体だ、そうは思わんか」
「先生！」
「なにもいうことはない、祖先の名をはずかしめないように奮発するか」（一七一頁）
黙々先生のいうところの信憑性はさておき、少年をして奮い起たしむるには十分の効果があったようである。子どもダマしとわらうなかれ。これを教師の手管といわずしてなんといおう。

黙々先生に系図を見せられたその夜、千三はまんじりともせずに考えこんだ、かれの胸のうちに新しい光がさしこんだ。かれは嬉しくてたまらなかった、なんとも知れぬ勇気がひしひしおどり出す。かれは大きな声をだしてどなりたくなった。（一七三頁）
千三は生まれかわった。翌日からなにを見ても嬉しい。かれは外を歩きながらそればかりを考えている。（一七八頁）

絶望寸前だったチビ公は、黙々先生に「君は選ばれたる国民だ、大切な身体だ、日本になくてはならない身体だ」といわれ、ようやく自分を肯定でき、おかげで「胸のうちに新しい光がさしこん」できて「生まれかわった」のである。

自分を肯定するというのは、自分が好きということではない。自分が好きだとか嫌いだとか考えないですむということである。自分がこの自分であることをみずから引き受けることである。「いま・ここ」で世界を感じている唯一の自分、それを受けいれることである。黙々塾と浦和中学との野球試合がおこなわれるにさいして、黙々先生は安場にコーチを頼む。そしてこう述懐する。

どうかして勝たしてもらいたい、わしが生徒に野球をゆるしたのは少し考えがあってのことだ（中略）だからどうしても今度は勝たねばならん、わしもこの年になって、なにをくるしんですっぱだかになって空き地でバットをふり生徒等を相手に遊んでいたかろう、生徒の自尊心を養成したいためだ（二〇一頁）

黙々先生のいう「自尊心」とは、自信をもつことである。自信とは「いま・ここ」に生きている自分を受けいれ、かけがえのない自分として生きることである。自分が信じることに根拠は要らない。根拠のない自信をもって、やれることをやること、それが自尊心である。黙々先生はそれを学問をとおして身につけさせようとしてきたが、この機会に野球によっても体感させようとする。

困難にでくわしたとき、「あ、この試練はこれから生きてゆく糧になるな」とおもうことができれば、その困難をありがたい経験として引き受けることができる。でくわしてしまった困難には逆らえない。逆らえないものに対して、逆らえないからといって暗くなってもしょうがない。「よし、ドンとこい」と引き受ける。困難を引き受けるすべを身につけているものは、困難なことをしているのに、どこか幸せそうである。逆らえない困難をうれしそうに受けとめて、よいほうへと使うことができる。

チビ公は荷をかついで家をでた、なんとなく戦場へでもでるような緊張した気持ちが五体にあふれた、かれは生まれてはじめて責任を感じた、いままでは寒いにつけ暑いにつけ商売を休みたいと思ったこともあった、また伯父さんにしかられるからしかたなしにでていったこともあった、しかしこの日は全然それと異なった一大革命が精神の上に稲妻のごとく起こった。

「おれがしっかりしなければみんなが困る」（四八頁）

「寿命が百歳じゃないとイヤだ」「財産が百億円ないとダメだ」と考えるひとは、まず幸せになれない。百歳まで長生きしても、百億円の宝クジにあたっても、そういうひとは幸せになれない。そのつど自分なりに「すること」があるっていうことが、じつは幸せなのである。あるいは自分の「できること」と「すべきこと」とが一致しているというのも、けっこう幸せだとおもう。なにかを有しているから幸せだとか、有していないから不幸せだということはない。有していたら有していたで、うしなうのが心配でジッとしておれまい。ありふれた日常がとてつもなく幸せだという、まっとうな価値観へとこころを切り替えねばならないのだが、そう簡単には「一大革命が精神の上に稲妻のごとく起こ」ってはくれない。

物語の終盤、さんざんイヤな目にあってきたチビ公の身に、ダメ押しのように難儀がふりかかる。手塚の策略によってチビ公は濡れ衣をきせられ、誤解した光一になぐられる。やがて誤解していたことを知り、光一はゆるしを乞う。

「おい青木」と光一は千三の前にひたと座っていった。「おれをなぐってくれ、おれは悪かった、さあおれがきみにしたようにおれの顔のどこでもなぐってくれ」

「なにをいうか柳」と千三は光一にひたとより添うて手をしっかりとにぎった。

「ぼくは今夜きみの演説で真の英雄がわかった、ぼくらはおたがいに英雄じゃないか、正義の英雄だよ」

「ゆるしてくれるか」

「ゆるすもゆるさんもないよ」

「ありがとう」

ふたりはふたたび手をにぎりしめた。（二八九頁）

だれかと向きあうとき、そのひとについて自分はすでに知っている（とおもっている）ことを前提としている。その前提にもとづいて語りあったりすることは、もちろんやってよいのだけれども、それだけだと絶対にとどかない場所がある。そのひとについて自分が知っているとおもっていることも大事だが、まだ自分の知らない、ひょっとしたら当人でさえ気づいていない、そんな場所にたどりつくようなコミュニケーションができたら最高である。

そのためには性急に判断することを保留しなければならない。素早く反応するのではなく、悠然とした思考であらねばならない。ふたりでいっしょに場を共有しながら、ゆったりと向きあい、おたがいをおもいやるようなコミュニケーションをすべきである。

相手の言葉だけにではなく、むしろ沈黙にこそ耳をかたむけるような、そんな姿勢をとらねばならない。そして、そういう姿勢でいることが相手に伝わらなければならない。そのことが相手にうまく伝わると、相手のこころの扉がひらく。すでに知られている部分ばかりで終始するコミュニケーションは、たがいの確認にはなっても発見にはならない。

「ゆるしてくれるか」「ゆるすもゆるさんもないよ」「ありがとう」。チビ公と光一とは、相手のことをすでに知っているという気持になっていたけれども、さらに新たに知りなおしたような気分になった。他人のありようをあらかじめ決めつけてしまうと、「ぼくらはおたがいに英雄じゃないか」とリスペクトしあえるような関係はつくれない。

貧しいチビ公は黙々先生の私塾にゆくことによって自分を肯定できるようになってゆくが、黙々先生の教育方針とはいかなるものであったか。

きみの解釈は字句において間違いがあるが大体の意義において間違いはない、書を読むに文字を読むものがある、そんなやつは帳面づけや詩人などになるがいい。また文字に拘泥せずにその大意をにぎる人がある、それが本当の活眼をもって活書を読むものだ、よいか、文字を知らないのは決して恥でない、意味を知らないのが恥辱だぞ（一五六頁）

黙々先生が子どもにもとめるのは「文字に拘泥せずにその大意をにぎる人」になること、すなわち「本当の活眼をもって活書を読むもの」になることである。いいかえれば、それは自分の頭で考えるということである。自分の頭で考えて自分の生き方を決められること、それが知性があるということである。

学校には、勉強のノウハウをならう授業はあっても、知性をはぐくむ教育はほとんど存在しない（それは社会にでてから身につければよいとされる）。学校教育は、社会のほうは向いておらず、上級学校のほうを向いている。ところが上級学校である大学での教育は、教養から実学へとシフトさせられている。知性などとノンキなことをいっていると生存競争に負けてしまう。現代にあって知性はすでに敗勢にある。

黙々先生が教えるのは知識ではなく知性である。たんに知識を寄せあつめるだけの教育は、いたずらに体制順応型の人間をつくるだけである。自分の頭で考えて自分の生き方を決めることができないものは、いきおい指示待ち人間になってしまう。

どんな本でも、くわしくくわしくいくどもいくども読んで研究すればすべての学問に応用することができる、数多くの本を、いろいろざっと見流すよりたった一冊の本を精読する方がいい。（一八九頁）

知性とは自分の頭で考えてなんとかすることである。手強い本があっても「くわしくくわしくいくどもいくども読んで研究すれば」なんとかなる。なんとかならないかもしれないが、なんとかしようとしたことは、かならず自分の血肉になっている。

「おれは先生の恩はわすれない、もし先生のような人がこの世に十人もあったら、すべての青年はどんなに幸福だろう、町のやつは……師範学校や中学校のやつらは先生の教授法を旧式だという、旧式かも知らんが先生はおれのようなつまらない人間でもはげましたり打ったりして一人前にしたててくれるからね」(一九〇頁)

黙々先生の教育は、子どもを大人にすることをめざす。黙々先生は「はげましたり打ったりして」自分の頭で考えられるような「一人前にしたててくれる」。子どもは、自分の考え方を肯定してくれるような他人の考え方だけを知りたがる。そういうワガママなものに、かけがえのない自分はない。子どもは、どうしても大人のいいなりになりがちである。なんとなれば子どもの自分は、自分のなかにあるのではなく自分の外にあるから。

子どもにとって答えは自分の外にある。だから自分の頭で考えて答をだそうとするのではなく、いまの答えがどこにあるのかをさがそうとする。みんな(世間)はどうを考えているのだろう、とまわりをキョロキョロする。

「文字を知らないのは決して恥でない、意味を知らないのが恥辱だぞ」(一五六頁)と黙々先生はさとす。この世のどこかに唯一の正解が存在している、という考えを前提にしてはいけない。正解などというものが自分の外には存在するわけじゃない。それは自分の頭で考えだすしかない。

知性があるとは、問いをいだけるということである。大事なのは問いをいだくことであって答えを見つけることではない。

知性があるとは、謙虚であるということである。世界には自分よりもすぐれたものが大勢いるということを知ることである。

子どもはつい勝つことにこだわってしまうが、それよりも負けないことのほうが大事なのである。自分の頭で考えつづけること、つねに問いつづけることは、いつまでたっても安心できないということである。しかし生きるとはそういうことではないだろうか。自分が自分として生きているということの尊厳をまもろうとするとき、ひとには負けない力としての知性が必要になる。


いいか、胸がせかせかして負けまい負けまいとあせればあせるほど、下腹がへこんで、肩先に力がはいり、頭がのぼせるんだ、味方が負け色になったらみんなへそに気をおちつけろ、いいか、わすれるな、黙々塾は一名へそ学校だぞ、そう思え（二〇六頁）

へそは知性の象徴である。大切なのとは勝つことではない。負けないことである。人生もそうである。勝ちあがることよりも、生きのこることのほうが、より大事なのである。

知性とは自分が生きのびてゆくための知恵をいうのであって、自分の生き方とは関係のないなにかについて知っていることではない。自分が生きていることと没交渉の知識をためこんでも、他人にひけらかして自慢する以外に使い途がないではないか。

黙々先生にみちびかれ、悲惨な境遇にあえいでいたチビ公は、ゆっくりと自己を肯定するようになってゆく。自分の人生は自分のものだとおもってよいのだ、と。

五　おわりに

おもえば子どものころはキライの力で生きていたような気がする。学校がキライ、社会がキライ、そんな自分がキライ。そういう負のこころをパワーに変えて前進できたかっていうと、そうでもない。ただ文句をいっていただけ。

いまはけっこうスキの力で生きている。スキな本を読んだり、スキな音楽を聴いたり、スキな友人としゃべったりして、とりあえず機嫌よく生きている。だからいまの暮らしにあんまり文句はない。

たぶんコツをつかんだんだとおもう。どういうふうなって、つまりキライなものに近づかないコツを。

同じ本を読むとして、それをスキとして読むこともできるし、キライとして読むこともできる。もともと本自体はどっちでもない。どっちでもないものに、スキだのキライだの、いちいちラベルを貼らなくたってよい。どっちでもないんだし、ほうっておけばよい。とはいえ、じっさい読んでいれば、なかなかそうもゆかない。こちとら煩悩まみれの人間だから。

本のなかの言葉は、それを読むひとにむけて、スキであるべきものとしても、キライであるべきものとしても、かならずしも発信されてはいない。だったらこのさいスキなものとして読んでしまおう。生きてゆく元気がでるような言葉として受けとめよう。そんなの当たり前？　うん。当たり前である。でも、その当たり前のことを当たり前にできるようになるまで、ずいぶん時間がかかったんだ。

『ああ玉杯に花うけて』という小説は、おそろしく大時代なものの見方をもってつづられている。筋立てといい、語り口といい、およそ陳套ならざるところはない。これを旧弊なる陋見のかたまりとみなせば、およそ論ずるに値しない過去の遺物ということになるだろう。そう評してもさして不当でないような気もするが、わたくしなりにスキなものとして読もうとしてみた。いまどきの子どもも読むべきであるとまでは提灯をもてないけれども、子どもが大人になってゆくプロセスにおいて遭遇するであろう葛藤を描きだし、それに作者なりに答えようという姿勢をもって書かれた作品であるとはいえるとおもう。

小説の冒頭「豆腐屋のチビ公は」とあることに違和感をおぼえ、チビ公？　紅緑はどういう気持でこれを書いたのだろう、とわたくしは書いた。小説の末尾ちかく、紅緑はこう書いている。

読者諸君、回数にかぎりあり、この物語はこれにて擱筆します。もし諸君が人々の消息を知りたければ六年前に一高の寮舎にありし人について聞くがよい。青木千三と柳光一はどの室の窓からその元気のいい顔をだしてどんな声で玉杯をうたったか。(二九〇頁)

子どもはいつか大人になる。刮目して相待つべし。われらがチビ公は、いつのまにか青木千三になっていた。

Ⅲ　秋田雨雀

敗戦直後の秋田雨雀
―占領下の郷里とのかかわり―

尾崎　名津子

一　文学者と郷里への疎開

秋田雨雀は一九四四年四月九日に東京を離れ、翌日黒石に入った。『読売報知』一九四四年四月九日には「疎開した作家たち」との見出しで、次のように書かれている。

敵前人口疎開の奨励に応じて作家も続々疎開してゐるが、既に完全或は一部疎開ををへた作家は次の如く多数に上つてゐる
吉川英治、長與善郎、尾崎士郎、阿部知二、邦枝完二、小島政二郎、竹田敏彦、西條八十、大木惇夫、荻原井泉水、畑耕一、野口雨情、秋田雨雀、鈴木彦次郎、寒川光太郎、宇井無愁、長谷健、下村千秋、林芙美子、岡田禎子、上泉秀信、浅原六朗、榊山潤その他の諸氏

疎開に至る経緯を雨雀の日記に基づき辿ってみると、一九四四年二月七日の条に「(この頃から疎開を決意したらしい——後記)」[1]とある。二月七日の日記は、「後記」の他にアメリカ軍のマーシャル諸島占領、新宿での観劇、自宅への訪問客について簡潔に記されるのみである。なぜこの日に「決意したらしい」と付記できたのかは明らかでない。調査続いて、二月一三日には「夜、七時から町会役員の疎開についての懇談会があった。調票は十六日までに集めること」とある。これが疎開に向けた具体的な動静を示す最初の記述である。二月二二日には「疎開の決心がほぼついた」とある他、同月二五日「疎開について故郷の兄さんから歓迎の意の手紙をもらった」、三月二日「区役所を訪ねて、椎名稚夫君に逢い、疎開証明書下附願を出した」、同月一四日「田舎の兄さんが迎えにきてくれた」、同月三〇日「兄さんが疎開の荷物をからげ終えたので安心した」、四月九日「隣組の人々に送られて雑司谷の家をすてた」と続く。雨雀の旧居は日記によると砂金《いさご》氏（伊達宗重の家系と姻戚関係にある）に渡ったようである。およそ四〇年暮らした東京を「すて」た雨雀は、ここから四八年五月三〇日に再び東京へ向かうまで、四年超に及ぶ青森での生活を送ることになった[2]。この間に発表された雨雀テクストは次の通りである。

「東北の母たち娘たち」（『月刊東奥』第七巻第四号、一九四五年五月）

「ある挨拶」（『文藝春秋』第二三年第八号、一九四五年八月）
「八甲田の見える町の風俗」（『月刊東奥』第七巻第九号、一九四五年一一月）
「紀元元年の港へ船は行く」（『週刊自由』第一号、一九四五年一二月）
「北方のメーデー」（『月刊東奥』第八巻第四号、一九四六年四月）
「よき果実、よき人」（『月刊東奥』第九巻第一号、一九四七年一月）
「『白痴』について（小説選後感）」（『月刊東奥』第九巻第一号、一九四七年一月）
「短かい生涯」（『月刊東奥』第九巻第三号、一九四七年三月）
「正しい恋愛観から」（『月刊東奥』第九巻第四号、一九四七年六月）
「自伝的文学記録」（『東北文学』第二巻第九号―第三巻第一〇号、一九四七年九月―四八年一〇月）
「我が子等に」（『朝日新聞』青森版、一九四八年一月一日）

文学者の疎開というと、芦屋から岡山へ移った谷崎潤一郎や、戦前期に別荘を建てたことを縁として軽井沢に疎開した室生犀星などが想起される。彼らは自分の出自とはゆかりのない土地に疎開した。その一方で、広島に戻っていた時に被爆した原民喜や、敗戦直後に川端康成の誘いで神奈川県・鎌倉に移住するまでは新潟にいた石塚友二など、郷里に疎開した文学者も少なくない。空襲や食糧事情の悪化といった戦災に追われて地方に移り住むことと、同じ戦災に因る移住でも自分が育った土地に戻るのとでは、同じ疎開とはいえ意味合いが異なってくることは言うまでもない。後者の場合は明確に郷里を離れる以前と現在とを比較する視線、あるいは重ね合わせる視線を獲得しているであろうし、また、疎開先での人的な繋がりの面でも、「疎開のための疎開」をする者とは自ずと異なる。

こうした郷里に疎開した文学者の中でも、秋田雨雀のケースはいかに捉え返せるかということが本章の課題だが、その前に、参照項として同じ青森県出身の太宰治のケースを挙げたい。それは「文学者の郷里への疎開」の事例として、大いに人口に膾炙しているといえよう。その理由は、作家の文学的営為全体において重要な意味を持つ作品が該当期間に多く書かれたことに求められる。一九四五年七月から四六年一一月まで金木に滞在していた太宰は、その期間に「パンドラの匣」（『河北新報』一九四五年一〇月二二日―四六年一月七日）や「冬の花火」（『展望』一九四六年六月）、「春の枯葉」（『人間』一九四六年九月）、「トカトントン」（『群像』一九四七年一月）などを執筆し、旺盛な創作活動を展開した。これらは太宰作品の中でも言及・論究される機会の多い、いわば代表作のうちに入る。それらが一年四ヶ月の疎開期間に集中して書かれたことは目を引く。

それに対し、雨雀は創作に限ると四年間で詩を三篇発表したのみである。このような「戦災を免れ、落ち着いた状態で創作できそうなものなのに、寡作である」といった状態をいかに捉え返せるだろうか。尤も、当時三十代後半の太宰に対し雨雀は六十代前半だったという世代の差や、文芸メディアにおける立ち位置の違いなど、両者を単純に比較すべきでない要件は様々にある。とはいえ、太宰の疎開時代については様々な言及がある現状に対し、雨雀における疎開の意味を問う機会は、管見の限りごく少ないように思われる。

旺盛な創作という点で言えば、雨雀ほど生涯を通して多筆であった作家も少ないかもしれない。そこには創作だけでなくエッセイや評論も含まれるとはいえ、そうした活動が本格的に始まったのは一九〇七年、二五歳の時に『早稲田文学』六月号に小説「同性の恋」を発表して以降である。それ以来、毎年一〇本前後、あるいはそれ以上の数の文章をコンスタントに発表してきた。しかし、総力戦体制下、試みに国家総動員法が制定・施行された一九三八年を起点に雨雀の新たなテクスト（ジャンル不問）の発表回数を挙げると、それは次のように推移する。

【秋田雨雀の作品数の変遷（一九三八―五三年）】

西暦	作品点数	備考
一九三八	一四	
一九三九	一〇	
一九四〇	八	
一九四一	一	一一月、検閲処分を受ける
一九四二	一	
一九四三	〇	
一九四四	〇	四月、疎開
一九四五	四	

西暦	作品点数	備考
一九四六	一	
一九四七	五	
一九四八	二	五月、上京
一九四九	二	
一九五〇	三	
一九五一	八	
一九五二	四	
一九五三	一五	

〔参照：藤田龍雄『秋田雨雀研究』（津軽書房、一九七二年）。これに『月刊東奥【戦後版】復刻版』（三人社、二〇一七―一八年）によって新たに確認できた雨雀テクストの数（一九四七年発表の二本）を加えている。〕

概観すると、戦時体制の展開にしたがい、作品発表回数が漸減しているように見える。当然ながらこの要因は複合的で、一つに求められるものではない。たとえば、一九四一年は前年の八本に対して一本のみと、発表が激減した年だが、この年の四月に雨雀は妻きぬを亡くしている。また、五月には警視庁に呼び出され、自らの政治的活動に関する手記を書くよう要請された。この作業に七月初旬までかかっている。七月以降は島村抱月らの追悼式、長谷川時雨の告別式や追悼会、中村吉蔵の告別式への出席など、知己友人を見送る機会が目立つ。その傍ら、定期的に浅草華蔵院での聖典朗読会に参加しているうちに一年を終えたようである。また、一〇月一五日にフタバ書院から刊行した『太陽と花園』（初刊は精華書院、一九二一年七月）が、一一月一三日付で安寧秩序紊乱の廉で発売頒布禁止処分を受けている。内務省検閲の一次資料である『出版警察報』第一四一号には、その禁止理由が次のように書かれている。

本童話ハ、思想要視察人トシテノ著者ガ、左翼運動盛ナリシ年代ニ執筆シタルモノヲ、多少現時代調ニ修正シテ記述シタルモノニシテ、其ノ内容、特ニ露骨ナル「イデオロギー」ノ表現ハ無キモ、好ンデ人生、社会ニ対スル矛盾面ヲ皮肉、暗黒ナル筆致ニテ取扱ヒアル点ヨリシテ、作品ノ根柢ニ著者ノ思想運動ニ対スル衝動ガ感受セラル、箇所多ク、読者ヲシテ懐疑ニ陥ラシムル虞アルノミナラズ、風教的ニモ好マシカラザル箇所アリテ、小国民ヘノ読物トシテハ不適当ナルモノト認メタルニ依ル。(3)

『出版警察報』は、検閲の実務を担当していた内務省警保局図書課が、一九二八年からほぼ毎月刊行し、内部でのみ閲覧に供されていた、検閲処分に関する詳細を伝える刊行物である。右の引用には「思想要視察人トシテノ著者」とあることから、一九四一年の時点で内務省の内部においては、思想の面で雨雀自身がマークされていたことがわかる。同時に「思想運動ニ対スル衝動」を「作品ノ根柢」ににじませる作家として重視されていたことも十分に窺える。先述の警視庁に呼び出され手記を書かされた件も、「思想要視察人」ゆえの出来事だと思われる。こうしたことも、一九四一年に雨雀が新作を書かなかったことの要因の一部だといえるだろう。

さて、この年からおよそ一九五〇年までが、雨雀の生涯における寡作の時期といえよう。この期間に、一九四四年から四八年までの疎開時代が含まれている。

これまで、雨雀の作品の発表機会が少ないことを強調してきたが、疎開時代には文筆活動の場を絞っていたとも言える。とりわけ、地方誌の『月刊東奥』に頻繁に寄稿していたことは注目に値する。この雑誌の戦後版は二〇一七年から二〇一八年にかけて復刻版が刊行されたことにより、飛躍的にアクセスしやすくなった媒体である。これをつぶさに見ると、これまでの秋田雨雀研究においてカウントされていなかった文章を掬いとることができる。また、雨雀のテクストを雑誌の中に付置することによって、雨雀が敗戦直後の青森の文化・社会・政治に対し、どのような影響力を発揮していたのか、どのような位置にいたのかを、より鮮明に見ることができるだろう。

また、雨雀の活動は文学作品の創作だけでなく、エスペラント運動、演劇運動、労働運動など多岐にわたる。それらを一貫して貫くものを論じることが理想的とはいえ、本稿ではひとまずいくつかのトピックを立て、それぞれについて考察する。まず、アメリカ軍の進駐という事態に対する雨雀の視線を、公的な文書などを交えつつ明らかにする。次に、敗戦直後の青森県内に大きな印象を残した四六年のメーデーについて、続いて、『月刊東奥』を通して「文化の復興」と雨雀との関係を考察することにしたい。

二　占領への視線

一九四五年八月一五日のことを、秋田雨雀は日記に次のように書き残している。

午前牧場へ行く。長内家へ寄る。須藤善でまた絵を見せてもらった。正午、天皇陛下の放送ある由、回覧板が廻っていた。大転換期が迫っていることを感じた。正午天皇陛下の放送があった。筧家のラジオで放送を聴いたがやや明瞭を欠いていた〔中略〕無条件降伏の申入れとは全く有史以来の遺恨事ではあるが、最近の敵空襲による悲惨事を思えば万止むを得ない事実としなければならない。聴衆者は呆気にとられてはいたが、どこかほっとした安心の色があった。町を歩む人々もみなこのことを話して通る。欧洲大戦の止んだ時、敵味方の兵士が跳り上って喜んだといわれているが、この喜びは誰の心の中にも潜在しているに相違ない。(4)

その翌日に改めて「昨日は強い感動を得た」と記した雨雀は、当時の黒石の人々の様子も詳細に記録している。そして「みんな何か割切れないものを持っているようだが、内心は安心しているらしい」(八月一七日)と概括している。一方で、戦争の継続を望む「反動派」、「反動家」の言動や、浅虫や板留でデマが流れている事実も書き留めていた。無条件降伏がもたらしたものは「遺恨」と「安心」というアンビバレンスであり、それは周囲の人々だけではなく、雨雀自身の内にも生まれたものだった。

雨雀は八月一七日に疎開から引き揚げる決意をしたものの、一九日の「自分は疎開の目的を一応果したものであるから上京して最後の生活を送ることを至当とする」という記述を最後に、上京の話が出てこなくなる。東京の事情も考慮されたと考えられるが、黒石、青森の人々から雨雀が様々に求められ、それらの多くに応じたことが、「疎開」があと約二年半延びることになった大きな要因である。そして、人々の求めの中には占領それ自体と直接関わる内容も含まれている。

アメリカ軍の青森県への進駐は、九月八日に「北太平洋艦隊指揮官フレッチャー中将が揚陸指揮官「パナミント」に座上して大湊に入港した」[5]ことを嚆矢とするという。そのことは、同日の雨雀日記にも「アメリカの兵士達は大湊、浅虫等に上陸しているそうだ。暴行なぞの行われないことを希望する。デマがとんでいる」と記されている。だが、次の日記（八月二五日）の記述からは、〈制度的な手続きを以て始まる〉といった明瞭で鋭利な切断面を持たない、占領という事態の割り切れなさが窺える。

> 曇。牧場へ行く。空にはアメリカの艦載機が飛んでいる。人々は外へ出てぼんやりそれを眺めている。

実際の米軍上陸よりも半月ほど早く、玉音放送から十日しか経っていない時点で、黒石上空をアメリカ軍の飛行機が行き来する。それを「ぼんやり」と見上げる「人々」がいる。空襲とは明らかに異質で、一読すると穏やかですらあるように読める風景ではあるが、この時点で既に占領は始まっていると言えるのである。もちろん、まだ政治的な間接統治は始まっていない。しかし、占領とは、それをする側は、される側の手が届かない〈上空〉を自在に飛び回り、される側は命を獲られかねないという切実さを奪われたまま見下ろされ、それゆえ「ぼんやり」とするしかない、そういった事態なのだということを、この雨雀日記の記述は想起させる。

一方、県政のレベルでも、進駐に先立ち様々な対応を迫られていたようである。八月二四日には県会議員全員で県政調査会が組織され、金井元彦知事は戦後の行政の目標として、「連合軍進駐後の民心ならびに経済安定に努める」(6)ことを第一に挙げた。新たに設置された青森県警備隊の規定（一九四五年八月二八日）(7)では、第二条に警備隊の任務が明確化されている。七項目ある中には「交通ノ規制」や「流言蜚語ノ防遏」などが挙げられているが、その四つ目に「聯合軍進駐ニ伴フ各種紛擾ノ防止鎮圧」とある。こうした県内の動きに、雨雀も次第に関わっていくようになる。

九月三日には「動員署員」が黒石の雨雀宅を訪れ、「露語、英語のできる人がほしい」と要請している。日記には明記されていないが、これが進駐に備えてのものであったことは、この時に雨雀が推薦した荻田慶子が黒石警察署の嘱託を受け、進駐軍の通訳になっているこ(8)とから証し立てられる。同月一八日には県庁で行われる会議の傍聴を警察部（現在の県警察の前身で、県の警察を管轄する県庁の部局。一九四七年まで存在した。）に求められ、応じている。この時は「連合軍の要求（桟橋、宿舎、資材その他）に対しての応答」が検討された。一九四〇年代前半には「思想要視察人」とされ、警視庁で自らの思想遍歴に関する手記を書かされてもいた雨雀は、その数年後には故郷の警察から乞われ、協力し、警察に関わる会議のオブザーバーにもなっていた。もちろん、当時の中央集権的な警察組織において、中央と地方とではそれぞれの役割が異なっていたこともあり、これらの出来事を同じ水準で比較することはできない。とはいえ、戦前戦後ともに雨雀と警察とが間近い関係にあったとも言うことはでき、それにより雨雀を媒介として時勢そのものが変質するさまを捉えることが可能になる。

さて、実際に進駐が始まると、事前の策定に従って人々の生活が変化していったことが、雨雀日記にも記録されている。たとえば、九月二七日には孫娘の静江が通っていた学校が休校になったことに加え、「なんのために学校を休むのかわからない」、「（アメリカが怖いといって学校休み。）」と記されている。この事態は外部資料から跡付けられる。東奥義塾高校『昭和二〇年　進駐軍関係書類』には占領軍進駐に対する注意事項（一九四五年九月二〇日）(9)が収められている。青森県内政部長の名前で発信されているもので、県内の各中等学校の校長に宛てられている。その中には、例えば「三、女子中等学校関係注意事項」に「進駐地所在女子中等学校」に対し、「進駐当日ヨリ休校セシムルコト」とあり、また、「五、青年学校及国民学校関係注意事項」の中にも、「進駐地所在青年学校及国民学校」に対して「国民学校高等科及青年学校女生徒ハ進駐当日ヨリ休校セシムルコト」との注意が通達されている。静江の学校の「休み」もこれに該当すると思われる。

占領による生活の変化は、静江たち学童、学生のみに起こったのではもちろんない。雨雀自身も「アメリカの兵士」を目にする機会は多かったようである。雨雀の日記は黒石における占領に関する記録という意味も具えている。アメリカ軍の県内への進駐に関して、たとえば青森や八戸、弘前についての記録であれば、公文書や同時代の報道、当事者の証言など数多く残っているが、黒石についてては管見の限り雨雀日記以外になく、他に現存するとしてもごく僅かだと思われる。それは、黒石にアメリカ軍が駐屯しなかったことに大きく因るのであろう。しかし、駐屯しなかったことが直ちに「進駐・占領されなかった」ことを意味するわけではない。雨雀が記録した黒石でのアメリカ兵の姿は、二箇所に現れている。

午後アメリカ兵士が水陸両用のタンクに乗り坂上の方から山形町[10]の方へ行ったり来たりしている。兵士たちは赤く日焼けがしている。街を行く人がぞろぞろ怖しそうにしてかけ出しているのは醜い感じを与える。子供たちが「アメ、アメ！」といって車の去った後を街を歩くのもいけない。

（一九四五九月二六日）

晴。牧場へ行く。アメリカの兵士たちは毎日トラックで行ったり来たりしている。新坂で子供の手をひいて歩いていたという話をきいた。今のところ黒石には少しの事故もおこらない。

（一九四五年九月二八日）

雨雀が描き取ったアメリカ兵は、必ず日本の人々と対になっている。むしろ、雨雀の感興は彼らと接する人々の姿に触発されて湧く。無根拠にアメリカ兵を恐れる大人を嫌悪し、同時に無邪気にアメリカ兵に近づく子どもも近づきすぎだと嫌悪感を抱いているが、それはやがて問題にされなくなっていく。アメリカ兵を通して雨雀が言語化するのは、日本やそこに暮らす人間に対する自身の視線であり、違和感である。

当初、雨雀日記において、アメリカ兵は日本の人々を対象化するための装置としての役割しか担っていなかったが、一〇月三日の日本社会党青森支部創立に関わる記事では、次のように書かれている。

重くるしい日。今日青森市廃墟のテントの中で行われる最初の政治結党、日本社会党青森支部創立委員会に出席した。廃墟と化した青森市をこれで二度見た。今日は米軍の進駐後なのでなかなか賑やかだった。米兵黒奴兵がテントやバラックの傍で熱心に働いていた。米兵は比較的人を馬鹿にしたような態度をとってはいない。

雨雀はアメリカ軍の高官と言葉を交わすことにはなるが、街を行く兵士と対話した記述はない。右の記述がアメリカ兵と最も距離を縮めていると言える場面であり、そこでの視線は大いに好意的である。それに対して、日本の人々に対するまなざしは、どこか辛辣である。それは随筆「八甲田の見える町の風俗」(『月刊東奥』第七巻第九号、一九四五年一一月)によく表れている。一〇月一五日、雨雀は黒石で行われた英語講習会に参加した。これはアメリカ軍の指示を受けたのではなく、黒石の人々の自発的な動きだった。主催者は当時新興のメディアだった黒石新報社主の福士四郎だと推測される。民間だけでなく、当時の中山黒石町長が挨拶に立っており、町をあげての試みだったようである。日記によると、予定では四〇人ほどだったはずが、実際は二五〇人が集ったという。雨雀も町長に続いて祝辞を述べた。その内容について、日記には「言語の愛について、わが国の直面している現実と民主主義の問題、アメリカと民主主義――アメリカ文学の特長、英語を学ぶ人々に」と書かれているが、「八甲田の見える町の風俗」ではこのように綴り直されている。

私は与へられた席に腰かけて講習生の人たちの顔を見てゐると、何か感傷的なものさへ感じさせられました。

「昨日まで鬼畜だと教へられた民族の言語をなぜ諸君はそんなに学びたいのか?」と一々の諸君に質問して見たいやうな感じがしました。

私はこの夜、四十年前に私達が英文学を学び、アメリカ文学を学んだ時代は、十九世紀に於けるヨオロツパの、またアメリカの民主主義獲得の悩み、またその用語のために闘つた生活記録を学んだつもりであつた私たちは英語を学ぶのは進駐軍の将士と接触し、その親交を深めるためであることは勿論であるが、この言語によつて、人類の何んな願望が何んな苦悩が表現されてゐたかを学ぼうとしなければならないと、ロングフエローやエマースンやソーローやホイットマンの例を挙げて説いて見たかつたのです。この雑多な講習生の耳の中に私の声が果して何んなに響いて行つたでせうか。

日記には端的に「英語を学ぶ人々に」とあった部分が、随筆ではこのように詳細に記されている。そこには、戦前—戦中—戦後を決して切り離さない老エスペランティストの姿勢や、故郷の人々に対する啓蒙的な意図が鮮明に表れている。

なお、この随筆が掲載された『月刊東奥』一九四五年一一月号は、検閲処分を受けた資料としてアメリカ・メリーランド大学図書館のプランゲ文庫に所蔵されている。しかし、雨雀の文章が処分の理由になったのではない。宗像和重は「この文章には検閲にかかわる指摘はないが、同じ号に「特輯二篇」の一篇として掲載された宮腰武助「アメリカ進駐軍」には、添付の検閲資料に「DISAPPROVED」（事後検閲による不許可）の指示がある」[11]と指摘している。

宮腰という人物は、『月刊東奥』の誌面で「青森市立中学教諭」と紹介されている。件のエッセイ「アメリカ進駐軍」は、青森県から通訳を依頼された宮腰が見たアメリカ軍、並びに兵士の様子と印象を率直に綴ったものである。兵士については概ね好意的に評しているが、本隊が上陸する前に先遣隊が青森市内で窃盗したことが書かれている。GHQ／SCAP検閲においては「聯合国占領軍に就いて破壊的批評や占領軍に対して不信、又は怨恨を招くやうな記事を掲載してはならない」[12]とされていたことからしても、この内容が問題化されたということは想像しやすい。一方で、これが事後検閲となっていることは注目に値する。というのも、一九四五年九月から実施されたGHQ／SCAP検閲は、当初は事前検閲（印刷する前のゲラ類を提出させる方法）を採っており、一九四七年以降、徐々に事後検閲（製本した状態のもの、すなわち商品そのものを提出させる方法）へと移行したのである。ゆえに、一九四五年一一月号の雑誌が事後検閲となっているのは、GHQ／SCAPが検閲を開始した当初の混乱を示しているかもしれないし、また、地方における検閲の行き届かなさを暗示しているとも考えられる。

これまで玉音放送の日以降の雨雀の日記を中心に、雨雀が占領という事態をどのように見たかということについて検討してきた。その言葉を紐解くと、雨雀の占領に対する視線は、アメリカ軍に対するものであると同時に、敗戦直後の日本の人々にも向けられていたことがわかる。また、雨雀一人の問題に留まらず、当時の青森、黒石の人々の動静を辿る上でも、日記や地方誌は公文書に表れない実態を示す、貴重なテクストである。

三 「北方のメーデー」

一九一〇年に浪岡に生まれ、津軽の地域医療や文化に多大な功績を遺した津川武一は、敗戦直後の雨雀の活動について次のように纏めている。

青森政治学校で教鞭をとる、青森県労働委員会会長となって労働委員会の仕事を統括する、新日本文学会支部結成に参加する、青森県社会党の結成に参加しその顧問となる、エスペラント会を再開する、参議院地方選に立候補する、メーデーに参加する、民主主義・文化革命・ソ連の教育・新道徳論・エスペラント・ルッソォとエミールなどについての講演をくりひろげる、地方演劇の指導をするなどと身辺はあわただしくなる。(13)

これらの事跡は全て雨雀の日記によっても裏付けられる。一方、私生活の方では一九四五年一〇月二八日に黒石から新城へ転居している。右の引用にある政治学校で雨雀とともに講師を務めた淡谷悠蔵は、黒石にいた雨雀を戦時中に受けていた「弾圧」の影響で「逼塞していた」と評し、「戦争が終ってもその状態が急に開ける筈もない」としている。そして、新城へやってきた当初の雨雀について、「戦争中も手放さなかった蔵書もそっくり運んで、私のその時はもう亡くなっていた親達の座敷の床の間いっぱいに積み上げ、りんごの樹の見える縁側近く机を据えて、秋田先生は原稿を書いたり、本を読んだりしていた」と、活発な活動の一方にある、新たな自宅での雨雀の姿を伝えている。(14) 労働運動を中心とした活発な動きと、閑居での創作に係る営みとが、相当な落差を抱えつつ共存するという事態が、この時期の雨雀の日常だったとひとまずは言える。

前節では進駐軍に対する雨雀の視線を検討したが、本章では一九四六年五月のメーデーを中心に、前節よりも先の時期における雨雀について考えたい。というのも、四六年になると、アメリカ軍と雨雀との関係性が変質するからである。そのことは四六年三月の日記を参照すると明らかになる。三月三日に雨雀は、日本労働組合青森県地方協議会に出席し、祝辞を述べている。この場で「進駐軍コロミイツ大尉」も同席したと日記にはある。大尉について雨雀は「労働組合についての知識を持たないので物足りなかった」と述べている。

同月一二日には一回目の労働委員会会議に出席し、その場で雨雀は出席者全員の推薦を受けて委員会長となった。これを機に、雨雀は労働運動に力を入れていくことになる。そのことで雨雀は、占領者と直接的な関係を持たざるを得なくなる。戦時下もそうであったように、社会に関わる活動をすることが、体制と直接交渉する必要を却って生む結果をもたらしたのである。一九四六年三月二二日、雨雀は「進駐軍司令部」から呼び出しを受けた。労働委員会の内容について報告をしたようである。その翌日には、日本人巡査が雨雀宅を訪れ、雨雀の経歴を「進駐軍司令部」に提出するよう求められたと話した。それは労働委員会に関して必要な情報であることが伝聞で雨雀にも伝わる。

こうした中、日本は戦後初のメーデーを迎える。『読売新聞』（一九四六年五月二日）は「大阪では廿万参加　各地のメーデー」との見出しで、各地の様子を伝えた。青森については「約六万が六地区で参加したが青森市では行進の先頭に司会者秋田雨雀老が晴れくし《ママ》た顔でメーデー歌を絶叫してゐた」とのみ報じられている。戦時下において徐々に発言の場を狭めていった雨雀が労働運動、社会運動に加わる姿が、敗戦後初めて全国に向けて発信されたのである。ただ、雨雀を司会者とするのは誤りである。『東奥日報』（一九四六年五月二日）の労働者の祭典」と題した記事は、その点を正確に伝えている。

柳町交番の横に社会党のトラックが赤旗をたて、メーデー実行委員長の大沢久明氏、副委員長淡谷悠蔵氏が赤のタスキを掛け、我国労働運動の父秋田雨雀さんが背中に弁当をちよこんと背負ひ、双眼鏡を取り出して大衆の姿を感慨ふかげに眺めてゐた。〔中略〕秋田雨雀さんは『メーデーに寄せる』詩を朗読した。

記事にある実行委員長の大沢久明（本名・大澤喜代一）は、この年の四月に行われた第二二回衆議院議員総選挙の際に日本社会党から立候補し、当選していた。後年大沢はその著作の中で、この時のメーデーの感動と、雨雀の姿を書き残している。

実行委員長のわたしがあいさつに立った。つづいて各産業別代表、朝鮮人連盟、働く婦人の代表、淡谷悠蔵、津川武一、岩淵謙二郎氏らの演説があり、最後に壇上にたち、詩を朗読して激励した短躯白髪の雨雀の姿は、いまも生きてわれわれの瞳の中にある。(15)

『東奥日報』の記事と大沢の回想の双方に言及がある雨雀の「詩」とは、「北方のメーデー」と題されたものである。この詩は『月刊東奥』第八巻第四号（一九四六年四月、陽春文芸号）に掲載されている。四連から成り、末尾に「弾圧十一年目の最初のメーデーに寄せて」と記されている。一九二一年の第二回メーデーの際に、東京での行進に参加した雨雀は初めて検束された。検束のおそれがない状況でのメーデーは、雨雀にどのように映ったのだろうか。五月一日の日記には、「自分はこの日〝北方のメーデー〟という詩を朗読した」とあるのみで、その創作の意図は書かれていない。

（一）
あらしやみ、吹雪もやんだ
灰燼の上に太陽は輝いてゐる
山をこえ、海をわたつて
よく来てくれた、われらの同志！
今日こそわれらのメーデー
北方のメーデー
（二）
今日は五月一日、
花はほころびて、小鳥も歌ひ
われらは全世界をとりかへすのだ！
今日こそわれらのメーデー

北方のメーデー
（三）
長い弾圧と枷のもとで
よく戦つて来てくれたわれらの同志
民衆の血と熱情で深めた赤旗
しつかりと地をふみしめて来る同志たち！
今日こそわれらのメーデー
北方のメーデー
（四）
「ちよつと耳をすまして聞いてくれ！」あの歌声と足音を聞いてくれ
ロンドンの、ニユーヨークの、パリーの、モスクワの
それから中華民国の独立朝鮮の
そうだ、われらも一緒に歌はう！
今日こそわれらのメーデー
北方のメーデー

きわめて平易な、日常的な表現が用いられている点がまずは注目される。内容において

も同様で、比喩が何を指しているかが分かりやすく（「あらし」も「吹雪」も戦争の隠喩であろう）、詩の享受者の想像力に委ねられる部分はあまりないように見える。強いて言えば、二連の「われらは全世界をとりかへすのだ！」の「全世界」像を共有しにくい部分があることぐらいであろうか。ただし、平易であるとはいえ、これはスローガンでも、ましてやアジテーションでもない。唱和されることを前提に創られていないそれは、あくまでもメーデーの感動を謳いあげた一詩人による作品なのである。各連末尾の同語反復を担保に変奏されるのは、そこかしこからやって来る「同志」たちへの歓待である。また、見落としてはならないのは、「長い弾圧と枷」とあるように、この詩の中でメーデーは新奇なことではなく、過去との紐帯を色濃く滲ませる営みだということである。それは雨雀自身の経験や実感を反映した表現にほかならない。総じて、ヒューマニストを自称したエスペランティストらしい表現に満ちた詩になっているといえよう。

四　選者・秋田雨雀の仕事

『月刊東奥』第九巻第一号（一九四七年一月）は「春季文藝特輯」として、用紙供給が不安定である中、一五四頁ものボリュームを誇る号となった。たとえば翌月の二月号が二六頁、その次が三月号と四月号の合併号として出たものの、前号と同じく二六頁であることを鑑みると、「春季文藝特輯」に対し相当な力が注がれたことがわかる。

この号は、総合誌として通常掲載していた報道性が高い記事や政治・社会に関する評論が一切廃され、文芸記事に特化している。それら寄稿の内容は、方向性を揃えているようにも見える。太宰治による巻頭言「新しい形の個人主義」は、まさにそのことを表している。

所謂社会主義の世の中になるのは、それは当り前の事と思はなければならぬ。民主々義とは云つても、それは社会民主々義のことであつて、昔の思想と違つてゐる事を知らなければならぬ。倫理に於いても、新しい形の個人主義の台頭してゐるこの現実を直視し、肯定するところにわれらの生き方があるかも知れぬと思案することも必要かと思はれる。

太宰は「社会民主々義」が「昔の思想と違」うと述べているが、ここでいう「昔の思想」とは、教条的マルクス主義に基づく革命主義を含み込んだ「社会主義」を指している。その上で「昔の思想と違つてゐる」「社会民主々義」が、革命主義と一線を画した穏健な改良主義とするならば、それはフェビアン協会の理想と大きく重なるのではないか。しかし、日本フェビアン協会の中心人物だった秋田雨雀は、この時期の社会や世界を太宰のように捉えてはいない。その点は後述する。

「春季文藝特輯」には板垣直子「作家と教養」などの評論や、松岡辰雄「病床随想」をはじめとする随筆欄が設けられている。それらを読むと、「日本的ロマンの叫喚は、すでに、去つた。新しい生き方や意識、新しい当代の精神を典型的に生き抜き、表現する若く逞しい作家たちがあらはれねばならない」（對馬正「文学の郷愁」）という提言や、「私は、学生達の『幸福とは何か』の討論？　をききながら、若いこの人達の中へ、幸福が倫理の中心問題として還つて来たことを、何よりも喜ぶ。／日本人は長い間、幸福を忘れてゐた」（竹内俊吉「鎌倉通り私記」）といった記述など、敗戦を機に出来した新たな状況に対する希望を述べる表現が散見される。同時に、それらの多くが過去との訣別を忘却と読み替えている。もっとも、竹内の文章においては戦時体制下になされた忘却の戦後における回復を言っているのだが、一つ取り戻すと同時に、今度はその忘却の原因を忘却しようとしている。太宰の巻頭言も含め、それぞれに異なる含意があるとはいえ、「過去を積極的には問題化しない」という姿勢を共通点として確認できる。

一方、この号で雨雀はいかなる役割を果たしているだろうか。この「春季文藝特輯」では、前年より募集を募っていた読者による投稿作品の中から入選したものが、一挙に発表されている。詩、短歌、俳句、小説に分かれている中、雨雀は小説の選者の役割を果たしている。

雨雀が推薦作としたのは、小山寛の「白痴」である。四歳の時に「林檎の袋かけ用の梯子から落ちて、頭をひどく打つて白痴になつた」太助と、その家族をめぐる物語である。「わたくし」がある新聞記事を見て、過去を回想する形式を採っている。太助は母のスマ以外のあらゆる家族から無視され、あるいは暴力を受けている。弟の妻・たけに懸想するが、たけにも「気味の悪い――」と言われている。戦時下に出征していた弟たちが相次いで戦死し、暗に太助の妻になることをスマから提案されたたけは、「馬鹿のそばに―はんか臭いぢや」と吐き捨てて実家へ戻る。「戦争が終つた日の翌日」、太助の両親の銃殺遺体が発見されると同時に、太助は行方不明になった。そして、

戦が終つたと言ふ大きな事がらのために、多くの村の人達は過ぎ去つた苦労や、村の不幸な出来ごとを、まるでそのやうな事は全然なかつたのだと言ふ風に、過去を忘却の二字に結んでゐるのでした。

と結ばれる。実は、「わたくし」が冒頭で読んでいたのは、太助を思わせる男の死亡記事だった。雨雀は選評「『白痴』について（小説選後感）」の中で、この作品だけでなく、「戦争の悪夢がどの作物にもつきまとつてゐるのに驚かされる」と述べている。その中でも「白痴」について、テーマに「必ずしも新鮮味を持つてゐない」としつつも、「可能性

のあるロマン」だと評した。小説末部に示された「村の人達」の姿は、敗戦を機にそれ以前を切断しようとするモードへの批評と読めよう。そうした視座は雨雀自身も「八甲田の見える町の風俗」に記した、英語講習会への参加者へ向けたものとも重なり合う。『月刊東奥』の「春季文藝特輯」における小説の選者としての雨雀は、過去に対する自省を促しつつ未来を志向する態度を、作品を選ぶという営みを通して確かに示している。それは大方の他の寄稿者の主張とは、少しではあるが確実に距離がある。太宰と雨雀との違いもここにある。

曇。暑い。今日連合軍上陸の日だ。昨日金屋の佐藤金作君が来たので、
　参ったと太刀をすてれば青簾
　と **Plough is**……
の二句を書いてあげた。

（一九四五年八月二八日）

夜、七尾家に行く。真瓜、水瓜の御馳走があった。九時ごろまで愉快に語った。穴水三雄さんもこられた。
Plough is mightier than sward《（ママ）》

をまた徒ら書きした。義兄の妻は腹痛で苦しんだが、午後はよくなった。

（一九四五年九月一二日）

敗戦直後の日記に二度登場するこの英語の警句は、The pen is mightier than the sword、つまり「ペンは剣よりも強し」の、主語 pen を plough（プラウ、土壌を反転させる農具で、耕起には欠かせないものである）に置き換えたものと考えられる。言うなれば「農は剣よりも強し」といった意味になる。郷里へ疎開してきて以来、雨雀は自らの創作のペースを抑えつつ、郷里の人々に対して指導的、啓蒙的な役割を果たしてきた。そのことを振り返ると、郷里の人々に Plough is と書いた時、雨雀は一時的に pen を plough に持ち替えていたようにも見えてくる。

疎開時代の秋田雨雀は、文筆活動の開始以来、初めてともいえる寡作の時期にあった。決して多くは書かなかったが、地方誌『月刊東奥』での活躍や日記をつぶさに検討すると、それまで以上に活発な活動の様相が見えてくる。それが、戦時体制下において徐々に書けなくされていった事態と大きく異なることは強調してよいだろう。本章で見てきたとおり、敗戦後の新たな秩序を構築する局面にあって、雨雀はアメリカ軍やアメリカ兵を細やかに観察する同時に、郷里の人々の営みも真摯に見つめていた。そして、郷里の人々に対して敗戦前を忘却することへの警鐘を鳴らした。また、人々に乞われるままに労働委員会の委員長に就任し、メーデーを牽引する、あるいは占領軍の要請を受けて聞き取りに応じるなど、これまで務めることがなかったような公的な役割を担うことも厭わなかった。このように、東京を中心とするいわゆる中央文壇から距離を取っていた雨雀の疎開時代からは、郷里で奮闘するアクティビストの姿が立ち現れるのである。

〔付記〕本章では引用部分において、今日の観点から見て差別的な表現が見受けられるが、文章が書かれた当時の背景、また、筆者が差別を助長する意図がないことを考慮し、原典のとおりとした。また、本研究はJSPS科研費JP18K12278の助成を受けたものである。

注

（1）『秋田雨雀日記』第三巻（未来社、一九六六年二月）

（2）『雨雀自伝』では、一九四五年から四七年までを「疎開時代」と区分しているが、本稿では雨雀の日記等に則り、実際に黒石、新城に居住していた期間を「疎開時代」とする。

（3）引用は復刻版『出版警察報』（不二出版、一九八二年三月）による。

（4）以下、敗戦以降の雨雀の日記からの引用は、全て尾崎宏次編『秋田雨雀日記』第四巻（未来社、一九六六年九月）による。
（5）青森県史編さん通史部会編『青森県史　通史編3　近現代・民俗』（青森県、二〇一八年三月）
（6）青森県史編さん通史部会編『青森県史　通史編3　近現代・民俗』（青森県、二〇一八年三月）
（7）引用は、青森県史編さん近現代部会編『青森県史　資料編　近現代5』（青森県、二〇〇九年三月）による。
（8）雨雀日記、一九四五年九月二七日を参照。また、秋田雨雀「八甲田の見える町の風俗」（『月刊東奥』第七巻第九号、一九四五年一一月）にも、荻田慶子に関する詳報がある。
（9）引用は、青森県史編さん近現代部会編『青森県史　資料編　近現代5』（青森県、二〇〇九年三月）による。
（10）一九五四年に当時の黒石町、中郷村、六郷村、山形村、浅瀬石村が合併し、現在の黒石市が誕生した。
（11）宗像和重「解題」（山本武利、川崎賢子、十重田裕一、宗像和重編『占領期雑誌資料大系　文学編Ⅰ　第一巻』岩波書店、二〇〇九年一一月）
（12）「プレスコード」一九四五年九月一九日公表。検閲の実務を担ったＣＣＤ（民間検閲局）が、日本のメディアに対して公にした検閲基準。
（13）津川武一「限りない愛情を労働者に　秋田雨雀と労働運動」（秋田雨雀研究会編『秋田雨雀―

その全仕事―』共榮社出版、一九七五年一二月、一二七頁。)

(14)淡谷悠蔵「「山」にまつわるかずかず」(秋田雨雀研究会編『秋田雨雀―その全仕事―』共榮社出版、一九七五年一二月、一四四頁。)

(15)大沢久明『ファシズムと秋田雨雀 大沢久明著作集Ⅳ』(北方新社、一九七七年三月)

Ⅳ　葛西善蔵

葛西善蔵「雪をんな」論
―弘前の雪女伝承を起点に―

竹浪　直人

はじめに

葛西善蔵（一八八七～一九二八、弘前出身）が大正六（一九一七）年に発表した「雪をんな」[1]という作品は、総字数五千字に満たない短編であるが、葛西善蔵の文学を読み返し、捉え直す上では可能性に満ちた作品であると考える。様々な角度から検証を行い、その所以を明らかにすることができたらというのが本章の目論見である。

なお、作品本文の引用はもとより、同時代評や諸家による葛西善蔵論を見渡すに際し、故・小山内時雄氏が編集された津軽書房版『葛西善蔵全集』第一～三巻・別巻（昭和四九～五〇年）から多大な恩恵を受けたことを付言しておく。

一　「雪をんな」研究史その一（発表後から戦前まで）

管見では「雪をんな」について同時代評というものは存在しない。発表当時、文壇で話題にならなかった可能性が高い。「雪をんな」に関する発言が認められるのは、大正八年三月、第一創作集『子をつれて』（新潮社）が世に出たあたりからである。加能作次郎は「果して奇病患者か」という文章の中で次のように述べている。

> 今度氏の創作集『子をつれて』を通読して大に感心させられた。『子をつれて』には、葛西氏の出世作ともいはれる『子をつれて』以下十二篇の作が収められてゐる。
> 自分の好みから言へば『池の女』や『雪をんな』のやうな多少幻想的な作品よりも、『子をつれて』『贋物さげて』『兄と弟』『呪はれた手』『姉』『遁走』等の現実的な、作者自身の生活及びその周囲の人々を描いた作がい丶と思ふ。(2)

また、大正十一年には石濱金作が「葛西善蔵研究」という文章で次のように言及している。

> 「雪をんな」「池の女」には多分にロマンテイツクな味が含まれてゐる。

――（中略）――

「雪をんな」は一篇の詩だ。何物かを求め乍ら、美しい妻を捨てゝ、十五年間を彷徨ひ歩いた男の事を歌つた美しい詩だ。(3)

昭和十六年には田畑修一郎が「美しい葛西善蔵」というタイトルで論述し、善蔵の大正八年の作である「不能者」の中に「雪をんな」についての言及が見られることを指摘した上で、「雪をんな」は「葛西善蔵の作品中では、殆んど唯一の、又とび抜けて幻想的な作品である」(4)と評した。

これらの文献に目を配って気付くのは、「雪をんな」を語る上で今日に至るまでよく用いられる「幻想的」や「ロマン」といったフレーズが、戦前において既に登場しているということである。なお、伊藤信吉が昭和十七年に発表した葛西善蔵論には次のような記述が見られるが、これは戦後の論調とは好対照を成す、素直な見方として注目に値する。

「雪をんな」といふ作品に葛西善蔵は北国の冷たくかなしい昔話を織りこみ、意識の底にひそむとほい祖先の記憶につながるやうな、さびしい情趣をただよはしてゐる。

――（中略）――

諸国に残つてゐる昔話には、私どものとほい祖先が自然の不気味さにとりかこまれ、何とも知れぬ畏怖におののいてゐるやうな、意識の幼くさびしい姿がときをり映つてゐる。(5)

二 「雪をんな」発表までの経緯

ここで少し視点を変えて、善蔵本人の述懐や周囲の証言に目を配り、「雪をんな」という作品が生まれた経緯等について整理しておきたい。大森澄雄は昭和四十五年に『葛西善蔵の研究』という大著を生み出したが、第五章「作品」の中には「雪をんな」という節が存在する。善蔵が大正十一年に発表した「父の出郷」の中に「雪をんな」創作の事情に関する記述が見られることを指摘した上で、次のようにまとめている。

「雪をんな」が、当時加藤好造の変名で『処女文壇』を編集し、かつ発行していた宇野浩二の手に渡ったのは、大正六年六月である。しかし、書かれたのは、大正三年一月十日頃で、のちどこかの雑誌社に持ち込まれたらしいが、不採用と決まって、三月十日には善蔵の手許に送り返されてきたことがわかる。(6)

この見解の根拠となった文献を以下、順を追って紹介することとしたい。まず宇野浩二は、昭和三年の善蔵逝去後に発表した追悼文の中で、次のように振り返っている。

次に、『雪をんな』――これは大正六年七月で、私が名を変へて、編輯してゐた『処女文壇』といふ雑誌に出された。それを執筆したのは、『子をつれて』の時代で、彼は妻を郷里へ金策に帰し、二人の子供と三人で牛込の裏町に住んでゐた。(7)

「雪をんな」は大正六年に善蔵が『処女文壇』のために書いた作品と宇野は捉えていた節があるが、おそらくそうではないことは、全集に掲載された善蔵の書簡によって明らかになっている。次に掲げるのは大正三年一月十二日、『奇蹟』の同人仲間だった光用穆（みつもち・きよし、一八八七～一九四三）に宛てた葉書の一節である。

正月休みに短いものを書いた。十枚のものだ。わりに骨を折つたのだが、やはりまだ〳〵駄目だ。頭もわるくして居るし、それに、そんな思ひ切つて群衆を愚にすることが出来ない。ずつと高踏して、全然のお伽噺を書くつもりだつたが、さうも行かなかつた。引続き書きたいとは思つて居る。一両日にも夜分お伺ひする。いづれ。(8)

ちなみに同日に舟木重雄に宛てた葉書にも「僕は短いものを書いた。十枚のものだ」[9]という文句が存在するが、おそらくこれが「雪をんな」であったことは、ほぼ二か月後、三月十日の舟木宛葉書によって知ることができる。

「雪をんな」はやはり返されて来た。どうせそんな事だらうと思へて、いろ〳〵気はづかしかつたが、やつぱりそんな事だつた。しかしその方が却つて僕にはよかつた。たゞ光用の手前少しばかり気はづかしい。[10]

また、先行文献において既に指摘されている所ではあるが、善蔵の作品には「雪をんな」に関する記述を含んだものが複数存在する。一つ目は大正八年発表の「不能者」である。

僕に取つては、あの女たちは、すべて、美しい夢の中の女たちです。やはり「雪をんな」なのです。しかしたとへ「雪をんな」にしてもが、僕はその基調を、やはりほんとの人間、ほんとの霊魂の上に置きたいと、かんがへて居るのです。[11]

二つ目は大正十一年発表の「父の出郷」であるが、こちらでは「雪をんな」執筆の時期と経緯について、かなり具体的な事柄が語られている。実は、次女ゆきの存在と密接に関わる作品であることが窺われる。

二女は麻疹も出たらしかつた。彼女は八つになるのだが、私はその時分も冬の寒空を当もなく都会を彷徨してゐた時代だつたが、発表する当のない「雪をんな」と云ふ短篇を書いた時丁度郷里で彼女が生れたので、私は雪子と名をつけてやつた娘だつた。私には随分気に入りの子なのだが、薄命に違ひないだらうと云ふ気は始終してゐた。私は都会の寒空に慄えながら、随分彼女たちのことを思つたのだが、いつしよに暮すことが出来なかつたので、私は雪をんなの子を抱いてやるとその人は死ぬと云ふ郷里の伝説を藉りて、さうした情愛の世界は断ち切りたいと、強ひて思つたものであつた(12)。

三　「雪をんな」研究史その二（戦後以降）

ここからは「雪をんな」をめぐる、戦後の見方について概括を試みたい。全体的な傾向としては、実証的研究の進展ということが指摘できる。昭和三十九年の七月二十三日に小山内時雄は『東奥日報』に「「雪をんな」断片」という文章を寄せ、次のように述べた。

『雪をんな』では、妻を捨てて雪の多い北の島国をいろいろな労働や行商して歩く私が、鉄道のまくら木採伐の山の親方に救われる。その親方は『赤毛布の筒袖を着た巌丈な体格の、真黒い髯のもぢゃもぢゃと生えた、赭ら顔の鼻の太い気の好い親方』と描かれているが、これは葛西の叔父北川治助の風貌（ぼう）を写しているのである。

―（中略）―

治助夫婦は歌志内村南市街地三五番地に居住していた。三十五年、十六歳で北海道に渡り、鉄道をやめた葛西がここに身を寄せ、まくら木採伐や砂金掘りなどの仕事をやったと思われる。

―（中略）―

山師であった治助は、妻子を捨てて所々を放浪した。そうした叔父に仮託して、現在の心境を述べたのが『雪をんな』であったと考えて間違いなかろう。(13)

関係者への聞き込み調査により、「雪をんな」の主人公のモデルは実は、母方の叔父（実母の妹・はるの結婚相手）で碇ケ関出身の北川治助だという可能性が浮上した訳である。一方、林義実は「「雪をんな」の周辺――葛西善蔵研究」という論考で、右の小山内の見解に対し「今にわかにそうと断定することに賛成はできかねる」と異論を呈した。

善蔵自身も転々と仕事を変え住居を変えていたと思われるが、叔父北川治助もかなり激しく職業や住居を変えていたらしいのである。したがって、作品『雪をんな』におけるモデルは、自分自身の放浪であるとともに、叔父北川治助の放浪であると考えられる。(14)

ちなみに林は同論考において、「雪をんな」には大正六年に『処女文壇』に発表されたものとは別に、「その続編とも言うべき『雪をんな』(二)(大正十四年六月新潮)がある」ことを指摘し、「(一)と(二)については、同時に書かれたという説と、また時期を異にして書かれたとする説がある」ということに触れている。

昭和四十五年には、前節でも言及した大森澄雄の『葛西善蔵の研究』が世に出るが、大森は岩波文庫『桃太郎・舌きり雀・花さか爺―日本の昔ばなし(Ⅱ)―』からの引用を交えつつ、「雪をんな」の核とも言える「善蔵の郷里に伝わる伝説」に迫った。

つぎに、「雪をんな」は、〈雪をんなの子を抱いてやるとその人は死ぬと云ふ郷里の伝説を藉りて〉書いたとあるが、善蔵の郷里に伝わる伝説「雪女房」を借りて創作されたということは、まず間違いない。私の知る「雪女房」は三話あるが、中でもつぎに掲載する話が、近いように思われる。

〈昔、ひとり者の若い男がありました。ある冬のこと、吹雪のはげしい晩に、外で人の気配がするので戸を開けて見ると、見たこともない若い女が倒れていました。「もしもし、どしたんでしば」と、男は女を家に助け入れました。美しい女であったから、お嫁にもらいました。それから女は達者で二人は仲よくくらしていましたが、春になって暖かくなると、その女はだんだんやせて元気がなくなって来ました。

ある日、男の友だちが遊びに来たので、酒など出していました。それからしばらくたって、夫が女房をよんだが返事がない。どうしたのだろうと思って台所に行って見ると、へっついの前にはびしょびしょに濡れた女房の着物ばかりそっくり残っていたそうです。〉（注4）

しかし、ここに掲載した伝説「雪女房」には、「父の出郷」にいう〈雪をんなの子を抱いてやるとその人は死ぬ〉という話はない。

—（中略）—

4　関敬吾編『桃太郎・舌きり雀・花さか爺—日本の昔ばなし（Ⅱ）—』（岩波書店、岩波文庫、昭31・12）から引用[15]。

さらに大森は注の中で「津軽の民話としての雪をんなは、いずれもしがま（つらら）の変身のようである」と述べている。善蔵が「雪をんな」執筆に当たり、「伝え聞いていた伝説」に大幅に手を加えた可能性を指摘した訳で、以後この見方は主流を成した観がある。平成四年に神谷忠孝は『葛西善蔵論 雪をんなの美学』を刊行したが、「葛西善蔵の〈女〉―「池の女」「雪をんな」」の章に次のような言及が見られる。

「どうぞお願ひで御座います。一寸の間この児を抱いて遣つて下さい。」と言って吹雪の中に立つ女。しかし抱くとその人の生命は絶えるという。これを郷土に伝わる昔ばなしとして作者は紹介するのだが、このはなしにも作者の作意がある。小泉八雲の「雪女」や各地の民話の中にもこのようなかたちの雪女はあらわれない。
―（中略）―
雪女がさしだす子供を抱くと死ぬというのは、作者の生き方にひきつけて読むと家庭にうずもれてしまったら芸術家としての生き方ができないというように、芸術と実生活の二律背反として読むこともできよう。(16)

処女作である「哀しき父」が代表するように、芸術と実生活（あるいは子供への情愛）との相克という問題は善蔵が繰り返し描いた所であり、それは「雪をんな」にも通底するという印象を論者も抱いている。ただし、雪をんなの子を抱いた人は死ぬというのが、本当に善蔵の創意によるものなのか、その点は検証の余地があると思われ、次節では津軽、特に弘前の雪女伝承に目を向けたい。

四　津軽（特に弘前）における雪女伝承

昭和五十七年に刊行された『日本昔話通観 第2巻 青森』という本には、雪女に関する話として「雪女—消えた雪娘」、「雪女—人食い雪女」、「雪女—雪女報恩」という三種が収められている。紙幅の都合により前の二話については省略するが、三話目の「雪女—雪女報恩」は「弘前市若党町・男」から得たもので、次のように示されている。

武士の奥方が夜なかに厠へ起きると、雪女が出てきて、「赤子がいて成仏できないので、赤子を抱いてくれ」と頼むが、奥方は「魔性の者の頼みはきけない」とことわる。雪女は「それではあなたの命をもらいます。私はなお罪を重ねるばかりです」と言うので、魔除けにかんざしをくわえ赤子を預かる。雪女はしゃがんで念仏を唱え、「おかげで成仏できました。お礼に何かあげたい」と奥方の手をにぎると、奥方は千人力を授かった。（続々津軽 p.134）(17)

末尾に示されている「続々津軽」という文言は、昭和三十七年に刊行された斎藤正編『続々津軽のむがしこ集』のことを指していて、原典に当たった所、「雪女の話」という章が存在した。編者・斎藤正の再話によるもの（取材元は若党町の武田其治）であるが、分量も多く具体的な記述に満ちていて興味深い。以下、一部を抜粋する。

昔、これも第九代の殿さま寧親公の頃のお話です。どこの土地でも口碑や伝説に出てくる、雪女、雪ん子、雪女郎というものがこの津軽の国にも現われました。ある寒い雪のどんどん降る真夜中のことです。

津軽藩の御大身に喜多村大膳という人がありました。その奥方がその夜、ちょうど満月の皎々と出ている丑満時一人で厠（べんじょ）へ起きました。

―（中略）―

「もしく〵、奥方さま、お願いがございます。私は雪で死んだ女の霊でございます。この赤子が離されないばっかりに、百万遍の御念仏をとなえることが出来ずこのまま成仏できないので困っております。どうぞよろしければこの児をしばらく抱いて下さいませんか」(18)

第九代弘前藩主である津軽寧親（つがる・やすちか、一七六五～一八三三）の名が登場していることから、藩政時代の文献に何か原典が存在するのではという想像を禁じ得ない所だが、本章ではそこまでの追究は差し控え、先を急ぐこととする。

また、昭和四十五年に川合勇太郎が津軽書房から刊行した『ふるさとの伝説』という本には「雪女のはなし」という章が存在する。

雪女の話は青森あたりから弘前、五所川原にかけて、雪の深い土地によく語られる伝承です。美しい顔をした女性が、幼児を抱いて雪の夜に出て来て、通る人を見ると「この子をちょっと抱いてけへ」といいます。その人は何気なく承知してその子を受け取ると、その子は見る見る大きくなります。いやだというと、その人を取り殺すというおそろしい女なのです。ですから雪女から子を預かったら、口にふきんか短刀をくわえて、大きくなるのを防ぐと難を免れるといいます。白い着物を着て、岩木山の中腹に住んでいたのだそうです。(19)

このように総論的な事柄が示された後、雪女から子を抱くように頼まれた人がどのように対処し、それぞれどのような結果を得たか、複数のバリエーションが語られる。

弘前の侍は「口に短刀をくわえ、子供の頭に、刀の先が触れるようにして抱き」、「子は大きくなることが出来なかったので何事もなく、やがて戻って来た雪女に子供を返し」、礼を言われ色々な宝物を与えられる。

五所川原の話では、「ある侍」が「持っていた手ふきを口にくわえ、一方の端を長くたらして」子を抱き、雪女から「お礼に私の乳を吸わしてあげましょう。あなたはきっとたいそうな力持ちになるでしょう」と言われ、大力を授かる。その後「どんな相撲にも負けることはなかった」という。

さらに、青森では「女性は日常必ず、くしとかんざしを髪にさして出るものだといわれ」、「雪女に子供を頼まれた時、口にくしをくわえ、手にかんざしをもって子を抱いてやれば」、「身を守ることができると教えられたものだ」という話、雪女は青森では「巳のッ子」とも呼ばれていると『津軽口碑集』に見えるという話が付け加えられている。

この「津軽口碑集」というフレーズから辿った所、昭和四年に内田邦彦が著した『津軽口碑集』の存在に行き当たった。ちなみに、この本は昭和五十四年に歴史図書社から再刊されている。以下、川合が参考にしたと見られる箇所を抜き出すこととしたい。

○雪女は又の名を巳の子といふ、美しき女の貌して幼児を懐いては雪の夜に出で、人を見れば、此児を抱てよと乞ふ。人其請を容るれば児は急に天に迄も達くやう大きくなる、さりとて其請に応ぜざれば其人は死ぬ。昔、弘前の武士が此雪女に逢ひ、児を抱てと頼まれたれば、口に短刀を銜へて児の頭に刀尖が触る丶やうにして抱きたれば、児は成長する事もなくて居たり。かくて復、雪女に子を返したれば、雪女は謝して宝物の種々を此武士に与へたりと。

—（中略）—

又いふ、ある侍が夜、十七八の美女に化けたる雪女に子を抱いてと乞はれ、例の如く手巾を口に銜はへ他端を長く垂らして子をだいてやり、返礼にとて、此女の乳房を吹ひたるに、雪女は急に消えて、此人は忽ち大力となりて、爾来は角力に負くる事なかりきと（五所）女子は日常必ず櫛と簪とを髪にさすものぞ、雪女に頼まる丶時は口に櫛をくはへ、手に簪を提て児を抱きてやるを得るが故なり。かくすれば子も長がる事なく、己が身も安全なればなり（青森）[20]

このように、津軽の雪女伝承を見渡すと、様々なバリエーションは認められるものの、雪女が赤児を抱いてくれと願う話形は紛れもなく存在したことが見えてくる。そして「雪をんな」は大正六年七月に発表され、大正八年三月に単行本『子をつれて』、昭和三年七月、善蔵逝去の直前に刊行を見た改造社版『葛西善蔵全集 第一巻』に収められたこと、『津軽口碑集』は昭和四年に刊行されていること等を総合すると、雪女が赤児を抱いてくれと願うのは善蔵の創意によるものではなく、むしろ郷里の伝説を踏襲したものと見るのが妥当と思われる。

ちなみに、昭和五十二年に弘文堂から刊行された『日本昔話事典』では「雪女」について、以下のような解説を見ることができる。

雪とともに現われる女の妖怪。雪女郎（新潟，山形），雪オンバ・雪ンバ（宇和地方），雪降り婆，シッケンケン（諏訪地方）ともいう。雪の印象から，一般に色が白い，白衣を着ているなどと伝えられる。東北地方では子どもを抱いてくれた人を殺したり，怪力を与えたりするといわれ，産女の伝承と類似する。また，子どもをさらって食うとも，自分の子に食べさせるともいう。(21)

この直後には「それらのほかに雪の精やつららの精が娘の姿となって，子のない爺婆や若者のもとを訪れるという昔話も伝えられている」という文言も見られるが、右の引用文で特筆すべきは産女（うぶめ）の伝承との類似が指摘されていることである。

そこで、同事典の「産女の礼物」の項目を参照すると、「産女とは産死した女の霊が化した化物である。晩方に道の畔に出て，通る人に赤児を抱いてくれと頼む。その先は3種に分かれる」と書き出されている。第一は「名僧の法力によって母子の亡魂が救われる」というもので、具体例としては江戸時代の『和漢三才図会』や『新編鎌倉志』中の話が挙げられる。第二は「抱いた赤児が次第に重く腕がぬけるほどになり，それに耐えると金銀をくれる」というもの。そして第三のパターンは、以下のように解説されている。

第3は，さずかった礼物が金品ではなく大力であるというもので，島原半島の採集例によると，ある女が産女の子を預って大力をさずけられ，後代々の女の子にそれが伝わったという。柳田国男によれば，この様に大力をさずかるという方がモチーフとしては古く，日本武士道の古い信仰を残しているという。(22)

このような古くからある産女の話形が、津軽では雪女の伝承と結びついたものと論者は考えるが、それは何故なのかという疑問も同時に沸いてくる。大きな手掛かりとなる記述が、前述の『ふるさとの伝説』の中に見られたので紹介したい。そもそもこの本は、著者の川合勇太郎が、『東奥日報』に百回にわたり連載した「青森県の伝説散歩」を加筆訂正して成ったものであった。

私の手もとにだけでも、こうした本が、まだ何冊かできるほどの資料が集まっています。それほど私たちの郷土には、遠い先祖たちが考えた。自然現象の不思議さ、ふるさとの山や川、草や木、神や仏などに対しての、けいけんなおそれを、子や孫への戒めとして、その一つ一つを、或る日は囲炉裡の端で、或る夜は炬燵を囲む団欒の中で、愛情こめて語り伝えた話が数多かったからなのです。(23)

おそらく雪女伝承の根幹にあるのは大自然への畏怖であり、雪深い津軽の地では大吹雪に巻かれて命を落とす危険は身近に潜んでいた筈だから、西方から伝わってきた産女説話との融合は、吹雪の日には気をつけよという戒めを強化する作用があり、その意味では必然的な展開だったとも思われる。

五　葛西善蔵の前半生（「雪をんな」執筆の頃まで）

この節では「雪をんな」本文を読む前段階として、善蔵の前半生に目を配ることとする。葛西善蔵がかつて私小説の第一人者と目された作家であり、「雪をんな」が郷里の伝説に基づく作品である以上、必須の作業と考える。以下、小山内時雄編『葛西善蔵全集別巻』に収録された年譜を手掛かりとするが、同年譜では年齢は数え年で示されていることをあらかじめ述べておく。

明治二十年（一八八七年）一歳
一月十六日　青森県中津軽郡弘前松森町百四十一番地に、父葛西卯一郎（壬申戸籍では宇一郎、三十歳）、母ひさ（二十六歳）の長男として生れた。
—（中略）—
父卯一郎は安政五年（一八五八年）の生れ。二十六歳で家督相続、善蔵が生れた時は米仲買を業としてゐたといふ。(24)

しかし善蔵が幼い頃に生家は没落し、明治二十一年に家宅を他人に譲渡。一家で北海道に移ったのは、同年譜によれば明治二十二年である。一家のメンバーは、父卯一郎、母ひさ、祖母かよ、長姉いそ、次姉ちよ、そして善蔵の計六人だったと見られる。ちなみに後に作品に繰り返し登場することになる弟の勇蔵は、この北海道転住時代に誕生している。その後、一家は明治二十四年には、北海道嶋牧郡本目村から青森県東津軽郡青森町大字莨町に転籍。さらに明治二十六年には北津軽郡五所川原村に移り、同年のうちに母ひさの実家がある南津軽郡碇ケ関村へと転居を重ねている。

これら生い立ちへの目配りを踏まえて指摘できるのは、少年期の善蔵と雪女伝説との出会いには様々なシチュエーションが考えられるということである。善蔵は幼くして弘前を離れたが、同居していた祖母かよ（卯一郎の母）は善蔵が碇ケ関尋常小学校から同校の補習科に進んだ明治三十年まで存命だったから、弘前由来の昔話を語り聞かされていたとしても全く不自然ではない。一方、青森町（現青森市）や五所川原村（現五所川原市）、碇ケ関村（現平川市）を転々とした経験に着目すれば、地元に伝わる昔話を友人から教わった可能性も否めないだろう。残念ながら、善蔵が聞き知っていた雪女伝説に関しては、類型には迫ることができても、話形を細部まで特定することは今日では困難と考える。

碇ケ関尋常小学校補習科卒業後の善蔵であるが、五所川原村の親類が営む質屋の手伝いや、青森市米町の便利屋での丁稚奉公を経て、明治三十五年に初上京。しかし母ひさの病によりやむなく帰郷し、ひさは七月十一日に世を去った。翌三十六年には北海道に渡り、鉄道の車掌勤務や営林署、枕木伐採等の仕事をしたと言われているが、この時期の生活には詳らかでない部分が多い。

明治三十八年（一九〇五年）十九歳
　再び上京。

八月二十八日　哲学館大学（東洋大学の前身）大学部第二科普通講習科に入学。

（大森澄雄編年譜による）

「この年下谷区谷中茶屋町の魚商柿沼金太郎方に下宿し、金太郎の姪染谷そめ子およびその弟欣坊（本名不明）と知り合ひ、数年情交をつづける」（佐藤栄七自

筆メモによる)(25)

さらに善蔵の生活が大きく変化するのは明治四十一年である。三月には南津軽郡浪岡村大字浪岡の平野弥亮の長女つると婚姻。父卯一郎の再婚相手である義母みよが平野家と姻戚関係にあったことから実現した縁談であった。以後、善蔵は平野家に生活費等の補助を仰ぐ。四月には単身上京し、哲学館大学で知り合った佐藤栄七の紹介により、自然主義作家の徳田秋声に師事することとなる。秋声の紹介により相馬御風を知り、さらに光用穆ら早稲田大学英文科の人々との交友関係が開け、そのことが大正元年九月の同人雑誌『奇蹟』創刊へと繋がって行った。

善蔵は『奇蹟』創刊号には葛西歌棄の筆名で処女作の「哀しき父」を寄せ、同年十二月発行の第四号には「悪魔」を寄稿。大正二年二月発行の第二巻第二号では「池の女」を、同年四月発行の第二巻第四号では「メケ鳥」を発表したが、「雪をんな」を考える上で最も重要な先行作品は「池の女」であるだろう。具体的に本文を掲げながら論述する紙幅はないが「池の女」には、妻を得たばかりの若い男と、男を数年前から撫愛してきた年上の女性が登場する。家庭、恋愛、芸術が三つ巴となった中で苦悩する男の姿が描き出されるが、つる夫人と結婚後も東京で染谷そめ子と会っていた経験が「池の女」の基盤を成したと見られる。

論者はかつて、善蔵が「雪をんな」を書いたことの背景には、ラフカディオ・ハーンの『KWAIDAN』（一九〇四年に米国で出版）からの刺激や影響があるのではと疑ったことがあった。しかし、これらを総合すると、初期作品において女性が重要な位置を占めているのは、何よりも善蔵本人に内的な動機や必然性があったからと見るのが妥当であろう。

六　「雪をんな」本文分析

ここからは作品本文と向き合いたい。まずは「一」の小見出しの後の七行を掲げる。


『では誰か、雪をんなをほんとに見た者はあるか？』

いゝや、誰もない。しかし、

『私とこの父さんは、山からの帰りに、橋向うの松原でたしかに見た。』

『そんなら私とこの祖父さんなんか、幾度も〳〵見てる。』

『いや私とこのお祖母さんは、この間の晩どこそこのお産へ行つた帰り、どこんとこの屋敷の前で、雪をんなが斯う……赤んぼを抱いて、細い声して云つてたのを確かに聴いた。これつぱかしも嘘ではない。』

斯う私達少年等は、確信を以て言ひ合ふ。(26)

数人の少年が対話しているかのような冒頭部であるが、その言葉の矛先は実は読者に向けられていて、密かに雪をんなについての知識を植え付ける効果を果たしているだろう。

雪をんなは大吹雪の夜に、天から降るのである。この世ならぬ美しさの、真白な姿の雪をんなが、乳呑児を抱いて、しよんぼりと吹雪の中に立つて居る。そして、『どうぞお願ひで御座います。一寸の間この児を抱いて遣つて下さい。』斯う云ふのである。しかし、抱いて遣つてはいけない。抱いて遣ると、その人の生命は、その場で絶えて了ふ。——(27)

このように少年の日に信じた雪をんなの様子が具体的に示された後、語り口は変調し、主人公である「私」の回想が始まる。

私は十九の年に一度結婚した。妻は十六になつたばかしの少女であつた。が一体は私達の故郷は早婚のところなので、十九と十六の夫婦も別にをかしい程のことはなかつたのである。

婚礼は二月の初め、ひどい大吹雪の日であつた。それに二三日も吹雪が続いて往来が途絶え、日取りが狂つて、やう〳〵その大吹雪の日に輿入れが出来たのであつた。私達は見合ひは済ましてゐたのだが、私も恐らく彼女も、その晩に初めて見合つたやうなものであつた。

私は彼女を美しいと思つた。彼女はまた如何にも弱々しさうで、いたいけであつた。私は真実から愛した。その心持には今日でも変りがない。(28)

ここで注目すべきは、大吹雪の日に到着するなど、妻には雪をんなとの類似点が見出せるということである。直後には「透き通るばかり白い顔してゐた」、「私は雪をんなの美しさを想つた」という述懐も見られる。

妻とともに楽しい日を送り、春を迎えた「私」であったが、転機は数か月後に訪れる。

私は彼女の名を呼んだことがない。何時も『お嫁さん』と云つてゐた。そして終に彼女の名――民子と云つた――を呼ぶやうな時が来ずに、その夏で永久に私等のライフは終つたのであつた。

どうして？――私は出奔したのである。その年の丁度七月目の八月半ばに、彼女をすて家をすてゝ、逐電に及んだのである。(29)

家が決めた結婚ならば個人の恋愛とは別の次元で夫婦関係は成立し得る訳で、「私」が妻を名前の「民子」ではなく「お嫁さん」と呼び続けたことは、その意味で象徴的である。

その時丁度妻は四ケ月の身重であつたのだ。私達は屋敷続きの、広い、林檎、葡萄の園の中に、家族達と別に棲んでゐた。私は為すこともなく暮してゐるのであつた。彼女も主家と離家との往復のほかには、家事向きの用事らしい用事もなく、いつも二人はいつしよに居られた。私は退屈の時には本を読んだ。(30)

ここからは「私」も妻も家の庇護下にあり、生活の苦難とは縁遠いことが窺えるが、実は「私」は、いつか家督を相続することを義務づけられていて、束の間の自由を味わう身なのではと考えることは、あながち深読みでもないだろう。

『あなたの為めに生きるのです。』

彼女は斯う云つては、よく泣いた。何の為めに？　何故にそんなことを云はなければならぬのか？　私には解らなかつた。

義人の果は生命の樹なり——そんなら私は義人では無いのか？(31)

この「義人の果は生命の樹なり」[32]という文句は、旧約聖書中の一書、「箴言」に登場するもので、前後の文脈やエデンの園に植えられたという「生命の樹」の語に目配りしながら吟味すべき所であるが、本章では〈正義を守る人の行いは他の人にも活力を与える〉と解釈するに留める。むしろ主人公の「私」は、旧約聖書を読むような教養深い人物であることに注目したい。おそらく、個人の自覚を抱き始めた夫は、家が決めた結婚に従い夫に尽くすことに徹しようとする妻を理解できないという状況が示されている。

夜更けに「私」は、妻の側をすり脱けて外に出、「我等に属して新しくこの悩ましの世に生れ来るであらう小さな者のために」占い祈る。「私の心は弱々しく、また深く、悩んだ」とあるが、「私」が感じたものは、子供のために束縛が生じることへの不安か、いずれ家長として舵を取らなければいけないことへの重圧か、おそらくその両方であるだろう。

春前には私達の園をいろ〳〵な小鳥が訪れた。然し夏に入つてからは、胸毛の紅い美しい小鳥のみが、いつも一羽で、いつも同じ窓外の崖寄りの林檎の苗樹に止つては、啼いてゐた。朝と夕方ときまつたやうに見えては、ひとしきり淋しさうに啼いて何処ともなく飛んで行つた。私はその朝にもその小鳥を見たのだ。[33]

一羽の小鳥を見て「私」が何を思ったかは明示されないが、その自由さを羨んだのか、

「町の銀行へ行つたきり」家には帰らず、「海を越えて、島へ」渡ってしまう。
「二」の小見出しの後、時間は大きく推移し、次のように語られる。

その時から七年経つてゐた。私はいろ〳〵な労働や行商などをして、雪の多い寒い北の島国を、涯から涯へと彷徨ひ歩いた。私はすつかり放浪に慣らされてゐた。私は家のことも彼女のことも想はない。胸には何物とも知れぬ想ひが潜んでゐて、何処までも〳〵とさうした生活を追はしむるのであつた。[34]

迫りくる父親としての立場を放棄することで自由を得た「私」だったが、同時に家の庇護を失い、生きるための労働と向き合わざるを得なくなったことが窺える。沙金掘人夫の次は、鉄道の枕木伐採の山で働き「赭ら顔の鼻の太い気の好い親方」から帳場を任される。親方は「三月いっぱいの辛抱だよ」と引き留めてくれたが、「私」は帰ることを決意する。

私は何かしら家が恋しくなつたのだ。棄て、来た妻が恋しく思はれたのだ。まだ見ぬ子供が恋しく思はれたのだ。そして私には、それ以来全く彼女等の消息を聞くことはなかつたが、彼女はまだ屹度私等の子を守り育て、、ひとり淋しく暮して居るであ

らうと言ふ気は離れなかつたのであつた。(35)

『然うだ！　帰るべき時だ、帰らねばならぬ時が来たのだ……』という「私」の言葉の後、「三」の部分は、誰なのか判然としない者からの問いかけで始まる。

『では、お前は雪をんなをほんたうに見たのか？』

い、や、見ない……

い丶や見たのだ。雪をんなは大吹雪の夜に天から降つたのである。そして、

『どうぞ御願ひで御座います。一寸の間この子を抱いてやつて下さい。』

雪をんなは斯う云つたのであつた。……(36)

このやりとりは「私」の自問自答と見るのが無難なのだろうが、もう一歩踏み込むなら、問いかける「私」は、雪をんなの存在を信じた少年の日の「私」と考えることもできよう。ここに至って、少年の日に信じた雪をんなは「棄て丶来た妻」とオーバーラップする形で「私」の前に現れる。作中では二度目の「一寸の間この子を抱いてやつて下さい」という言葉だが、一度目とは漢字の当て方が微妙に異なることに注目したい。「一」では

「この児を抱いて遣つて下さい」となっていたから、「児」が「子」へ、「遣つて」が「やつて」へと変化した訳だが、ここでの雪をんなは妻であり、抱かれている子は実際にはもっと成長している筈の我が子であるということを暗に示すための作者の配慮なのかもしれない。続く部分からは、雪をんなとの遭遇がおそらく吹雪の中での幻影であったことが窺える。親方に別れを告げて、六里の路を越えようとした「私」は途中から大吹雪に襲われる。

町の手前二里ばかしの峠へ来かゝつた時には、もう十時を過ぎてゐた。積つた雪は股を埋めた。吹雪は闇を怒り、吼へ、狂つた。そしてまたげら〳〵と笑つた。
『どうぞ御願ひで御座います。一寸の間この児を抱いて遣つて下さい。』
この時この世ならぬ美しさの、真白な姿の雪をんなは、細い声して斯う云つて自分に取縋つた。私は吹雪の中を転げ廻つた。が、終に雪をんなの願ひを容れてやらなかつたのであつた。(37)

作中三度目となる「この児を抱いて遣つて下さい」には、再び「児」、「遣」の字が当てられている。「この世ならぬ美しさの、真白な姿の雪をんな」というフレーズも実は「一」の所で見られたものと同一であり、ここでの雪をんなは妻よりもむしろ少年の日に信じた伝説上のそれを思わせる。「三」における「棄て、来た妻」と雪をんなとのオーバーラップはより鮮明なものとなり、「私」の語りは終局を迎える。

　その時からまた、又の七年目が廻り来ようとして居る。私には最早、帰るべき家も妻も子もないのである。さうして私は尚この上に永久に、この寒い雪の多い北の島国を、当もなく、涯から涯へと彷徨ひ歩かねばならぬのであつた。

——大正三年一月——(38)

葛藤しながらも妻子のもとには戻らず、個人としての自由を選んだ「私」には、生きる当てのようなものは永久に生じないであろうことを暗示した結末と考える。

　以上、研究史の把握に始まり、津軽における雪女伝承や葛西善蔵の前半生への目配り、そして「雪をんな」本文の分析と、様々な角度から検証を重ねてきた。総括するならば、雪深い津軽の地で悠久の時を経て育まれた、赤児を抱いてほしいと願う雪女の話形に、実は雪女は妻で抱いているのは我が子だとオーバーラップさせ、近代を生きる者の苦悩を鮮やかに映し出してみせた所にこそ「雪をんな」という作品の最大の眼目があると言えよう。この一編から、葛西善蔵の作家としての非凡さは明らかであり、善蔵文学にはまだまだ検証や考察の余地があると確信する。

※引用に際し、原則として旧字体の漢字は新字体に改め、ルビ等は省略した

注

（1）葛西善蔵「雪をんな」（『処女文壇』第一巻第三号、大正六年七月）。以下、「雪をんな」本文の引用は全て『葛西善蔵全集 第一巻』（昭和四九年一二月、津軽書房）から。
（2）加能作次郎「果して奇病患者か――葛西善蔵氏の『子をつれて』を読む――」（『新潮』第三〇年第四号、大正八年四月）。引用は『葛西善蔵全集 別巻』（昭和五〇年一〇月、津軽書房）から。
（3）石濱金作「葛西善蔵研究」（『新潮』第三七巻第四号、大正一一年一〇月）。引用は『葛西善蔵全集 別巻』から。
（4）田畑修一郎「美しい葛西善蔵」（『新潮』第三八年第九号、昭和一六年九月）。引用は『葛西善蔵全集 別巻』から。
（5）伊藤信吉「葛西善蔵」（『作家論』昭和一七年六月、利根書房）。引用は『葛西善蔵全集 別巻』から。
（6）大森澄雄『葛西善蔵の研究』（昭和四五年六月、桜楓社）。第五章 作品 第一節「雪をんな」から。
（7）宇野浩二「葛西善蔵」（『文藝春秋』第六年第九号、昭和三年九月）。引用は『葛西善蔵全集 別巻』から。

（8）葛西善蔵書簡（大正三年一月一二日、光用穆宛（はがき））。引用は『葛西善蔵全集 第三巻』（昭和五〇年六月、津軽書房）から。
（9）葛西善蔵書簡（大正三年一月一二日、舟木重雄宛（はがき））。引用は『葛西善蔵全集 第三巻』から。
（10）葛西善蔵書簡（大正三年三月一〇日、舟木重雄宛（はがき））。引用は『葛西善蔵全集 第三巻』から。
（11）葛西善蔵「不能者」（『改造』第一巻第四号、大正八年八月）。引用は『葛西善蔵全集 第一巻』から。
（12）葛西善蔵「父の出郷」（『中央公論』第三七年第二号、大正一一年二月）。引用は『葛西善蔵全集 第二巻』（昭和五〇年三月、津軽書房）から。
（13）小山内時雄「「雪をんな」断片」（『東奥日報』昭和三九年七月二三日朝刊）。
（14）林義実「「雪をんな」の周辺――葛西善蔵研究」（『北海道文学』第一六号、昭和四〇年一〇月）。
（15）前掲の（6）と同じ。
（16）神谷忠孝『葛西善蔵論 雪をんなの美学』（平成四年一一月、響文社）。「葛西善蔵の〈女〉――「池の女」「雪をんな」」から。
（17）『日本昔話通観 第2巻 青森』（昭和五七年二月、同朋舎出版）。
（18）斎藤正編『続々津軽のむがしこ集』（昭和三七年二月、弘前教職員組合 文化部）。
（19）川合勇太郎『ふるさとの伝説』（昭和四五年八月、津軽書房）。

（20）内田邦彦『津軽口碑集』（昭和五四年八月、歴史図書社）。『津軽口碑集』（昭和四年一二月、郷土研究社）を再刊したもの。

（21）『日本昔話事典』（昭和五二年一二月、弘文堂）「雪女」の項目（執筆者は山崎雅子）。

（22）『日本昔話事典』「産女の礼物」の項目（執筆者は山本節）。

（23）前掲の（19）と同じ。

（24）～（25）小山内時雄「年譜」（『葛西善蔵全集 別巻』昭和五〇年一〇月、津軽書房）。

（26）～（31）前掲の（1）と同じ。

（32）「義人《たゞしきひと》の果《み》は生命《いのち》の樹《き》なり」…「箴言」（しんげん）の第十一章の三十に登場する文句。なお、明治・大正期に読むことができた「箴言」の例として、大聖ソロモン氏原著日本五名博士共訳『箴言』（明治三六年六月、文学同志会）という書物が挙げられる。

（33）～（38）前掲の（1）と同じ。

V

高木 恭造

幻の蝶を追いかけて
―高木恭造・満洲・マイナー文学―

ソロモン・ジョシュア・リー

青森県が多数の作家、エッセイスト、詩人などの文化人を生み出し、彼らが強固な文学的共同体（あるいはいくつかの個別な共同体）を作り上げた、ということは、すでに小野正文の研究によって明らかにされている。大正・昭和時代、津軽での地方文壇の中心に立っていた福士幸次郎（一八八九～一九四六）は、戦時下に、そのバトンを弟子である一戸謙三（一八九九～一九七九）に渡した。地方文壇における作家たちの関係性は無限に複雑ではあるが、福士の文学的・思想的な遺産がまとまりをもった郷土文学の作家のグループによって継承されたことは明らかである。[1] 殊に福士の地方主義思想は、政治的・芸術的にそれぞれ異なる津軽文壇の作家が統一されたアイデンティティーを持つための足掛かりとして機能した。そして福士思想を受け継ぎ、早期に成功を収めた文学が高木恭造（一九〇三～一九八七）の『津軽方言詩集　まるめろ』であった。

現代津軽地方文壇の歴史において、高木恭造は主要な人物の一人となっている。しかし、その文壇の全盛期にあっても、全国的に見れば大きな存在ではなかった。近・現代の日本において、地方に根差した文学は常に東京のいわゆる中央文壇によって影の薄いものとされる。高木は、短命かつごく一部の地域に限られたものであったために、今となってはほとんど忘れられた地方主義運動と根本的に結びついていながらも、津軽文学史の前景に置かれている（弘前市立郷土文学館や青森県近代文学館の常設展示に含まれているのがその証の一つ）。そのため、彼は（地方において）メジャーであると同時に、（全国的に）マイナーであった。彼が作り上げた境界性（Liminality）や主体性の拒否、その歴史的な文脈、個人的な背景、文学的活動などをすべて合わせると、矛盾するようなメジャーとマイナーがもつれ合った状態となる。私は、興味を掻き立てられるとともに苛立たしさも感じながら、そのもつれを成している高木恭造のテクストやコンテクストの糸を何本かほぐすことで『まるめろ』論にとどまらない、より幅広い考察を示したい。(2)

高木恭造、その背景

高木恭造の文学活動を分析する前に、その人物像について触れておこう。高木は一九〇三年、青森県の津軽地域と南部地域の境界線上にある青森市に生まれた。(3) 代々、医者の家系に生まれながら、長年、医者になる道を避けてきた彼だったが、結局は医者になり人生の半分を眼科医として送ることになった。

若き高木のトラウマとなったいくつかのエピソードがある。まず、高木が七歳の時、母親が火事で怪我をして、その年が暮れないうちに亡くなった。また、一九二一年に十八歳だった高木は父親の無理強いにより千葉医専に応募するのだが、（肉体的に虐待した）父親に対する反抗として入学試験を白紙のままに提出した。一九二六年に結婚したものの、（愛のための結婚だったが、）花嫁の教会がそれを認めず、高木のことを隠れた「悪魔」と戒めて、その悪影響を語るうわさが氾濫した。結局、高木らはそのコミュニティーから除外される。自伝的なエッセイから、これらのトラウマが生涯にわたる神経衰弱につながっていたことがわかる。また彼の詩のいくつかから、同じことを指摘する先行研究もある。(4)一九二八年に渡満した後にもトラウマは続いた。例えば、高木作品の中でもっとも感情的に訴えかける短編小説「肉体の図」（一九三八年）は、さらに過激的なトラウマを描写している。それが描くのは、妻が長く粟粒結核を患い、高木が医学生としてそれを観察・看病し、一九三〇年に逝去した後で解剖見学すら体験した、ということである。最後に、一九三〇年代〜四〇年代を衛星国と呼ばれる満洲・国で生活したことにより、また敗戦後の引き揚げにより、重ねた一連の苦痛な経験が、その作品に表れている。

高木の文学活動の出発点については明確である。一九二六年に、青森日報社に短期間務めている間、高木の机が福士幸次郎と隣り合わせになっていた。福士はすでに東京文壇に口語自由詩の初期導入者として地位を確立していたが、一九二三年の関東大震災のために青森県に一時的に帰郷していた。この意図しない里帰りが福士の当時のプロジェクト（フランス国粋主義者マウリス・バレスから学んでいる「伝統主義」や「地方主義」）に大きな刺激を与えた。福士は失われかけている「伝統」及び「統合」した「精神」を取り戻すのに、日常生活における「場」や場の「非合理性」の認識を促すような、場を志向する文学を勧めていた。彼の宣言が最も具現化されたのはいわゆる「方言詩」であった。福士自らが失敗作と見なした「百姓女の酔っ払ひ」(5)を除くと、高木が日本初の「方言詩人」と言われてきた(6)。が、高木の試作における愚直な表現法を褒め、書き続けるように促したのは師である福士であった。高木の詩は何篇か地方紙に掲載されたが、一九三一年に『まるめろ』が出版されるまでまとまったかたちにならなかった。しかしその間の五年は、高木にとって波乱に満ちたものであった。

一九二七年に高木は出世を目指して上京した。だが、全国的な不況が続き、なかなか就職できない状況が続く。やっとある小さな出版社に勤めるようになるが、すぐに倒産してしまう。他に頼れるものはなく、妻の助言に従って(7)一九二八年一二月、日本帝国において当時、最も魅力的な辺境であった「満洲」(8)に移住する。

渡満は作家・詩人として、人間として、また歴史的な主体としての高木の成長に根本的な影響を与えたが、それが顕著に示されるのは名作『まるめろ』の後であるため、これまでの評論や学問的な言論では検討されていない。理想的に語られる南満洲鉄道、いわゆる満鉄に魅せられての渡満であったが（全個室蒸気暖房装置付き！）、高木は健康診断の結果によってまた就職できず、満鉄の奨学金を得て満洲医科大学に入学するほかなかった。その後、元妻がそこで彼に看病されながら他界する。高木はほとんど間もなく再婚して、満洲の病院を転々としながら一九四六年の日本の敗戦、集団引き揚げまで働き続ける。戦後青森県に帰って晩年まで小さな眼科を運営しながら詩と小説を交互で書いた。

満洲・国における日本語文学

満洲にいる間、高木は外部から隔絶されて文学活動を行っていたわけではないだろう。高木文学の文脈を正確に把握するために、まず満州文学に関する川村湊の著作に目を向けよう。川村氏はいわゆる「大陸文学」（事実上「満洲文学」に等しい）を分類している。それによると主に紀行文学、開拓文学、そして引き揚げ文学に分けられる。[9] それに、内地における満洲を対象とする大衆文学も含まれる。[10] 川村は女真の口頭伝承は文学ととらえていないが、その一方で満洲の文学的風景を彩る古丁や遠犀といった満洲人作家や、朝鮮及びロシア人の日本語作家をその研究で取り扱っている。[11] また川村は、「民族的な融合」というのは初期の日本の衛星国についての政治的レトリックに過ぎず、「民族のるつぼ」であったと認識したほうがよいとした。つまり五族協和の国ではなく、長きにわたって民族間の差別があった(12)。

この文脈の中で、自称「津軽」の作家としての高木恭造をより正確に理解するために、以下に満洲における文学的生産について川村の論に従って概観する。中国語、朝鮮語、ロシア語、英語の作家との間に限定的にでもあれ文学的な交流があったことは認められるとしても、高木の重要な関わりをもつ交渉がほとんど日本語のものであり、それが日本の施設によって流通されたことに注目すべきだろう。この視点に立つとき重要なことは、これは日本人の開拓者・植民者の視点であり、その反対に立った他民族の抵抗者、被害者、協力者と全く違うことである。

一九〇五年、ポーツマス条約の締結により、ロシア陣営が満洲から引くと、内地から本格的に移民(あるいは入植者)が満洲へ向かった。条約による狭い土地の利権を用いて、「水道工事、下水道、公園、照明や暖房のための電気・ガス発電所」のような公共事業を、さらに多数の小学校や病院(ある大連の病院では一日あたり七〇〇人の患者に対応できたといった)を建築した、とされている(13)。二〇世紀の最初の数十年間、満洲は内地にとって無限に広がる大陸であり、大日本帝国の開拓による搾取をただ待っている辺境地域として表象されていた。そうしたイメージが大陸に躍り出た冒険者や資本者にも、満鉄のプロジェクトにも体現されていた。この開拓の早い時点から、満鉄は南満洲の経済的、政治的、文化的な開発に中心的な役割を果たし、一九二〇年代まで次第に内地から乖離していく地方文壇を支えていた。

満鉄の研究所や文化支局の資源は莫大だった。一九三七年〜一九四六年の間、社内映画生産部「満映」が約百本の長編映画と二百本の文化映画（クルトゥールフィルム Kulturfilm）を関東軍や満洲大帝国を支援するために製作した。満洲の映画的描写が多様でありながらも平和的に共存している文化・民族を表し、「現代的なユートピアで、工業育成によって文明ある人々が共和的に生活できる」イメージを作り上げた。(14)

出版に必要な資源が南満洲に集中し、かつ知識階級がそこに集まっていたため、初期の満洲日本語文壇は満鉄敷地内、特に港町の大連および大都市であった奉天において生まれた。実際に「満洲文学」の顔となった安西冬衛は満鉄社員の息子で、一時的に満鉄に勤めた人でもあった。そこでの出版物については、いくつかの小さな同人誌を合体させて、『満洲詩人』と『黎明』が一九二四年から出版されるようになった。これで満洲の日本語文学共同体が初めてほとんど纏まった。ついで大連にて安西冬衛、北川冬彦、城所英一、富田充が『亞』（一九二四〜一九二七）を創立した。『亞』に応えて『燕人街』(15)や『三人集』が現れるが、前者ほど印象を残さず、今となってはほとんど忘れられている。現在では、『亞』が『詩と詩論』の精神的な先駆者とみなされているが、安西が後者にも参加したため、『詩と詩論』が「日本植民地と内地のモダニズムの詩論の合致」した共同体であるとの評価もある。[16]

『亞』はタイトルで「亜細亜」を指していることから、投稿者はその独特な大陸文壇としての位置を認識していたと推測できよう。雑誌中に掲載された詩は最先端のモダンであることを意識し、頻繁にフランスのエスプリ・ヌーボーなどの西洋のアヴァンギャルドを引用している。[17]安西と滝口武士が最も活発な投稿者で、『亞』に掲載された詩の四分の三は二人のものである。前者は「春」(「てふてふが一匹…」)のような簡潔な一行詩が有名だが、ほかに沢山の難解な、珍しい漢字(および「オリエンタリズム的なペルソナ」[18])を用いる散文詩をもって大陸の生活の厳しさを率直に描いた。それに対して瀧口の詩は空間、印刷技術、具体詩、絵的要素(点、線)などを使って実験的な技法を探求した。[19]彼の詩はイタリアの未来派を思わせるが、それは二〇年代後半、未来派の思想や伏字を詩的に活用するアヴァンギャルド詩を掲載した内地の雑誌『MAVO』の発行に数か月先立つものであった。[20]このように、安西、滝口らは日本語の現代詩運動の先端に立っていたといえる。

一九三二年に大連で発刊された青木実主宰の雑誌『作文』が、『亞』の外地での後継者となった。投稿者と満鉄の関係は続いていたが、批判的な姿勢もみられはじめた。『作文』の文学にはリアリズムの方向性があり、日常生活、労働者、歴史や政府政策による犠牲者のありようなどをしばしば描写し、満洲国の「王道楽土」や「五族協和」といったスローガンを非難した。『作文』の特徴の一つは、多くの投稿者は大陸に十年以上住んだことが

あり、その土地と一体になろう、満洲・国を第二の故郷にしようとする意思があったことである。(21)

ところが一九三一年の満州事変、翌年の満州国および新京特別市の創立以後、満洲の文学的風景は一遍に変容した。一九三二年から農業開拓移民の入植が急増し、一九三六年には満洲への「百万戸移住計画」が動き出し、翌年に関東軍が日中戦争に飛び込むと、外地である新京を新しく目指す思想家や文学者が現れてくる。

無論、個人個人の動機は異なるが、満洲に移動したインテリ層には多少の傾向があった。まず、一九三一年、治安維持法の強化に伴って九五％の日本の芸術家が転向した。アニカ・カルヴァーの研究では、満洲国に積極的に参加すること、あるいはそれを支持するような「非公式宣伝活動」（Unofficial Propaganda）を生み出すことによってその政治的改心を示すことができた、と論じられている。(22)その中のプロレタリア派やアヴァンギャルドの芸術家が大陸で下層階級についてあらためて意識し、故意にそれを他者化することにより日本の指導の必要性を訴えた。(23)次いで、一九三二年に結成される五族協和を促進する「協和会」は満州国政府弘報処（≒宣伝活動省）の文化支局となった。(24)協和会や非公式宣伝活動家と並行して、内地で台湾人・満洲人などの外地先住民たちを「野蛮人」として表象する文学が多く発表された。これらすべてによって、未開な大陸外地が日本的な近代性を待望しているというイメージがさらに広がった。(25)

新京に集中した非公式宣伝活動家を代表する北村謙次郎の雑誌『満洲浪漫』（一九三八年創刊）は、いくつかの幅広いテーマに特徴づけられる。それはタイトルにもうたわれる通りの浪漫主義だが、主に満洲国および関東軍の意向に沿った内容になっていた。『作文』に見られた暗さや、読者を敬遠させる過激な内容を控えることにより、『満洲浪漫』における文学はより英雄的な日本人開拓者、逞しい兵士が無法の匪賊を治める物語や、異民族間の平和的な共存を描写した。それに加えて沢山の時評も掲載していた。[26] それらには「建国精神」や「国策文学」というテーマが浮き彫りになるものが多く含まれた。北村曰く、これは「生産国」のための「生産文学」である。[27] その点で、新京の文壇が満洲国の帝国主義にイデオロギー的に荷担したということは明白であろう。

一九三七年に盧溝橋事件が起り、満洲国が日中戦争に突入すると文学活動に対する国家管理が高まった。同じ年、満洲文話会が大連で創立される。一九四〇年、同会は新京に移設され、参加する文学者・芸術家の数は三五〇名に及んだ。この中に高木恭造の姿もあった。一九三二年に最初に結成された「満洲文芸年誌」の会員数三十七名から、僅か七年間のうちに十倍近くに増化している。[28] また、文話会が新京に移設された際、発行月日が（満洲国皇帝溥儀の賛同を表して）「唐徳」年号に切り替わった。[29] そして一九四一年に満洲国政府による「芸文指導要綱」が発表され、容認可能な文学活動が定められた。文話会や『満洲詩人』などは要綱をそのまま転載するか、内容の近い宣言書を掲載した（ただし文学的な実践・実行が伴ったとは限らず、実際には内容が満洲国や日中戦争に対して曖昧な姿勢をとったと指摘されている[30]。

一九四一年には満洲文話会が自治体の経済援助を得て満洲国政府公認の「満洲芸文連盟」に作り替えられ、総合雑誌『芸文』を出版するようになる。一九四四年には内地から大手出版社の文芸春秋社が進出して『芸文』を牽引する。『満洲浪漫』の方は一九四二年に「芸文社」に継がれて、新京専用の『芸文』を一九四二年～一九四三年の間出版し、その後、内地出版社の新潮社を経由し、『満洲公論』を一九四五年まで発行する。新京中心のこれらの文学雑誌には愛国的な詩が多く寄せられ、全体的に「決戦的な性格」を持っていた。

内地からの出版社がコネを利用して、内地の中央文壇に活躍していた文学者（佐藤春夫、武者小路実篤、林房雄、等）を外地に紹介し、そして満州の作家よりも紙幅を割いて掲載した。これらのいわゆる中央文人の影響力が、南満洲の文学者に建国精神のある文学を執筆するよう促す圧力となった[31]。従って、一九四〇年代から文学の風景が次第に覇権的な満洲国政府による地方の文化創成への直接介入により、右へ、右へと促されていくことが観察できるだろう。

文芸春秋と新潮社が大陸に進出したことで、高木など日本の地方出身の渡満者を国外に脱出しようとさせた事情が、大陸においても反復されることになった。これらの会社が内地の資源・資本を持ち込み、内地対外地の政治的な力学、つまり中央対辺境という権力の二項対立を再現させた。「芸文指導要綱」の発表や、強まる一方の中央文壇作家の存在感が後輩にあたる満洲文壇を厳しく圧迫した。外地はそれまで比較的自由だった。一九四〇年代に入るまで、満洲在住の作家は内地より原稿用紙などの出版資源が豊富であり、非宣伝的な文学を作る余地もあったようである。(32)

さて、内地が外地の上に立つ、という事実上の権力の力学を認めるとすれば、エディプス・コンプレックスの用語を参照して考察することができよう。フロイトの有名な議論によると、児童の精神的発達は父母との三角関係において起こるとされ、欲望の対象である「母親」を獲得するのに（ここでメジャーの意味として解釈する）「父親」の支配に対して抵抗し覆そうとする精神的発達段階を経なければならないのである。この様な関係性は社会の様々な場面、例えば「中央」対「辺境」の力関係において観察することができる。特に、大日本帝国の時代、現実派の南満洲内の地方文壇にはマイナー性があり得て、新京における、帝国のための宣伝的な「建国精神」はその反対に、メジャーな言論であったと考えられる。

高木は満洲国・帝国主義の代弁者として執筆したことはほとんどなかった。そのため、メジャーな政治性とメジャーな芸術論との異なる関係性を持っていた。十八年間の滞在の間にいくつかの病院で勉強したり働いたりすることがあったが、ほとんどは南満洲、つまり満鉄敷地内で過ごした。唯一の例外は新京にいた四年間（一九三三年～一九三七年）であった。その結果、満洲在住中の高木文学のほとんどが『作文』や作文社を通して発表された。一つの注目すべき例外的な作品が一九四四年に『芸文』に掲載された短編小説「野草」である。これは高木が引き揚げる前の最後の発表作品だった。(33)「野草」は主に二つの点で特徴的である。一点は女性の視点から描いたことで、もう一点は明確に翼賛的、浪漫的に満洲開拓団と地元の「匪賊」との紛争を描写したことである。しかしこの作品はプロパガンダの印象を与えるというより、高木の故郷である津軽の祭り文化や津軽人の気質を伝える効果がある。そのため、「野草」は早期の地方主義的な作品に若干似ているところがある。私はこの宣伝とも抵抗とも決め難い曖昧な立場を高木のマイナー性として解釈したい。

マイナー文学は非常に定義しにくいものである。そのもっともよく知られている論であるドゥルーズとガタリの『カフカ――マイナー文学のために』(34)は、マイナー性を完全に政治的な意味において定義する。彼らにとってマイナー文学はヘゲモニーを、支配権の言語を用いて覆すことであり、「分裂症」的であり、壊れたエディプス的な三角形、リゾーム型発達などの形で実現される。エディプス的な三角形を壊し脱領土する文学であるため、それはアンチ・エディプスの政治的にマイナーな文学とされている。この定義から考えると、高木の「方言詩」は日本語文学の「再領土化」であるため、マイナー文学の領域から排除される。[35]その意味でのアンチ・エディプスのマイナー文学を、高木は書かなかった。

マイナー文学を方法として総合的に批評するレンザは、ドゥルーズのアンチ・エディプスのほかにいくつかの理論があることを指摘する——即ちニュー・クリティシズム、精神分析、マルクス主義、脱構築といった方法論である。[36]T. S. エリオットらによるニュー・クリティシズムではマイナーはメジャーを補完する土台とされている。つまり、メジャーになることを欲しながらも傑出した才能に欠けるものをマイナーとするからである。日本の思想家の鶴見俊輔はそれと似たマイナー性を『限界芸術』で論じている。その著作では、ある「美的経験」は平凡な日常生活からも、芸術家や高度知識ある鑑賞者からも離れたところにあるとする。[37]エリオットと鶴見にとり、マイナー性／「限界芸術」がメジャー芸術を構築する分子として機能するとされている。このメジャー・マイナーの関係性はある程度、高木と文壇との関係、特に「方言詩」に見られる。例えばマイナーな高木はメジャーな秋田雨雀、草野新平と直接交際することにより、方言詩の口語性を認識し、開発していった。[38]また、芥川文学に傾倒し、ポーやエリオットを詩や文章で参照し、福士幸次郎の地方主義に忠実に従い、のちに安西冬衛を模倣したことは、すべてニュー・クリティシズム的なマイナー性に向かうものである。

ニュー・クリティシズムに対し、ブルームはマイナー文学はエディプス的抵抗の長い過程であり、メジャーに逆らい、打破しようとするもの、「強い」作家の中で、誤読と原文にあるアイデアの書き直しを繰り返すことで、シェイクスピアのような文学の頂点を突き崩そうと奮闘するものであることを論じた。(39) 以下に説明するが、この観点では、高木は「誤読」の段階を超えることがないため全く「強い」と考えられず、高木文学の中にエディプス・コンプレックス的な抵抗の確証は認められない。ただし、高木のすべての文学活動を合わせて考察すると、精神分析学的に言えば、故障した家族内三角関係と、精神的な修復に挑戦していることが見えてくる。

先に述べたように、高木の人生はトラウマが刻まれたものであり、その個々の文学を精神分析学的に読むことができる。そこで、本格的にブルームのいう「強い」作家になるためには高木が文学的な先祖との三角関係を破って新しいあり方を見つけなければいけないことになる。しかし彼はエディプス的に精神発達が停止した状態にあり、脱出できない非生産的な待機状態で淀んでいた。高木と父親の仲は悪く、反抗として千葉医専に白紙の入学試験を提出したことについて、父親の（医学的）言語すなわち「法」を再現することを拒否する行為として、まさにラカン的に読み解くことは容易である。だが、家出してまもなく高木は福士幸次郎の下につき、父系の指導を受け入れ、物質的かつ精神的な支えを得ることもあった。その後、満洲に渡り、安西冬衛を新しい文学的な手本にした。また散文詩のスタイルを倣い、第二詩集『我が鎮魂歌』の献辞を「安西冬衛氏に」とした。彼が安西の模倣を極めたことによって、「スモール・アンザイ」というあだ名すら生じた。『我が鎮魂歌』の次に執筆した時にまた師事したのは同郷の一戸謙三であり、散文詩の代わりに「聯」という韻を踏む四行定型詩について学んだ。高木の小説については、個人的に師事した者はなかったが、南満洲文壇のリアリズムの枠から踏み外すことが全くなく、ほとんどの小説は自伝的な色合いが濃い。また、本業となる眼科医に関しても、高木は指導教授の船石晋一のいいなりに研究の道を進んだとの証言がある。この「弱さ」すなわちマイナー性は独立した主体性をあえて避けているように見える。この傾向が明確にとれるのは、自伝の『幻の蝶』のタイトルが、子供の時分に催眠術をかけられて「幻の蝶」を追いかけたというエピソードに由来することである(40)。高木は受動的であり、非主体的である。彼はブルームが要求するエディプス的反抗に及ぶことなく、マイナーな状況で足踏みをしている。

「風塵」

以上述べてきたようにマイナー性が高木文学の隅々まで浸透しているといえるが、これから取り上げる短編小説「風塵」はその最たる事例といえよう。[41]「風塵」は一九三九年に満洲国でよく読まれている文芸誌『作文』に投稿された。設定が満洲事変直後の高木にとって身近な満鉄敷地内の奉天で、ほかの高木文学と同様に自伝的な内容が多い（例えばこの作品では、満洲に渡って後妻を得て、医者になる日本人が視点人物になる）。主人公は猿渡平助といい、満洲国建国後の憲兵隊の圧力により、モグリの医者を辞めてクリニックの看板を下ろす場面から話は始まる。猿渡は医者を始める前、渡満して「製糖会社の会計係」になり、次に「綿打ち直し屋」になったが、いずれの仕事も彼の不誠実な行為（「元手を造るにあせって不正をした金がばれて」、「古綿と直し綿との目方をあまりに誤魔化しすぎ」）によって追い払われることになる。外地に出る前、猿渡は「白首屋《ごけや》」を一時的に営業したが、抱えた「酌婦」が全員疫病で亡くなったこともあった。混乱した時勢に紛れて続けてきたモグリ医者を辞めざるを得なくなり、可哀そうなほど下手に「賃金の取り立て」をやり、「モヒの密売」もするが、彼のほとんどの所得は貸し出しているアパートの家賃からきている。

アパートを借りている家族はほとんどが日本人であり、家長はそれぞれ牧野虎三、鮫島、小穴である。牧野は教養のあるデカダンであり、内地で婿養子になった家族から、身代を無駄につぶして不名誉をもたらしたために追い払われて満洲に逃げてきた。中国人の「彼の女」と同居するようになり、保険の勧誘員として辛うじて口しのぎしている。鮫島は爆竹を家内工業で生産するが、昔の爆発事故で顔の半分が醜く火傷瘢痕に覆われている。そして小穴は医大の実験動物研究のためのモルモットを飼育している。彼は気弱でモルモットに似ており、しかも家内一同が家畜に対して気遣って押し入れの中で暮らし、逆にモルモットが居間で自由に過ごしている。

猿渡の家庭は崩壊している。過去に妻子を内地に見捨て、現在、満洲国でキクという、朝鮮で知り合った内縁の妻と暮らしている。子供は、中学生の正造と「一人前の女」になりかけている八重子と二人いる。正造は（異人の）不良青年団に入り、八重子は無理やり家出してダンサーになっており、この二人は猿渡の父親としての失敗を象徴する。また、キクはケチでやかましい性格で、無力な肝臓病患者として描かれている。猿渡はキクの「中年青ぶくれた顔」で「肉体的な感じ」から「白豚」と勝手に呼んでいる[42]。

「風塵」は、看板を下ろす夜、月見の会、警察署、ダンス・ホール、旧正月の夜、結末という六つのエピソードに分かれているが、プロット自体はまっすぐには進まない。場面がそれぞれ展開していくにつれて一つの方向性、つまり主人公が環境（あるいは歴史的な動き）に対して抵抗する意志を失っていくことが浮き彫りになる。

最初の場面で、猿渡がキクと牧野と、元診察室で「廃業祝い」を行う。牧野が八重子とダンス・ホールで会い、「一人前の女」になったことを放言する。この会話の内容によって猿渡といわゆる「自堕落もの」の八重子との不和が明かされる。またキクは、牧野と「彼の女」が猿渡を利用していると考えていることがわかる。

それから話は二ヶ月前に遡り、猿渡を含めアパート主人の家長四人が月見の会を狭い中庭で行う場面になる。そこで二つの小競り合いが起きる。まずは三人が「満人」が近くでやっている「支那芝居」の騒々しさについて愚痴を言い合う場面で、牧野がその芸の複雑さについて文士らしく講義し始める。次いでは、猿渡と鮫島がモルモットの科学的分類についての議論に熱中する。専門家であるはずの小穴はどちらの側にも付かず、しまいには男達は理不尽に暴力をふるいだす。猿渡は鮫島の肩に獣のようにかじりつき、牧野は倒れているその二人を跨いで拳で殴打を浴びせ、小穴は逃げて押し入れの中に隠れる。

それから物語は西暦における翌年の、新暦の正月から旧正月に近い日まで飛ぶ。猿渡は本業を「賃金の取り立て」に切り替え、キクを使いモルヒネを中国人の労働者「苦力」に売りつけさせる。そのうち、警察署に呼び出され、モルヒネの密売について糾弾されるのではないかと懸念していると、問題の対象は自分ではなく息子の正造であることがわかる。正造が不良少年団に入り、その朝鮮人であるボスの悪影響により不登校となり、とある強盗事件に関与しているというのだ。警官から親としての家庭教育不足を責められるが、息子の不良行為は自分のせいではない、と猿渡はしたり顔で答える。腐敗しているのは「環境」だ、家庭内で矯正することはあり得ない、と。警察署からの帰途、正造は謝罪を口にしない。そして猿渡は自分にも「環境」の影響が働きかけている、と感じはじめる。

猿渡家の金融情勢と並行して牧野の健康状態は低下しつつある。キクの絶えることないお説教に呆れて、猿渡は八重子の職場に助けを求めに行く。ダンス・ホールに入ると、猿渡はダンサーたちの淫らな振る舞いに困惑しながら、同時に露出度の高いドレスを着ている娘の体をじろじろ見ている。八重子が密かにお札を渡しながら見下したように父親のことを叱る。「おれも落ちぶれたものだ」と呟き、猿渡は完全に敗北したことを悟る。

次は（旧正月の前夜の）大晦日で、クライマックスである。鮫島と小穴のそれぞれの仕事が繁栄しており、前者が祝日と関わる需要に対応するために何人かの「満人」を雇っている。ところが、真夜中に室内の火薬が爆発し、鮫島が重傷を負った上、他の部屋に火が回り、小穴の飼っていたモルモットはほとんど焼け死に、猿渡の建物は半焼した。

エピローグでは、土地をなかなか離れず、新しい道に踏み出さない猿渡のことが描かれている。ある日、八重子が突然現れて北満にある医者の公募を見つけた、と告げる。給料がよく、医者の資格の真偽も問わない、という、猿渡にとって非常に好都合な話であった。彼は「二つ返事で早速に承諾し」、牧野に手短に別れをつげる際に、致命的な梅毒があるという診断結果をあっさりと伝える。

「風塵」の考察と高木のマイナー性

猿渡が恨んでいる「環境」が「風塵」の明確なテーマであり、それは高木の満洲・国にいた頃の文学全体を貫いている。実は、この「環境」は高木の師匠であった福士幸次郎から学んだ概念である。福士によると「環境」、特に生まれ故郷は、人間のアイデンティティーに徹底的に影響を及ぼす土地の「精神」を孕んでいる。その精神は「伝統」のようなものであり、郷土のコミュニティーにはそれを継承して洗練させる道徳的な義務がある、と。過去と現在をつなげるこの「精神」は通時的であり、祖先と環境と共同体を統一する役割を果たす(43)。師の教えに忠実な高木は常に場・故郷・環境、および自己認識との弁証法論的な関係性を文学の中に織り込む。高木・猿渡は大陸に移植することで故郷喪失を痛感し、徹底的に異質な場性に衝突する。

高木が外地の環境に積極的に直面しないことはその作品中、頻繁に大陸的な自然イメージとして結晶している。例えば、先に紹介した「風塵」という短編小説のタイトルは季節的に大陸から日本列島へ流れる黄砂を思わせる。第二詩集『我が鎮魂歌』に所収の、「黄土(レヌ)」という詩の題名は黄砂のある満洲を指しながら二重の意味として黄泉の国を思わせ、「予はここにあり」は砂塵の中で起こり、「春の祭典」には「黄砂に塗れた」モンゴル人が登場し、「風塵—あれは再び帰らない」はまた砂塵や「蒙古馬」について書かれ、「遡行」および「Bridal March」には「太陽が黄色い程の埃風」や「黄色い埃」が出てくる。(44) それぞれの大陸的な自然心象が荒廃した満洲・蒙古を作品の舞台に定め、中の登場人物はすべて自然の力に包まれながら打ちのめされている。まさに砂塵のイメージは満洲という場を確認しながらも、場の固定性を乱す（例：「沙塵の中にあつて明暗の調子《トーン》がでてゐるだけが取得だ。僕自身の入つた写真が何よりの通過地点の証拠になるのだから」）という矛盾した機能を持っている。(45)

だが風の中の埃というイメージは単なる地理的な位置を表すための小道具ではない。むしろ、このイメージは、主に無力な個人と、その巨大な歴史的、政治的、経済的なコンテクストとの関わりを表す。コンパノールはボーダッシュの島崎藤村論を引用して、満洲を「ゴミ捨て場」（Dumping ground）と呼び、日本人がそこに移住することは、近代日本の立身出世のパラダイムにおいて「内地で成功していない」証拠としている。(46) 猿渡と高木は同じように内地において立身出世ができず、「失敗」であることを認識し、植民地という「ゴミ捨て場」へ処分される。(47)

その上、「風塵」の登場人物は時代の波に揺すぶられ、風に吹かれる「落葉」のような存在とされている。(48)「落葉」というイメージの使用法は一九六八年、高木が自伝的な長編小説『落葉の群』の中でかなり直接的な表現として明示されている。敗戦後、主人公が引き揚げをして、小説は次の言葉で終わる。

その時である。原っぱの中央に突然竜巻が起り、落葉、枯葉が一斉に空高く巻き上げられたのだ。［中略］まるで、いまの日本人はあの吹き上げられた落葉の群れのようなものではないのか。やがてボクらはみんな散りぢりになり、今後もう二度と相会うことは恐らくあるまい。片岡医師にもあの炊事の女にも……。(49)

ここでは人生の浮き沈みが、主体的な行為によるものではなく、理不尽な風や埃や落葉の動きとして描かれている。高木はこのような運命論を「風塵」の文法作用にまで取り入れた。格助詞「と」を常に使うことにより、行為や対話が何かに促される感じで、すべてのアクションのシークエンスが個人の意思を問わず、衝突するビリヤード玉が出す結果と同じように自然的に進行する印象を残す。後の短編作品「パチンコ先生」で高木はこの物理的な比喩をさらに明確化している。表題の人物曰く「君―われ〳〵人間はすべてこの世に弾き出されたパチンコの玉みたいなものではないか。あっちの［電信］柱で弾き飛ばされ、大当たりの穴の側をするりと通りぬけて、おしまいはみんな墓の穴へと入ってゆく……人間すべてかくの如しさ」(50)。

この非主体的な視点は、「植物化」や「動物化」をテーマとする高木の他作品にも見られる。

例えば「風塵」に於いて、猿渡の子供以外のすべての名のある人物は動物のイメージとつながっている。動物化の謎を解くために、まず例外の「非」動物的な人物を考察しておこう。まず、八重子の名前は重層的な複雑さを示唆しており、近代化する満洲の世界に適応し、ダンサーとして高収入を得て、最後に猿渡に新しい仕事を見つけるコネも持つようになる。猿渡の眼からみると八重子は道徳的に汚され、ダンス・ホールは悪の巣である。ところが、彼の八重子に対する不満は彼女の淫らさにあるのではなく、むしろ彼が娘の性を抑制できないことにある。猿渡自身は内地で売春宿を営業していたし、満洲で顧客をだまし取った過去もあり、更に八重子のことを「芸者に売り飛ばす」（自分で売却代金をもらう）ことさえ提案した。しかしその一方で、八重子がある満洲人の男の子と「いたずら」をしたうわさを聞き、猿渡が彼を「摑み殺さんばかりにしてぶん殴った」というエピソードがある。息子の正造の場合はさほど自立してはいないが、父親としての猿渡の完全たる失敗の象徴となっている。正造は父親によって「正しく造られて」いなくて、南満洲及びその多民族社会という「環境」によって造られた人である。つまり何も支配できない猿渡は、自分の子供に対してすら何も権威を持っていない。

動物化する人物については、まず猿渡は明らかに内地から「渡ってきた猿」であり、「モグリ医者」として猿真似しかできていない。また彼のあだ名となる「タヌキ」が小説内の議論の的である。彼の自由を奪うキクのことを、猿渡は「白豚」と呼び、火薬をいじる鮫島は「鮫」のように危険であり、そして動物の巣穴のような押し入れに住んでいる小穴一族はモルモットと比較される。猿渡の「タヌキ」に対して牧野寅三(キクによっては「トラ」)のあだ名は「海鞘」になる。つまり、高木は「風塵」で意図的に登場人物の内面性を読者の目に映し出すために動物のイメージを用いたのだ。

ただし、この「風塵」における動物は非主体性を象徴するのみならず、変身の不完全な状態を展開している。言い換えると、「風塵」の動物は動物そのものではなくて、動物になりかけているものである。猿渡と牧野のあだ名を見ればこのことは明白だろう。前者は最初に皺だらけの面貌から「タヌキ」と呼ばれる。だが、タヌキは人類より知能が低い生物でありながらも、同時に人間にはできない変化の術を発揮する。もし猿渡が本当のタヌキだったら、どの状態、どの「環境」でも、不可思議な魔術によって順応できるはずである。ところが「風塵」では「タヌキ」の意味が異なる。猿渡が自分のことを「文福茶釜」のタヌキにたとえているが、このタヌキは茶釜に尻尾と手足がついた途中半端な姿のまま凝固する。話の終わりはめでたしめでたしとなるが、ある意味では「文福茶釜」のタヌキは変化の術を発揮できなくなる、傷害を負って不自由になっているといえよう。「風塵」の最後のページで、猿渡は自分の「モグリ医者」としての生活をこの話に例える。

［牧野］「おまえはいいな。これからは公然とタヌキをやれるんだから」

［猿渡］「うむ文福茶釜さ。一度は尻尾を出したが、これこそ芸は身を助くだ[51]」

猿渡の「モグリ医者」としての天職は非合理的な出来事によって発見、喪失、再発見されており、その上、猿渡は自分では変身する術を使い、置かれた状況を改善することは全くできていない。彼の状況はすべて運に左右されている。

「海鞘」である牧野の場合はさらに明快だ。猿渡は海鞘の醜さを思いながら、単なる侮蔑のつもりで牧野のあだ名にするが、牧野はそのような悪意をものともせず、上手く受け止める。青森県の特産であり、酒のつまみにぴったりであるし、適切なあだ名だ、と。満洲で足止めになっている牧野によると、海鞘は「幼虫時代には尾があつて自由に泳ぎ廻るが、後にはただの嚢みたいなものになつてしまつて動けなくなつてしまふのだ」[52]。小説の末尾で梅毒の悪化によって動けなくなり、肉体の塊となった牧野は暗い結末へと向かっている[53]。このことからも分かるように、牧野の海鞘は猿渡のタヌキと同様に変身と停滞、進化と頽廃を象徴する。この動物化された人物は変身の可能性を示唆しながらも、非主体的な結果を迎えることとなるのだ。

さて月見の会について既に触れたが、最後にもう一つ動物にまつわるエピソードを確認したい。猿渡の第三の借家人である小穴の職業と関わって、月見の会の場面で、小穴のモルモットの動物としての分類が話題となる。鮫島はぼんやりとネズミの仲間かウサギの仲間かと聞く。猿渡はほとんど根拠なくネズミだといい、小穴はあいまいな返事をして、鮫島が繁殖頻度からウサギだろうと決めつけて口論を仕掛ける。牧野は科学的分類の「齧歯動物」を提示するが、第三の選択肢は受け入れられずに突如、殴り合いの喧嘩が勃発する。猿渡、鮫島、更に小穴はモルモットの分類の判定を拒む。その結果、モルモットという生き物は曖昧な存在物となり、動物の絶え間ない変化というテーマを示すこととなる。ここでは科学的な真実や合理的な言論の余地はなく、最終的に牧野が拳でこの動物的な場における唯一の有効な言語を見つける。

結び

以上のことを踏まえて明確なことは、高木恭造の「風塵」が典型的なマイナー文学であるということである。高木は、エリオットらのパラメーターによって、簡単にマイナー文学、および、ブルームの言う「弱い」作家に位置づけられ、彼の作品を深く読むには、脱構築的な詳細な読み方が要される。レンザが行うマイナー文学研究は、このような脱構築的な読み方である。つまり、本論で私はマイナー文学研究の読み方を実際に演じたことになる。高木文学には一定のイデオロギーがなく、カフカのような動物化のテーマもアンチ・エディプス的なリゾーム型発達に至らず、途中で停滞した、静止した形にとどめられ、そのままに終わる。落葉や砂塵のような自然界のメタファーは歴史の動きに対する個人の無力さを象徴しており、同時に高木／猿渡の矛盾した立場を示唆する。つまり日本人による大陸の人々への圧政、植民者側が特権を持っていたこと、そしてそれにもかかわらず日本人の植民者も苦難したこと、すべてを語っているということである。

高木文学には人種・民族が頻繁に（しかも自己矛盾として）作家の経験を表す。ここでは詳細に取り上げる余裕はないが、いくつかの例を挙げないと無責任であろう。「風塵」では朝鮮人の悪党、劣等の「満人」、やかましい京劇、麻薬常用者の「苦力」などが描写される。不精で無様なキクは朝鮮生まれということが示唆されており、内地生まれの主人より厚かましく描かれている。猿渡の同郷の牧野は、大陸の嫁をとり、現地化した日本人を代表するが、彼が小説の中で最も卑しい退廃を体験する。牧野の「彼の女」の扱いが虐待的で搾取的、つまり植民地プロジェクト全体の代理となるだろう。また、『我が鎮魂歌』や短編小説「奉天城附近」などでは日本人の大陸人に対する被害妄想の色が濃く、当時の反日・排日感情を反映している。そして、当時の慣例に従い、高木が差別的な用語「支那」、「支那人」を用いて漢族と満洲民族を区別した。

これらの人種・民族の書き方は明らかに「問題的」かもしれないが、このことが高木の偏った思想を示すとは言い切れない。所詮、「風塵」における動物イメージはすべて日本人を非人間、非主体の状態に描く。高木は猿渡の口を借りて人種を問わず、すべての満洲在住の人の問題、破壊、堕落の根源として有毒な「環境」に責任を負わせている。

南満洲のリアリズム派を踏襲し、高木恭造は主に個人的に体験したことを観察して執筆した。高木文学は総合の政治的評論を提示したことはなく、国家のためにプロパガンダを行うことも文学的先祖を前衛的に誤読（Misprision）することもほとんどなかった。このようなマイナー性は大陸の植民地主義の下の、ありがちな経験を可視化する。その世界では日本人開拓者・入植民が同時に迫害者と被害者の空間に位置している。高木／猿渡を告訴したくなるのと同時に、その非主体性も承認せざるを得ない。このダブルバインドこそが、植民地におけるマイナー文学の価値であるだろう。以上の考察はまだ浅いが、これからもっと積極的に高木文学やその他の大陸文学を脱構築することにより、「弱い」満洲・国における日本人の経験をより理解することができるのである。

謝辞

この原稿の校閲に協力してくださった仁平政人、鈴木愛理、および桂尚子へ感謝を表す。

注

（1）無論、中央文壇で活躍し、影響力を持った作家である太宰治、寺山修司、及び石坂洋次郎も津軽文壇に影響を与えた。

（2）例えば、山田尚の代表的な『まるめろ論』は、高木の『まるめろ』について作品ごとにその「エスプリ」を解説しているが、結果巨いなる樹々の落葉として当時の世界や文学史というより、高木という人物をより理解するための論考となっている。山田尚『まるめろ論』津軽書房（一九七九年六月）

（3）当時の青森市をどの程度津軽地方として捉えるかは議論の対象となるが、それより大切なのは高木が弘前市を中心とした津軽文壇・詩壇に加わったことである。

（4）有戸英明『青森と昭和モダニズム―レヴュー作家　菊谷栄と方言詩人　高木恭造の青春』路上社（二〇〇六年一二月）、一六九頁

（5）福士幸次郎「百姓女の酔っぱらひ」『福士幸次郎著作集　上巻』津軽書房（一九六七年三月）、一五二－一五四頁

（6）福士幸次郎がいう「方言詩」の範囲は狭く、詩人の郷土の言語のみを使用する意味になる。そのため、このレッテルを張る詩はすべて言文一致・標準語と対立的なスタンスをとる。

（7）篠崎淳之介『高木恭造の青春世界―雪幻の空ひいて』北の街社（一九九五年九月）、一一頁

（8）「満洲」の正字法について同様の問題がある。例えば、「満洲」か「満州」という選択肢だけではなく、満洲という独立した政治的・文化的単位の認証に植民地主義の働きを理解する学者は「中国の東北地方」という言葉を用いることがある。また、ローマ字表記で中国語の

Manchu、Manchukuo などの使用がまた異なる政治性を表す。本論に於いては、高木の世界を考察するため、高木自身が使った「満洲」という表記法を使うことにした。ただし、読みづらさを避けるために常に括弧を省略する。

（9）川村湊『異郷の昭和文学―「満州」と近代日本』岩波書店（一九九〇年一〇月）、二三 - 二五頁

（10）Kawamura Minato, "Popular Orientalism and Japanese Views of Asia" in Reading Colonial Japan: Text, Context, and Critique, Helen J. S. Lee and Michele Mason, eds. (Stanford: Stanford University Press, 2012)

（11）川村湊『文学から見る「満州」―「五族協和」の夢と現実』吉川弘文館（一九九八年一二月）

（12）川村『異郷の昭和文学』、七 - 八頁。ちなみに小野正文も「るつぼ」という言葉を用いて、芸術家の個性は「環境」を通して育つと論じる。小野正文『北の文脈―青森県人物文学史　中巻』北の街社（一九七五年一一月）、二頁

（13）Iyenaga Toyokichi, "Japan in South Manchuria," The Journal of Race Development 2, no. 4 (April, 1912): 382-3.

（14）Hanae Kurihara Kramer, "Film Forays of the South Manchuria Railway Company," Film History 24, no. 1 (2012): 97, 102.

（15）『燕人街』の表題は、中国人の労働者が「燕」のように、季節的に出稼ぎすることを示唆して

いる。当時、「苦力」という言葉が検閲の対象であり、「燕人」という言葉でそれを回避した、とされている。猪野睦「『満洲詩人』の歩み（1）」『植民地文化研究』第一巻（二〇〇二年六月）、二〇－二四頁

（16）Hsaio-yen Peng, Dandyism and Transcultural Modernity: The dandy, the flaneur, and the translator in 1930s Shanghai, Tokyo, and Paris (New York: Routledge, 2010), 197.

（17）倉田紘文「滝口武士論（一）―詩誌『亜』の時代」『別府大学紀要』第二三号（一九八二年一月）、一七頁

（18）William O. Gardner, Advertising Tower: Japanese Modernism and Modernity in the 1920s (Cambridge: Harvard University Press, 2006), 67.

（19）倉田、二〇－二二頁

（20）Gardner, 40.

（21）川村『文学から見る「満洲」』、六四－七三頁

（22）Annika A. Culver, Glorify the Empire: Japanese Avant-Garde Propaganda in Manchukuo (Toronto: UBC Press, 2013), 2, 33.

（23）Culver, 74.

（24）Culver, 140.

（25）Kawamura, "Popular Orientalism," 279-280. ドリスコールは外地における、大陸人を「変態」と

して他者化するという過程を意図的な「免疫学の近代性」（immunological modernity）として論じる。Mark Driscoll, Absolute Erotic, Absolute Grotesque: The Living, Dead, and Undead in Japan's Imperialism 1895-1945 (Durham: Duke University Press, 2010), 33.

(26) 西田禎元「満州における日本文学の状況」『創大アジア研究』第二三号（二〇〇二年三月）、二〇頁

(27) 川村『文学から見る「満州」』、四三 - 四七頁

(28) 西田、一八 - 一九頁

(29) 猪野睦「『満洲詩人』の歩み（3）」『植民地文化研究』第三号（二〇〇四年七月）、五九頁

(30) 猪野「『満洲詩人』の歩み（3）」、六三頁

(31) 西原和海、西岡英樹、西田勝「座談会　二つの『芸文』」『植民地文化研究』第三号（二〇〇四年七月）、二 - 二三頁

(32) 川村『文学から見る「満州」』、四一 - 四二頁

(33) 高木恭造「野草」『高木恭造詩文集』第一巻、津軽書房（一九八三年一〇月）、一九三 - 二〇四頁

(34) Gilles Deleuze and Felix Guattari, Kafka: Toward a Minor Literature, trans. Dana Polan (Minneapolis: University of mInnesota Press, 1986); ジル・ドゥルーズ、フェリックス・ガタリ『カフカ―マイナー文学のために』宇野邦一訳、法政大学出版局（二〇一七年六月）

（35）Deleuze, 24.
（36）Louis Renza, "A White Heron" and the Question of Minor Literature (Wisconsin: University of Wisconsin Press, 1984), 1-42.
（37）鶴見俊輔『限界芸術』講談社学術文庫（一九七六年八月）、九 - 一五頁
（38）高木恭造「アガべ医者と方言詩」『高木恭造詩文集』第三巻、津軽書房（一九九〇年一〇月）、一〇五 - 一一〇頁
（39）Harold Bloom, The Anxiety of Influence: A Theory of Poetry (New York: Oxford University Press, 1997 [1973])；ハロルド・ブルーム『影響の不安―詩の理論のために』小谷野敦、ナオコ・アルヴィ ミヤモト訳、新曜社（二〇〇四年九月）
（40）高木恭造『幻の蝶』『高木恭造詩文集』第一巻、一一四 - 一一五頁
（41）高木恭造「風塵」『高木恭造詩文集』第一巻、七五 - 八七頁
（42）高木文学において、再婚して不幸せになる主人公というテーマが何回か出てくる。そこでは後妻が日本人ではない、あるいは外地生まれの場合が多い。これは自伝的な様子があると考えられる。実際、高木の傑作『まるめろ』は亡き妻フヂへの鎮魂歌となったので、引き揚げし、『まるめろ』がある程度称賛されるようになると、フヂの気配が現在の高木にしがみついたといえよう。そのため、高木と後妻ノボリやその子供の間に摩擦が生じたという。高木淳「父恭造と瀋陽の街」『弘前ペンクラブニュース』第二五号（二〇〇三年一一月）。引用は『弘前

ペンクラブ　創立10周年記念』北方新社（二〇〇五年、刊行月日未記載）、一八二頁による。

（43）Joshua Lee Solomon, The Stink of the Earth: Reorienting Discourses of Tsugaru, Furusato, and Place, PHD thesis (University of Chicago, 2017), Chapter 3.

（44）高木恭造「わが鎮魂歌」『高木恭造詩文集』第二巻（一九八三年一一月）、一一 - 五四頁

（45）高木「わが鎮魂歌」

（46）Timothy J. Van Compernolle, Struggling Upward: Worldly Success and the Japanese Novel (Cambridge: Harvard University Press, 2016), 22.

（47）外地への大量移民は日本の人口過密地方や食糧不足の有効な対策となった。「ゴミ」とされる人口を植民地に送ることはイギリスのアメリカ植民地に前例がある。一七世紀、イギリスが無職者、道楽者、および犯罪者を「陥没穴」（Sink hole）とされた植民地に強制的に輸出した。Nancy Isenberg, White Trash: The 400-Year Untold History of Class in America (New York: Viking, 2016), 2-3.

（48）高木恭造「風塵」、七五頁

（49）高木『高木恭造詩文集』第一巻、三一七頁

（50）高木恭造「パチンコ先生」『高木恭造詩文集』第一巻、二一二頁

（51）高木「風塵」、八七頁

（52）高木「風塵」、八〇頁

（53）高木「風塵」、八七頁

Ⅵ　石坂　洋次郎

石坂洋次郎「老婆」改訂の意味

森　英一

石坂洋次郎「老婆」は、大正十四年八月に『婦人倶楽部』に掲載されたが、この時の筆者名は葛西善蔵である。何故そうなったのかの事情については石坂の「葛西＝石坂代作の記」（『図書』、昭和四十・八）他に詳しいが、要するに、善蔵の旅費に充てられたのである。ところが、この一文「葛西＝石坂代作の記」以降、この作品を自作の著作物に石坂は含めるようになった。最初は『偽りと真実のあいまに』（角川書店、昭和三十六・十一）の五篇に「老婆」を加えて六篇とした同題の単行本（講談社、昭和四十・十）、次に、『石坂洋次郎短編全集』第一巻（講談社、昭和四十七・二）がある。

しかし、その都度、石坂はこの作品に改訂を加えた。その作業は、単に字句の訂正をするだけでなく、改訂時の文学観を反映したもので、重要であると考える。

そこで、以下、それぞれの改訂の実態を説明し、それが筆者のどんな考え方に基づくのかを考察し、ひいては昭和四十年代における石坂文学の特色に迫りたい。

一　「老婆」梗概

しかし、そのような異同の説明の前に「老婆」がどんな作品かを、そのあらましを説明する必要がある。

おしまという老婆は、同居家族内で息子の三造夫婦に邪険にされている。何歳の時かは不明だが、彼女は、幼い三造を残して夫の新吉が女と駆け落ちして以来、苦労して子育てに専心してきた。しかし、息子は最近自分を粗末に扱う。そこで、おしまは孫のおよしを高等小学校へやり、その後も裁縫を一年余習わせ、三ヵ月前に結婚させた。相手は憲兵伍長だが、係累はない。

おしまには一つの夢があった。それは、およしと同居することだ。煎餅屋で土産の煎餅を求めた後そのことを今日はぜひ告げねばと思うと、おしまの胸は弾む。久しぶりに会ったおよしは大歓迎して、氷水の注文をするために家を出る。一人になった彼女はきちんと片付いた家の中に居心地の悪さを感じながら、箪笥や手文庫の中を調べる。

ちょうどそこへおよしが帰宅して、箪笥を開けたことを非難する。すると、おしまは氷のコップを手荒く突き飛ばして、絶叫する。顔貌も一変する。およしはあっけにとられるが、「わしは帰る、帰るとも！」という老婆の頬にしがみつきながら「御免やう、御免やう！」

と泣きじゃくる。これには老婆も怒りが静まる。仲直りした後、世間話に花を咲かせ、帰宅するという彼女を見送る際、およしは近所の奥さんが持っている櫛のことを言い、その代金を老婆からせしめる。

帰途、この頃、思い出される新吉のことをゆっくりと考えてみようと、おしまは神社の境内に入り、切り株に腰を休める。そこで泣くだけ泣いてスッキリした彼女はついて来た犬に菓子をやり、通りかかった四、五人の子供にも煎餅をあげる。最後に、「兵隊さん、ダラライ、兵隊さん、ダラララア」という歌を教えると、子供たちは「やあ、気狂ひ婆ア！」と叫びながら駈け去り、石をなげつける。老婆は傘の中に隠れて息を殺す。

四百字詰め三十枚ほどの「老婆」は、大凡以上のようである。舞台はある城下町とあるが、具体名はない。また、使用される言語からその場所を特定することも困難である。ともあれ、六十歳前後の彼女の言動を主に描いた作品であることに間違いはない。

彼女は独り身の寂しさを抱え、それをおよしに紛らわそうと考えている。学校にあげたり、箪笥を買ってあげたりしたから同居は当然だと考える。最近の息子夫婦の仕打ちは特に耐え難く、このままおよしの家に居続けたいと思っている。

しかし、客観的に見て、その話は成就しにくい。息子夫婦の扱いに怒っているものの、いくらおよしの夫に係累がないからといっても、新婚家庭にとってそれはすんなりと纏まる話ではない。三造夫婦にその話はまだ伝わっていないようだが、それがもし伝われば、彼らの態度は変化するかもしれない。まだまだお互いに話し合いの余地がある。

この作品は、老婆の老いゆく年齢とそこから生じる孫への依存、さらに、それも当てにできないと認識した時の切なさ等を巧みに描いている。彼女の高齢化に伴う生きることへの不安、さらにそれを孫に依存し、それがあてにならないと知って絶望して虚無的にすらなるという経緯を述べたものである。

二　「老婆」改訂

善蔵名の『婦人倶楽部』誌の本文をA、『偽りと真実のあいまに』に所収の本文をB、『石坂洋次郎短編全集』第一巻に所収のものをC、とそれぞれ略称する。

まず問題の少ないBからCへの改訂の方からみると、これは漢字を仮名に直す場合が多く、それらはここでは省いた。それ以外のものをあげる。

	版	頁・行	改訂箇所
①	B	188頁　13行	少しばかりヤキモチも手伝って
	C	9頁　9行	自分よりは若い肉体に対するヤキモチも

番号	版	箇所	本文
②	B	190頁11行	出て来たのだった
	C	10頁19行	出て来たのである
③	B	191頁6行	はーい……
	C	11頁9行	はアい……
④	B	194頁15行	生ま生ましく
	C	14頁4行	生々しく
⑤	B	195頁13行	そう話を
	C	14頁16行	その話を
⑥	B	196頁13行	お婆さんも
	C	14頁19行	お婆さんは
⑦	B	196頁13行	二三本
	C	15頁12行	二、三本
⑧	B	197頁7行	離せ！
	C	16頁3行	放せ！
⑨	B	197頁10行	ヒイヒイ
	C	16頁6行	ヒーヒー

⑩	B	198頁	8行	溶けないうちに早く氷水を飲んでしまおう
	C	16頁	18行	一つ残ったコップの氷水を、二つに分けて早く飲んでしまおう
⑪	B	198頁	13行	コップを取りあげた
	C	17頁	4行	コップの中身を二つに分けた
⑫	B	199頁	6行	ここへ来て
	C	17頁	12行	ここへ来てから
⑬	B	201頁	2行	イナリ神社
	C	18頁	19行	稲荷
⑭	B	203頁	8行	ウウア！
	C	20頁	17行	ウウー！

これらの異同を見てみると、⑩と⑪の異同以外は本文の理解に影響するようなものは少ない。ただ、⑩と⑪だけはそれらと異なって、内容に即した、より正確な記述に変化している。つまり、老婆が氷水の容器を最初から一つ倒してしまったので、残りを二人で分配しようと、このように訂正したのであろう。

では、次にAからBへの異同を見る。なお、ここでも先の、B→Cに見られた単純な字句の異同は省くことにする。なぜならば、それよりも異同の意味が大きいと考えられるものが余りに多いからである。なお、傍線部は特に意味が大きい加筆を示す。

	版	頁・行	改訂箇所
①	A	154頁 2行	畳の上にころげた生白い太腕しか
	B	186頁 2行	畳の上にはみ出した、お上さんの生白い太腕しか
②	A	154頁 6行	敷台に腰を下ろした。ヂリ〳〵と蒸暑い八月の午後だつた。
	B	186頁 7行	敷台に腰を下ろした。物静かな裏町の煎餅屋の
③	A	154頁 8行	キーン〳〵と鼓膜に響いて来た。
	B	186頁 8行	キーンという張りつめた音を伴って、おしま婆さんの耳に入り込んでいった
④	A	155頁 1行	お頼みしますぞ！……
	B	187頁 3行	お頼みしますがな、お上さん
⑤	A	155頁 2行	肌襦袢に腰巻姿の年増女が、
	B	187頁 4行	肌襦袢に腰巻き姿の太った年増女が、
⑥	A	155頁 4行	婆さんは
	B	187頁 8行	おしま婆さんは（注—以下同様）
⑦	A	155頁 6行	ほんとにいゝ気持だつた
	B	187頁 11行	ほんとにいい気持に寝こんでしまって……
⑧	A	155頁 19行	多少嫉妬の気持も手伝つて、
	B	188頁 13行	少しばかりヤキモチも手伝って、
	C	9頁 9行	自分よりは若い肉体に対するヤキモチも手伝って

⑨	A	155頁 21行	城下町の面影を見せた裏通りの
	B	188頁 16行	ジリジリと陽が照りつける八月の午後、城下町の面影を見せた裏通りの
⑩	A	156頁 1行	一つ動いて行くほかには、子供等の影さへ見えなかつた
	B	189頁 2行	一つ動いて行くほかには、人間はおろか、トンボや蝶々のすがたさえ見えなかった。
⑪	A	156頁 3行	胴慾たかれの倅夫婦共は、わしがどんなに
	B	189頁 5行	胴慾たかれの息子夫婦は、わしがどんなに
⑫	A	156頁 6行	今のお上に腹を視透かされるのもさすがに厭だつた。
	B	189頁 10行	色の白い、餅ぶとりしたお上にケチンボだと思われるのも業腹だし、
⑬	A	156頁 7行	急に重たくなつたやうな足を運び出した。
	B	189頁 12行	すりへった下駄をペタペタ鳴らして、日陰の往来を歩き出した。
⑭	A	156頁 8行	わしを粗末にして、不自由ばかしさせるからだ
	B	189頁 13行	わしを粗末にして、食べる物、着る物にも不自由ばかしさせているからだ
⑮	A	156頁 9行	婆さんは斯う口へ出して罵つたが
	B	189頁 15行	婆さんは口へ出してブツブツ罵ったが
⑯	A	156頁 9行	此頃我慢の出来ないほど業腹に感じられるのだつた。
	B	189頁 16行	このごろ腹が立ってならなかったのだ

⑰	A	156頁11行	憲兵曹長と縁談が出来たのだつた
	B	190頁2行	憲兵伍長と結婚させてやったのだった
⑱	A	156頁14行	世話になつて息を引きとりたいと云ふ魂胆からでもあつたのだつた
	B	190頁7行	世話になって、安楽に余生を送りたいと云う魂胆があったからだ
⑲	A	156頁15行	およしが先方へ行つてから彼是二ケ月程になるのだが、そして二三度もお互ひに往来してゐたが、いつも亭主といつしよだつたので、およしと二人きりで打解けて話す機会がなかつた
	B	190頁8行	およしが新世帯をもってから、かれこれ三月ほどになるのだが、いつ訪ねても、新しい家財道具を並べたてた憲兵さんの家の中には、自分を迎え入れてくれるような、くつろいだ雰囲気が感じられないのであった
⑳	A	156頁17行	このまゝおよしのところから帰るまいか、と彼女は意気込んだ
	B	190頁12行	このまま、今日からでもおよしの家に住みついてしまおうと、おしまは意気込んで来たのであった
㉑	A	156頁19行	小さな門から玄関まで松葉牡丹が一面に咲いてゐて
	B	190頁14行	憲兵さんの家に着いた。小さな門から玄関まで松葉牡丹が一面に咲いていていて
㉒	A	158頁1行	はい、御機嫌よう——はい、御機嫌よう……
	B	191頁3行	ハイゴギンギョウ（はい、御機嫌よう）——。ハイゴギンギョウ……

㉓	A	158頁 8行	いきなりあがり込むつもりで下駄を脱ぎかけてゐた婆さんは
	B	191頁 12行	いきなりあがり込むつもりで、チビた下駄を脱ぎかけていたおしま婆さんは、
㉔	A	158頁 12行	やっと、ビシリと打ちのめされたやうな気持ちにさせられたのを
	B	192頁 3行	孫娘に、一家の主婦らしく、三ツ指ついて丸髷の頭を下げられて、ビシリと打ちのめされたような気持にさせられたのを
㉕	A	158頁 21行	『晩に帰る亭主の分だな……』と、それがチクリと婆さんの腹にこたへたが、顔には表はさなかつた。
	B	192頁 15行	(晩に帰る亭主の分だな……)と、それがチクリとおしま婆さんの腹にこたえた。
㉖	A	159頁 1行	ボリ〳〵音を立てながら、およしが云つた。
	B	193頁 2行	ボリボリ堅い、並びのいい歯で、煎餅を噛みながら、およしが云った。
㉗	A	159頁 11行	彼女は自分ながら馬鹿らしく、腹立たしくなつて、ぢきに泣きやんで、思ひ出したやうに煎餅を食ひ始めた。
	B	193頁 14行	彼女は自分ながら馬鹿らしくなり、じきに泣きやんで、思い出したように、歯のない口で、煎餅をモグモグと食い始めた。
㉘	A	160頁 2行	意地悪く圧迫するやうな色彩と匂ひを漂はしてゐた。
	B	194頁 13行	意地わるく圧迫するような色彩と形を示していた。
㉙	A	160頁 10行	「長かつたでせう……。わたし出来るのを待つて、自分で持つて来たのよ。その方が早いと思つて……」
	B	195頁 8行	「長かったでしょう……。わたし出来るのを待ってて自分で持ってきたのよ。そのほうが早いと思って……」およしは氷のコップを二つのせ、上に白い布をかぶせたお盆を抱えていた。

㉚	A	160頁 12行	さうおづ〳〵話を向け始めた時、不意に
	B	195頁 13行	そう話を向け始めたとき、不意に
㉛	A	160頁 16行	箪笥の抽斗から襦袢の袖が食み出て
	B	196頁 3行	箪笥の抽斗から赤い襦袢の袖が食み出て
㉜	A	160頁 20行	大方手前も親爺の子供だけあつて、亭主さへゐれあ
	B	196頁 8行	大方、手前もあのド助平な母親の子供だけあって、亭主さえいりゃ
㉝	A	161頁 1行	好きなだけ亭主ばつかり大事にしてけつかれ！」
	B	196頁 11行	好きなだけ亭主にへばりついていやがれ……。兵隊は身体が丈夫じゃけん、お前ら毎晩ベタついているんじゃろ。おお、汚たな……
㉞	A	161頁 4行	およしは両手に顔を埋めて、畳の上に突伏した。
	B	196頁 14行	およしはあっけにとられて、おしま婆さんの鬼面のような顔を眺めていた。
㉟	A	161頁 8行	およしは婆さんの頸に獅噛みつきながら、泣きじやくつた。
	B	197頁 6行	およしは婆さんの頸に獅噛みつきながら、泣きじやくつた。半分お芝居だ。
㊱	A	161頁 11行	およしの肩にすがりついて大声で泣き出した。
	B	197頁 10行	およしの肩にすがりついて、今度はかぼそい声でヒイヒイ泣き出した。

㊲	A	161頁20行	「そいぢや溶けないうちに早く氷水を飲んでしまはう。……わしはほんとに畳の上にぶちまけたりして勿体ないことをした……」
	B	198頁8行	「そいじゃ、溶けないうちに早く氷水を飲んでしまおう。……高い氷を畳の上にぶちまけたりして、ほんとに勿体ないことをしてしもうた……」
	C	16頁18行	「そいじゃ、一つ残ったコップの氷水を、二つに分けて早く飲んでしまおう。高い氷水を畳の上にぶちまけたりして、ほんとに勿体ないことをしてしもうた」
㊳	A	162頁3行	もう大分水になつたコップを取りあげた。
	B	198頁12行	もうおおかた溶けてなかみが水ばかりになったコップを取りあげた。
	C	17頁3行	もうおおかた溶けてなかみが水ばかりになったコップの中身を二つに分けた。
㊴	A	162頁7行	しかし斯うわかつて見れば、大した打撃でもなかつたと云ふ心強さを、彼女は感じた。どうせ一人ぼつちなのだ、その方がさば〳〵していゝ、一人ぼつちの娑婆だ、と彼女は気を取直した。
	B	199頁1行	しかし斯うとわかって見れば、たいして恐ろしいことでもないという、デンとあぐらをかいたような気分もわいて来た。どうせ人間は一人ぼっちなのだ。その方がさばさばしていい。どっち向いても一人ぼっちの娑婆なのだ。——と彼女は気持を取り直した。

㊵	A	162頁9行	持前の快活さを取戻したおよしは、主婦としての一家の切り盛り方や、良人の自慢話や、こゝへ来て買つて貰つた腕巻時計やフエルト草履など出して来て
	B	199頁5行	一方、持前の快活さを取戻したおよしはおよしで、妻としての一家の切り盛り方や、良人の自慢話などをペチャクチャしゃべったあげく、ここへ来て買って貰った腕巻時計やフェルト草履など出して来て
㊶	A	162頁15行	およしは無邪気に玄関に送り出した。
	B	199頁14行	およしはあっさり受けて、おしま婆さんを玄関に送り出した。
㊷	A	163頁10行	往来から少し入り込んだ神社の境内にはひつて行つて、そこの杉の切株にズキ〳〵痛む疲れた腰をやすめた。
	B	201頁2行	往来から少し入り込んだイナリ神社の境内にはいって行って、そこの杉の切株にズキズキ痛む疲れた腰をやすめた。
㊸	A	163頁13行	その後彼女も身を持ち崩して、悪い病気にまでとりつかれた坊主の妾をしたり、三造の奉公先の親方に身をまかせたりしたのも、女一人では暮らして行けないからで、決して自分のさもしい欲からばかりではなかつたのだが、しかしやはりわるいことには違ひないので、今の難儀はみんなその因果の報いかと、彼女は何もかも自分のせゐにして、シク〳〵と甘い涙に浸つてゐた。
	B	201頁9行	その後、彼女も身を持ち崩して、茶屋女をしたり、坊主の妾をしたり、三造の奉公先の親方に身をまかせたりしたのも、女一人では暮らして行けないからで、決して自分のさもしい下っ腹の欲からばかりではなかったのだが、しかしやはりわるいことには違いないので、今の難儀はそんなふしだらな暮しの報いなのだと、彼女は何もかも自分のせいにして、ベショベショと変に甘ったるい涙に浸っていた。

㊹	A	163頁17行	降るやうな油蝉の声までも、深い木立の静けさにこもつて彼女の情感めいたものをそゝつた。
	B	201頁14行	降るような油蝉の声までも、境内の深い木立の静けさにこもって、彼女を小娘のような甘い感傷に誘いこんだ。
㊺	A	163頁18行	さつぱりした気持になつて、彼女は思ひ出したやうに煎餅を食べはじめた。
	B	201頁15行	おしま婆さんはさっぱりした気持になって、思い出したように、歯のない口で、よし子の家からこっそり持ちかえった煎餅を食べはじめた。
㊻	A	164頁13行	「兵隊さん、ダララア、 憲兵さん、ダララア、 兵隊さん、ダララア、 憲兵さん、ダララア……」。
	B	203頁4行	「兵隊さまァ　だららァ きゃっぺァ　だららァ 兵隊さまァ　だららァ きゃっぺァ　だららァ （きゃっぺは男根を意味する津軽の古い方言）
㊼	A	164頁19行	馬鹿婆ヤーイ！
	B	203頁12行	色きちがいの助平婆ア！

㊽		
A	B	C
164頁　20行	203頁　13行	21頁　3行
小石がバラ〳〵と飛んで来た。彼女は立ちあがる気力もなく、洋傘の中に小さくちゞこまつて、息を殺して石を防いだ。 ――（終）――	小石がバラバラと飛んで来た。おしま婆さんは怒る気力もなく、ひろげた洋傘の中に小さくちぢこまり、息を殺して、子供等の石を防いだ。 遠く、はれわたった青空を背景に、岩木山のクッキリしたすがたが、背の低い神秘の杉林の上に、裾を長く全容を現わしていた。	遠く、はれわたった青空を背景に、岩木山のクッキリしたすがたが、背の低い神社の松林の上に、裾を長くひいた全容を現わしていた。

以上のような本文異同を通じて、どんなことが判明するかと言えば、㋐から㋓の四点に分けて説明できる。

㋐――老婆の人物造形に関するもの。――彼女の年齢は不明だが、六十歳前後と推定される。人生五十年と言われた時代である。新婚のおよしの家に同居させてもらえるように頼もうと考えてその家を訪問する。

そんな老婆を例えば、⑫のように、煎餅屋のお上に対して、色の白い、餅ぶとりした彼女にケチンボと思われるのを業腹と考えたり、⑬のように、すりへった下駄をペタペタ鳴らして歩く様子を述べたり、㉞のように、老婆の怒る様子をよりリアルにというように、描写を丁寧適切に改訂している。そんな彼女に対しては、物を食べるシーンにおいて特に丁寧に書き直しをする。

例えば、㉖のように、およしがボリボリ堅い、並びのいい歯で煎餅を噛みながら食べるのに対して、そのすぐ後で、老婆を歯のない口で、煎餅をモグモグと食い始めたと描写する。さらに、㊺では、歯のない口で、およしの家からこっそり持ちかえった煎餅を食べ始めたとその老齢さを的確に表現する。いずれも、改訂の結果、年齢にふさわしい状態を生むことになった。

㋑――性の表現に関するもの。この作品は性に関する描写が多いが、それをより徹底する改訂になっている。例えば、⑧の煎餅屋のお上の恰好が「薄い晒しの腰巻の下のハチ切れそうな太股の肉が、ムズムズと動」くのに対して、老婆は「多少嫉妬の気持ち」を持つが、Bでは「少しばかりヤキモチも手伝って」と、さらに、Cでは「自分よりは若い肉体に対するヤキモチも手伝って」というふうに、より具体的にその気持ちを表現するようになっている。六十歳前後の女性の性の意識をより明確にしていく。

さらに、㉜では、およしに対する非難で、「親爺の子供だけあつて」とあったのが、「あのド助平な母親の子供だけあって」というふうに、その度合いを深める記述に変更されている。さらに、㉝では、「好きなだけ亭主にへばりついていやがれ……。兵隊は身体が丈夫じゃけん、お前ら毎晩ベタついているんじゃろ、おお、汚たな……」というように、実にリアルに改訂されている。また、㊸の切り株での回想の場面でも「下っ腹の欲」「ふしだらな暮しの報い」等具体的な語彙を使用している。しかし、何といっても㊻㊼の終末部分の改訂は大きなもので、注目に値する。

まず、㊻のAでは、「ダラア」というのが何をさすかは、必ずしも明確ではない。したがって、子供等が「やーい、気狂ひ婆ァ！」「馬鹿婆ヤーイ！」というのはごくあいまいな解釈しかできない。ところが、Bに改訂後で、「きゃっぺァ」というように男根を表示すると、子供等の改定後の「色きちがいの助平婆ア」との叫びは納得がいく。以上、このような点は六十歳前後の女性の性の意識をみごとに明確化しているといえる。

㋒――作品の主題に関するもの。老婆がおよしとの同居を熱望するものの、それを断念せざるをえない過程を述べ、最後には前途にも希望を持てない心境に陥る、というのをこの作品の主題だと理解すると、⑰では、およしの結婚を「憲兵曹長と結婚させてやった」と老婆は自分の手柄だと強調し、⑲では、同居を言い出せないのをその機会がなかったことにしていたのを、「自分を迎え入れてくれるような、くつろいだ雰囲気が感じられない」というふうに、その機会の有無よりも内実の欠如を説明するように改訂された。

また、⑳では、「今日からでもおよしの家に住みついてしまおうと、おしまは意気込んで来た」という具合に、より明確になっている。㊴も、同居が不可能と知った彼女の人生観がより正確な説明に改訂されている。

さらに、㊽の改訂の意味は無視できない。Bの「遠く、晴れ渡った青空を背景に」以下の文章が加筆されない場合と、加筆される場合とでは作品の評価がかなり異なると考えられるからである。前者の場合、老婆はおよしと同居できないことを断念して、それは仕方がないことだと認識している。その結果として、犬や子供達と戯れることになった。子供達からの投石を防ぐ傘の中の老婆は、立ち上がる気力も、怒る気力もなく、じっと耐えている。それは、彼女が夢も希望も持てない心境に到達しているからである。

後者の場合はどうか。老婆のそういう心境も岩木山の姿がすっかりと包み込んでしまう。彼女の全ての所作、その他の人間界の全てをも包容するといってもよい。つまり、語り手が、そういう存在をここで提示している。作品全体が自然に包容されるのである。

㋓——作品全体に関するもの。以上三点の、特色ある補訂以外に、初出の未熟な部分に手を加えた箇所も当然存在する。例えば、③、⑩、⑭、⑯、㉔、㊲、㊳、㊷、㊽等々がそうである。

なお、㊽でBでは「杉林」となっていたのを、Cでは「松林」としている。彼女が神社の境内で杉の切株に腰を下ろす場面があるので、Bでは「杉」にしたのだが、実際は「松」だったので、そのように替えたのだろう。

さらに、②で時間を示す表現としていたのが、⑨に変えられたのはいよいよ、およしに会うというクライマックスに向かう直前に、それを示した方が適切だと判断したからだと推測する。

三　改訂の意味

「老婆」におけるAからBへの改訂の実態は、以上のように㋐おしまの造形に関するもの㋑性の表現の徹底㋒主題の明確化㋓全体の手直しというふうに分けられる。大正十四年発表の本作が、四十年の時を経て改作されるということは当然、その時の作者の思想あるいは文学観がそこに反映されてくる。石坂のその期間の作家としての精進の跡がうかがわれると考える。㋐と㋓についてはもちろん、特に性と死に対する㋑と㋒で提示されていた見解は『水で書かれた物語』（新潮社、昭和四十年四月）と内容的に通じ合うものである。とするならば、昭和四十年頃の石坂洋次郎の文学観がどのように作用しているのかを、次に見る必要がある。

かつて小著『石坂洋次郎の文学』（創林社、昭和五十六年十月）で次のように述べたことがある。

『青い山脈』以後、昭和三〇年代を全盛期として多彩な〈青春物〉を発表してきた石坂氏は、四〇年代になって、『だれの椅子？』を唯一の例外として作風の転換を図ったかのように、表面的にはみえた。四〇年代最初の長編『水で書かれた物語』は、近親相姦を素材にしたものだが、この他に『ある告白』『女そして男』等、短篇では「死の意味するもの」「女であることの実感」「キノコのように」「ものぐさな男の手記」「ああ、高原！」「血液型などこわくない！」等をあげうる。

この見方は今も変化ない。四十年代に至って石坂の作風が転換するということである。彼は単行本『水で書かれた物語』「あとがき」で、次のように同作の位置づけを述べている。

私の従来のいわゆる中間小説とはだいぶ趣きを異にしたものだが、マンネリズムの壁をうち破るために、奇手奇策を弄して、心にもないものをでっち上げ、読者を牽きつけようという下心は毛頭なかった。いや、それどころか、私のこれまでの中間小説は、この作品のところどころにのぞかれる暗い地盤を足場にして書かれてきたものだといった方が、当っていると思う。

ここでいう中間小説とは、石坂が文壇という「垣の内」から「垣の外」へ出た際に完成させた第一作『美しい暦』（昭和十五年六月）以下をさし、多くの人を楽しませるような文学をいう。この作品以降、『青い山脈』（昭和二十二年十二月）を経て、幾多の青春物が発表されるが、石坂は、それらの青春物のマンネリの壁を破るために『水で書かれた物語』

を書いたのではなく、もともと自分には暗い地盤があって、これはそれをもとに執筆されたという。自分にとっては、これは突然変異の結果の産物ではないというのだ。

同様のことは昭和四十一年の菊池寛賞「受賞の言葉」において「見た目に美しいバラの花も暗いじめじめした地中に根を匍わせているように、私の作品の地盤もあんがい陰湿な所にありそうだ」と語っているところと符合する。

では、その暗い地盤というものは、何時頃の作品から現れるのかと言えば、これも小著でふれたように『美しい暦』に早くも表出している。現在も多数の日本人の意識にある「性は明るいところで語るものではない、出来れば隠すべきもの」という考え方がそれに結びつく。『美しい暦』は平凡で、且つ健康な若い男女の恋愛や結婚のあるべき姿や持論を小説化したもので、同時並行の作品『暁の合唱』（昭和十四〜十六年）にも表現されたテーマである。

高等女学校の若き美術教師の武井と化学担当の村尾が、ほぼ一年後に結婚を約束する一方、偶然出会った女学生矢島と高校生の田村との交際をも叙述するこの作品は、男女交際の意味を読者に示している。

田村は、若い女の人には人一倍心をひかれるが、大学二年生ぐらいまでは女には特別な関わり合いを持たない、と決めているという。一方、矢島は日に日に田村の顔を思い浮かべ、そのことを反省する。そんな自分にどこか弱いところがあって、そうなるのであれば、自分はもっと広々とした心で生活しなければと考えを新たにする。

しかし、ほぼ一年後、村尾と武井の婚約が樹立し、その二人を置いて皆が各自、散策する。もう一組の学生カップル・篠原と相川達とも別れて、背丈以上もある薄野を抜け出た二人が、互いに身体に着いた穂を払ってあげた後に初めてかわす言葉がある。


「静かだね。一人だったら恐いほどだ……」

「ええ……」

二人は顔を見合わせて微笑んだ。が、その微笑はすぐに消えて、固いひきつったような表情に変っていった。相手の顔よりも自分の顔にそれが強く意識された。

（ああ、お母さん！）貞子の浄らかな肉体がそう叫んだ。眼をつぶりかけた時、田村は両手を差し上げて頭の上に伸びている松の枝をつかみ、調子の狂った不安定な声で、

「貴女の先生達は、大人の権利を、美しく立派に行使した。そして、俺達はまだ子供にすぎない。――それが僕の主張したい感想の全部です。……さて、ハイカツ達の行方を探してやろうかな、そらっ、ひと上り！」

（引用者注・「ハイカツ達」とは篠原たちのカップルを指す）

このような発言である。

つまり、ここで二人のキスが当然予想される場面である。「が、その微笑はすぐに消えて、固いひきつったような表情に変っていった」との表現はまぎれもないそれを期待させる。

しかし、以前に男女交際の原則を表明していた田村は「俺達はまだ子供にすぎない」と繰り返すだけで、貞子の期待には応えない。すでに大人を自覚し、自分の肩や胸が肉づいて、女らしく少しは美しくなったと自認し、眼の奥にこれまでなかった濡れた光を鏡の中に発見する彼女が、そういう自分を田村に認めて欲しいとの気持ちは完全に無視されてしまった。

作品はこの後、二十行ほどで完結するが、その間に「私は子供じゃない！」との言い方が三度もリフレインされる。それは、キスができなかった彼女の期待外れの気持ちを示すと同時に、精神に先行して発達する肉体に戸惑う彼女自身の表明でもあるようである。

石坂は「『美しい暦』自著に題す」（昭和十五年九月）において次のように述べている。

私は「美しい暦」の中では平凡且つ健康な若い男女の生活を描いてみやうと思つた。従来若い男女を描いた小説と云へば、人物が思想的に環境的に異常性を帯びたものが多かつた。その行動にも反省にも何かしら地につかない無理が感ぜられた。言葉を換へて云へば小説的余りに小説的でありすぎた。私は「美しい暦」の中では、ちつとも小説的でない、有り触れた生活をしてゐる若い男女の群を小説に描かうとしたのである。

つまり、ここには「若い人」以後の石坂の、文壇という「垣」の外から内への挑戦の意志が濃厚に示されている。「小説的余りに小説的」な文壇文学を嫌い、「有り触れた生活」の「ちっとも小説的でない」本作を挑戦状として叩きつけている。

ほぼ同じ頃、石坂は、男は二十五、六、女は二十一、二歳以上で結婚するのが望ましく、それ以下の年齢の人たちは恋愛問題などあまり考えないほうがよい。なぜなら、社会や家庭や自己に対する認識が不十分であり、周囲の事情を無視して、盲目的な自己本位の行動をとりやすいからである（「結婚の形式」『私の鞄』昭和十五年十一月）と述べている。

全く『美しい暦』同様の考え方である。

しかし、『美しい暦』が全体として石坂が述べたような作品であったとしても、肉体の成長が精神よりも先行する青春において、いくら自己規制しようとしても、なお外へ外へと噴出する感情は抑圧しがたい。貞子が最後で「私は……子供なんかじゃない！」と複数回叫ぶ意味はもっと真剣に考察されるべきである。かつて、亀井勝一郎は本作を「青春の持つ暗さとか、狂信性が全然ない。全てが平穏で明るい。」（『石坂洋次郎文庫3』「解説」）と述べたが、この貞子の叫びの意味は無視されてよいわけではない。

この『美しい暦』で問題提起に終わったと推察される若者たちの性の問題は、戦後まもなくの『青い山脈』でも一部批評家からは同様の指摘をされていた。

実は、人間における性の問題は決して無視できないということを、石坂は中間小説を執筆する前の、最初期から把握していた。最初の「老婆」に続く「炉辺夜話」（昭和二年七月）「外交員」（昭和四年十一月）「浮浪者」（昭和六年十一月）等々は何れも若者の性を重視した作品である。

おそらく、性の問題をその文学的出発時から抱えていた石坂は、その後の「若い人」や「麦死なず」、「金魚」等々によって、その文学的姿勢を変更し、戦後の『青い山脈』等の青春物の作家として再出発することになった。

話が飛躍しすぎた。「美しい暦」以後の作品を順序よく俎上に載せて、石坂が言う「暗い地盤」の実態を紹介しなければならない。

『青い山脈』に次ぐ長編「女の顔」（『主婦の友』、昭和二十三年一月〜二十四年八月）を次にみる。この作品を石坂は「地味な色調のもの」と述べるが（「あとがき」『石坂洋次郎作品集6』）、女医の坂本信子と二十四歳の塚田和子の二人に注がれた「恋愛と母性愛」の表現は、注目すべき内容になっている。作者はこの両名について「理性や良識を超えて、女性の心を強く悲しく揺すぶる、一見盲目的にも思われる愛情の力」（同書「あとがき」）

を追求したかったという。

まず、坂本について述べる。彼女は、医院を開業するが勤務する看護婦と夫が家出した後、長男英夫を大事に育てるが、戦争中、大学生の彼は出征先の南方の戦場で病死する。彼は、彼女が選んだ女学生の和子と婚約していた。

戦後も四年目、和子は英夫との思い出の写真を焼き、平凡な見合い結婚をするつもりで、英夫の墓参りに出かける。しかし、そこで、彼とそっくりの男と出会う。異母弟の浅利安雄である。こうして、彼をめぐる和子と信子、看護婦の三上秋子、信用組合勤務の黒川信造らを中心に作品は展開する。

初対面で安雄を「志操堅固でなさそう」と見破った信子はしかしながら、都会で生活をさせるには心配だと医院に宿泊させることにし、彼が博打で多額の金を損した時には賠償し、定職に就かせるには心労をいとわず、そこでも穴埋めをする等々、彼のためには損得を考えずに、愛情を注ぐ。その激しさは、英夫への愛の注ぎ方とは異質の、「イライラした嫉みぶかい独占的な感情」ともいうべきものであった。

もちろん、そのような行為の裏には、彼女に資本力があること、それまで英夫との死別がもたらしたゆえの孤独な生活の存在が挙げられる。安雄はそのような信子の人間振りに対して、なぜ自分に対しては厳しい、しっかりした面をぶっつけて来ないのかといぶかり、和子の場合とは違った「女の顔」があるのではないかと思う（「女の顔」四十）。

確かに、彼が見抜いているように信子の接し方は群を抜いて異常としか思われない。あるいは、これこそ作者が言う「盲目的にも思われる」母性愛かもしれない。

では、和子の恋愛についてはどうか。死ぬ前の英夫と彼女が交わす言葉がある。

……英夫の出征が近づいた頃、二人で、この小みちを歩いて墓参りをしたことがあつた。その時、話し合つたことの一つが、ふいに生々しく和子の胸に蘇つて来た。

「……英夫さん、この頃よく、男の人に赤紙がくると、もう生きてかへれないかも知れないといふので、それまで清くつき合つてきた恋人に、急に深い関係を要求するといふ話を聞くんだけど、あなたどう思つて?」

「僕には興味がないな。自分の運命に恋人まで捲添へにしたがつてるやうで、情ない気がするよ……」

「でも、女の方からさういふ気持になることがないものかしら、愛する男の記憶を、できるだけ深く自分の身体に刻みつけておきたいといふので……」

「それあるかもしれない。しかし理性のある男だつたら、そんなばかなことはしないと思ふね……」

和子は、英夫の立派さに、胸が溢れるやうな思ひだつた。しかし、その後も、どうかしたはずみに、その会話だけをしばしば思ひ出すところを見ると、和子は心の底のどこかで、英夫がもつとガムシャラな情熱で、自分を愛してくれないのを不満に思つてゐたのではなかつたらうか。

（「女の顔」三）

この会話において、英夫の考えは「美しい暦」の田村にも通じるものであることに気づく。しかし、それに対する和子のそれは、田村に対する貞子にも通じるようなものであろう。貞子が「私はなんか子供じゃない！」と叫ぶものと同質であろう。

そういう考え方を備えているからこそ、和子は安雄と運命的な出会いをした後、「中にひそんでゐる『女』」にはじめて火を点」（「女の顔」三十九）することになる。彼女は次のように述べる。

> 和子は幸福だと思つた。そして、男女の交際は、肉体の抱擁があつて、いつそう完全なものになるのだとも思つた。それに伴ふいろ〳〵な不安やら計画やらは、愛情の営みをいかにして社会秩序に合わせていくかといふところから生じてゐるのであつて、愛情そのものには不安も計画もない。それは燃えてる炎のやうなものなのだとも——。
>
> （「女の顔」五十）

この発言には、従来の石坂文学にはなかった、恋愛と肉体との結合がある。したがって、ある意味では、和子が性に目覚めていく過程を描いたのがこの作品だと言える。「女の顔」という作品は社会の常識や倫理を越えた領域に初めて足を踏み込む女性の姿をとらえた作品なのである。ただ、続く「それに伴ふいろ〳〵な不安やら計画やらは、愛情の営みをいかにして社会秩序に合わせていくかといふところから生じてゐる」との発言には、それでも節度は存在すると釘を刺すことを忘れない。

そういう「女の顔」を表現する女性たちに対して安雄はどうか。彼は当初、「女とは、往々にして、一個の熟した果物にすぎない」存在で、それを食するかどうかは男の自由であるとの考えを持っていた。また、「結婚なんて考へていません。そんなことなしに男と女が楽しんだつてかまわない」とも思っている。

この安雄のような人物は従来の石坂文学では登場してこなかった。あるいは、第二次大戦後のアプレという特殊な世相を反映する人物と見ることも可能である。

しかし、彼も結局は持参するピストルで自死することとなり、その思想は実ることはない。

この作品は、最後に信子が時々訪問する黒川の姿を見て「妄想」する。和子がいつか黒川の広い胸に寄り掛かろうとする気持ちにならないかどうか、と。和子、安雄の子供、黒川、自分、と血縁のない同志で一つの家庭を築くというのはありえないことだろうか、肩の凝らない良い家庭になると思うが、と。

この考え方は、実は石坂が昭和四十年代以降に思い描く文学の原型に類似するものとして注目したい。

「女の顔」と同月に発表が開始された「石中先生行状記」において石中先生が次のように述べるのとほぼ同一線上にあると考えられる。

こんな雰囲気の中で、一年に一ぺんぐらい、夫であるとか妻であるとか、妻子であるとか娘であるとか、そうした窮屈な世間の秩序から解放されて、男も女も本能のままに振舞う一夜が認められたとしても、それは人間生活のレクリエーションになりはするが、決して不道徳というようなものではあるまい。

（「ケチンボの罪」昭和二十八年七月）

四　おわりに

このような性をめぐる自由な考えが、『母の自画像』（昭和二十六年四月〜二十八年十二月）以下、「不幸な女の巻」（昭和十八年）、『白い橋』（昭和三十〜三十一年）、「K町の思い出」（昭和三十五年）、「ハシカのようなもの」（昭和三十六年）、「バーの女」（昭和三十七年）等々を経て次第に固定化して、『水で書かれた物語』のような四十年代の作品になると考えられる。つまり、『母の自画像』は、結論だけ述べれば『水で書かれた物語』の性の認識と同様のもの――原始の無知な自由な世界――を既に示し、以下の短編がそれを継ぐ。性だけでなく、死に対しても認識は同様に変化する。前述のように「老婆」改訂の特に㋑㋒の特徴はそれらの作品とほぼ同内容のものと考えられる。

当然、それを証明するためにも「女の顔」に続くこれらの各作品を取りあげて論じる必要がある。しかしながら、与えられた紙数も尽きたので、別の機会に譲りたい。

［付記］「老婆」の本文に、現代からみて差別的表現が含まれるが、これを歴史的資料として判断したので、そのまま引用した。

『若い人』と『青い山脈』の色彩世界

郡　千寿子

はじめに

「青森の文学」を考える題材として、日本語学的な観点――色彩語という視点――から、石坂洋次郎について問い直してみようと思う。作家の来歴や出身地が、作風や思想に多少とも影響を与えている可能性は否定できないと思われるが、たとえば、「同じ青森生まれでも、太宰治は津軽の暗さを、そして石坂は津軽の明るさを代表する作家だという。(1)」などと、時に石坂洋次郎は、太宰治と比較の対象とされることがある。

太宰治は、今なお、日本近代文学の象徴的な作家のひとりとして、熱狂的な読者を得ており、研究対象として取り上げられることも多い。太宰の「走れメロス」は、国語教科書の定番教材であり、文学研究としてだけでなく、国語教育の側面からも論じられることがある。

一方の石坂は、『若い人』の発表以後、原作が映画化されるなど、流行小説家としての地位と名声を確立するが、現在においては、太宰に比して研究対象として論じられることは少ないといえるであろう。三十六年という短い生涯であった太宰とは反対に、石坂は七十七歳という、太宰の倍以上の歳月を生き抜き、長く活躍した作家であったという点でも対照的である。

「同じ津軽出身である私小説家葛西善蔵は、石坂洋次郎の出発にやはり大きな影響を与えていた(2)」といわれ、石坂自身も自らが津軽出身ということを大きく意識していたようである。「「物は乏しいが、空は青く、雪は白く、林檎は赤く、女達は美しい国である。私の日日はそこで過され、私の夢はそこで育まれた」と石坂さんのゆびさす郷土は、本州の東北端に位する津軽。(3)」で「津軽といえば、葛西善蔵や太宰治の郷土でもある(3)」が、「同じ郷土に育ちながら、石坂さんは破滅型の作家でない。(3)」とも評論されている。

このように津軽を意識していた石坂洋次郎を「青森の文学」という地域性を考える題材として取り上げることは、無意味ではないであろう。そして、弘前出身の石坂が「明」であり、五所川原出身の太宰が「暗」であるという、印象論の是非について、色彩語という視点から、あらためて問い直してみたいと思うのである。

本稿では、石坂の代表的作品である『若い人』と『青い山脈』に使用された色彩語を検討し、色彩語使用からみえてくる、その作品のイメージについて考えてみたい。つまり、色彩語という切り口から、『若い人』と『青い山脈』の作品世界が、従来の一般的印象である青春小説の「明」であるかを考えてみるという試みである。

すでに太宰作品については、色彩語の分析を公表している。(4) 本稿での調査結果と比較検討することで、太宰治と石坂洋次郎の色彩語の使用について、どういう点で類似性があるか、またどういった点で相違しているかについても明らかにできれば面白いのではないだろうか。

一　色彩語の認定と集計について

色彩語の認定採用については、実は難しい課題がある。拙稿において詳細に検討したの(4)で、ここでは省略することにしたい。必要最小限に補足しておくと、たとえば「青森」の「青」の漢字表記は、「青い」「森」という意味も含むが、地名としての使用であり、「青色」という色彩を表現したものとは認定しない。一方で、「青空」の「青」の漢字表記は、「青い空」という意味での使用であり、その表現には視覚としての「青色」が大きな意義を有している。そのため、「青空」は「青」という色彩語として認定している。しかし、「青年」(5)の場合は、人の一生における若い時代を「青」という用語を使って示しているが、「青色」という色彩を想起させるものではないため、色彩語として認定しなかった。

他方、「面白い」の「白」は、「おもしろい」という形容詞の一部への当て字であり、「白色」との関係が薄いため、色彩語として認定していない。同様に「告白する」といった動詞も、色彩語として認定していない。[6]

「白」という漢字表記の使用のうち、本稿で取り上げる『若い人』で特徴的であると思われる用語に「白々しい」「白けた」という表現がある。複数の辞書を参照したが、たとえば『新明解国語辞典　第五版』[7]によれば、「白々しい」の語釈は、「①知っていて知らないふりをする様子だ。（中略）②その事が自分の生活や心情にはぴったりと来なくて、なんとなく空虚な感じを与える様子だ。」とある。現代語においては、「面白い」と同様に「白」の色彩とは関係が薄く、当て字的な用法として処理し、色彩語として認定していないことを付記しておく。

以上、簡単に具体例を示してみたが、作品のなかで色彩表現として機能しているかどうか、という観点で検討し、色彩語使用の認定としたことを確認しておきたい。

二　『若い人』の色彩語

一九三三年五月に「三田文学」に発表された『若い人』は、翌月号も合わせて好評であったため、当初の計画を変更して、長編として書き継がれていった連載小説である。当時、石坂洋次郎は、秋田県立横手中学の教諭で三十三歳であった。連載中から注目を浴びた『若い人』の連載終了の一九三七年、『続若い人』も改造社から出版された。『若い人』と『続若い人』は、一九三七年二月及び十二月に改造社より上下巻の単行本として刊行され、一九四七年十月及び十一月に新潮文庫に上下巻として収録された。本稿では、上下巻を一冊本としてまとめた、二〇〇〇年刊行の新潮文庫『若い人』を底本として使用した。次に引用するように「文字表記」についての記載がみられる。

新潮文庫の文字表記については、原文を尊重するという見地に立ち、次のように方針を定めました。

一、旧仮名づかいで書かれた口語文の作品は、新仮名づかいに改める。
二、文語文の作品は旧仮名づかいのままとする。
三、旧字体で書かれているものは、原則として新字体に改める。
四、難読と思われる語には振仮名をつける。

なお、本作品中には、今日の観点からみると差別的表現ととられかねない箇所が散見しますが、著者自身に差別的意図はなく、作品自体のもつ文学性ならびに芸術性、また著者がすでに故人であるという事情に鑑み、原文どおりとしました。

（新潮文庫編集部）

ここで重要な点は、「文字表記については、原文を尊重するという見地に立ち」との姿勢である。編集部において、不必要に文字表記の改変や修正がなされていないという方針が示されている。つまり、本文において、色彩としては、ほぼ同じ色を指す用語である「あお」色も、著者が漢字表記の「青」と「蒼」を使い分けていれば、そのまま明示されていることになる。編集者が、わざわざ「あお」の漢字表記の統一をしている可能性は低い。

編集者が漢字表記の統一や使用語彙の統一に配慮していない方が、著者の言語使用の実態をより具体的に知ることができるといえるため、資料としては有用なのである。

たとえば、『若い人』では、「あか」の色彩を表現する際の漢字表記には、興味深い用例がみられ、一般的な「赤」だけでなく、「赧」「赭」という漢字表記が使われていた。「赤」については、漢字の使い分けにみられるように石坂のこだわりが現れていたと考えることができるが、具体的な使用例を紹介しながら後述することにしたい。

『若い人』は、文庫本で総頁数が本文七三二頁という長編小説である。実際の物語の内容は読みすすめるまでは知ることができない。読者がまずその小説に抱く印象やイメージは、最初に触れる作品の題名からであるだろう。色彩との関係をイメージするとすれば、たとえば、「若い」という言葉からの連想で、「青春」の「青」や「若葉」の「緑」といった色彩イメージが推定されるのではないだろうか。小説の中で、どういった色彩語が実際に使用されているかは、調査結果を整理して紹介することにするが、参考までに物語の内容についても底本のブックカバーから引用しておく。

エキセントリックな言動の陰に、もろく傷つきやすい心を隠した美少女恵子は、若い教師間崎に想いを打ち明ける。クールで知的な同僚教師の橋本にあこがれながらも、奔放で官能的な恵子の誘惑を拒むことができない間崎が、ついに恵子を受け入れたとき、彼女は思いがけない行動に出た――。若さゆえに迷い、自らを追いつめていく激しい魂の行方を、北国の女子校を舞台に清冽に描く。

『若い人』は、発表直後から多くの読者を得た。そして、当初の作者自身の思惑とは別に続編まで書き継がれるようになった小説である。映画化も幾度もなされ、その時々の人気女優が主役を演じてきた。よく知られているように若い男性教師と美しい女子生徒の恋愛模様を描いた作品である。

作品の中で、最も多く使用されていた色彩語は、「白」であった。一五八例を数え、次に引用するような「白い指」「歯が白く」等のほか、「白粉《おしろい》」「白髪」「白紙」も用例として数えている。『若い人』の文章表現を感じるためにも、必要に応じて、色彩語の使用例を引用しながら、紹介することにしたい。

間崎は、橋本先生の丸い白い指が絶えず痙攣的に洋服の胸をつまむのを見まもりながら、霰に打たれるような気持で、歯切れのいい筋道だった駁論を傾聴した。
（二八頁）

口をきいている時など並びのいい歯が白くチラチラし、表情もよく動いて、健康的な、いかにも造作ない現世的な感じがあふれる。
（二六五頁）

次に使用が多かったのは、「あか」である。「あか」総数としては一一〇例である。漢字表記として、「赤」「紅」「赧」「赭」の四種類もの漢字が使用されていた。一般によく使われる「赤」の漢字表記が八十二例と最も多い。しかし、「赧」が二十三例もみられ、「紅」が二例、「赭」が三例であった。「朱」の漢字表記も、場合によっては「あか」に数える可能性もあるが、『若い人』では、すべて「朱色（しゅいろ）」として使用されており、五例であった。「朱色」は別枠として、訓読の「あか」だけをここでは用例数とし、一一〇例としている。

三十分ばかり経つと老僕が真っ赤な林檎を二個もらって帰ってきた。
（二三頁）

昔の呼び方では「ながつき」は九月を意味し、八月なら「はづき」でなければならないはずだが――、という常識的な判断はちゃんと一方に存在しているのだが、また他方生徒たちのみずみずしくうす赤い脳裡に刻まれた「ながつき」即「八月」という観念には、微塵も虚偽の作為が認められないではないか。

（五四四頁）

以上のような一般的な「赤」の漢字表記が八十二例と最も多いのであるが、次のような場面では漢字表記「赧」が使用されており、二十三例もみられたことは興味深い。

間崎はそうした噂を聞き、またときどき訓育係の先生に呼び出されてお叱言《こごと》を喰っている、大柄は、美貌の本人を見知ってからも、特別な関心を持つことはなかったが、ふとした機会で江波との間に個人的な交渉が生じて以来、疲れた時、寂しい時、江波の姿が雲のように心をかげらすのに気づいて顔を赧《あか》くすることがしばしばあった。

（一七頁）

この用例と同じ頁の八行後に「胸に赤い表紙の本をのせ、眼をつぶって口笛を吹いている。」という文章が出てくる。「赧」の漢字表記には、「あか」という振り仮名が付されていることからも、あえて意識的に「赤」と「赧」は使い分けられていることが知られる。

間崎は自分の表情を読みわけようとする江波の視線を、こちらも眼の光りを強くして、途中で受け止めようとしたが、その前に赧《あか》くなってしまった。（二一頁）

Y先生が実行家らしいふくらみのある声で横槍を入れた。自分を貫こうとする荒々しい呼吸《いき》づかいのものが感じられた。I先生は赧《あか》くなった。（四五頁）

山形先生は冗談めかしてそう呟《つぶや》いたが、顔をポッと赧《あか》らめてほんとに迷惑らしく見えた。（一七二頁）

「なぜ？……そりゃあ君らは怒らせるようなことをしないからさ」

真意は分からないが顔を赧《あか》くさせるような質問だった。（三八二頁）

「先生、悪戯してはいけません」

「なんだ、起きていたのか」

間崎は赧《あか》くなってわざと無造作に寝台の一端に腰を下ろした。（四五七頁）

「そりゃあ……、僕の場合も自分の娯しみのために君に関心を抱いているということは確かだ。しかしその娯しみの性質によってはあながち非難されるべきものでなくむしろ賞讃《しょうさん》されていいものではないかと思う。僕の場合がそうだと言うんじゃない。一般論としてだね……」

間崎は赧《あか》くなって陳弁した。（四六八頁）

間崎の心の中には、世なれた説教坊主の場合のように、自分の語っている話の中には決して溶け込もうとしない脂《あぶら》ぎったある余裕が存しており、ひと思いに溶解しようとあせればあせるほど、その余裕はすべりっこい小さな玉の形をなして、コロコロとあちこちに空転するばかりであった。

切ない慚愧《ざんき》の念が、醜く、燃えるように彼の顔を赧《あか》らめさせた。（四九三頁）

これらの用例に共通することは、羞恥心で赤面するような場面において用いられているということである。「赧」は、色彩だけでなく、心情も含めて「恥ずかしさに顔や頰を赤く染める」という状況を表現しているのであった。

『角川新字源（改訂版）』(8)によれば、「赧」は、「【なりたち】赤と音符（はじる意）とから成り、はじて顔をあかくする意を表わす。」、「【意味】①あからめる（あからむ）。顔を赤くする。あかくなる。②はじる。③おそれる（懼）④周代の最後の王の名。」と説明されており、まさしく「赧」の漢字の字義を踏襲した使われ方であったといえる。「顔が赤い」ことを同じように示す場合でも、恥ずかしさを内包しない場面、つまり他人から見ての印象というその人の顔の様子を示す場面では、次のように「赭ら顔」という漢字表記が使われている。

だがほんとにミス・ケイトのなつかしい姿がそこにみられた。ややこしく縮れた赤毛の上に黒い編み帽子を戴《いただ》き、つやつやした大きな赭《あか》ら顔に濃い湯気がめぐってるようなわけの判らない笑いをいっぱいににじませ、片足を必要以上に前方に突き出すいつもの身がまえで、悠然と立っていた。

『角川新字源（改訂版）』(8)によれば、「赭」は、「【意味】①あかつち。赤い色の土。②あか。あかい。③はげやま。赤い山はだをまるだしにした山。④つきる(尽)」と説明されている。「赭ら顔」のほか、「赭」の漢字は、次のように「赭土《あかつち》」が二例みられた。

出来上がるとさっそく私のところに見てくれと言ってもって来ましたが、申し分ない出来なので、うんと賞《ほ》めてやりますと、崖の赭土《あかつち》の色に少し手を加えたいからと、その必要がないと言いましたのに家へもちかえってしまいました。（三八頁）

つまり、石坂は、厳密に「赤」「赧」「赭」を使い分けていたのであり、漢字表記の意味だけでなく、おそらく感じられる色彩も別種という意識であったのではないだろうか。「白」と「あか」に次いで多かったのは、「あお」である。「青」が五九例、「蒼」が一八例であった。

田代ユキ子が青い空気枕を抱えて、プッと吹いて、今ごろやっと遠くから間崎に微笑みかけていた。（二〇二頁）

江波の青いその眼にかかっては、体内の臓腑《ぞうふ》や骨筋の蔭《かげ》のくらがりにうごめいている微細な意識のかけらまでが残らず見透されるような気がしたのだった。（六七五頁）

介抱の先生たちは姿を見せず、辻ヨシエひとり、まだ顔色は蒼白《あおじろ》いが、案外安らかに眠っていた。（九〇頁）

石坂が「あお」についても、「青」と「蒼」の漢字表記を使い分けていたことが知られるのであるが、比較的一般的にみられる使用例が多かった。

次に使用例が多い色彩語は、「黒」であり、五十四例を数えた。「黒い塊り」（十八頁）や「黒いうす毛」（一六三頁）、「黒板」（八十三頁）等の一般的な使用例が多く、「あお」同様に特殊な用例は見当たらなかった。

次は、「銀」の色彩語であるが、十二例であった。使用例は、「銀色に包んだチョコ」（十八頁）や「銀ぶちメガネ」（二十五頁）、「銀のスプーン」（二八五頁）等である。

「金」は、十一例であった。漢字表記として「金」の「金縁眼鏡」（二〇八頁）等が七例、次に引用するような「黄金」の漢字表記に「きん」と訓読させた四例を合わせた十一例である。

「……先生。天皇陛下は黄金《きん》のお箸でお食事をなさるってほんとですか？」

（一三八頁）

「黄」は、七例である。「黄色い蛾」（一一頁）、「黄色いチョーク」（三九三頁）といった「蛾」や「チョーク」の色彩として直接的な使用例のほか、比喩としての用例「黄色い声」が次のように確認された。

「あらっ！あらっ！」

「先生ひどいわ！」

「先生の意地悪！」

　間崎はわざと落ちつき払って無害な文句だと大きな声で読み上げてやったりする。筆者たちが黄色い声を発して間崎を責めるのは言うまでもない。

（五四二頁）


　感情的な大きな声を「黄色い」を使って表現している例であるが、実際に「声」に色彩があるわけではない。比喩表現としての使用例であるが、感情的でヒステリックな声色を黄色という色彩語に象徴させて描写したものである。

『若い人』では、「白」が一五八例と圧倒的多数であり、次いで「あか」の一一〇例、「あお」の七十七例と続き、「黒」が五十四例であった。つまり、この四色で色彩語のほとんどを占めていることになる。次には、「銀」の十二例、「金」の十一例と続き、一桁の使用例ながら「黄色」の七例、次に「朱色」の五例、「紫」の五例、「緑」の四例という結果であった。ちなみに「緑」は、次の「グリーン色」の使用例も加えての四例である。

　壁に下がった橋本先生のグリーン色のマントの下から黒い靴下に包まれた細長い二本

の脛が現れていて、気をつけてみるとマントが絶えずヒクヒクと波うっているのだった。

(五五三頁)

色彩上としては、同じ色を表現しているはずの「緑」と外来語「グリーン色」の使用がみられたことになるが、色彩をどのように表現するかは、作家の言語使用を考える上に重要な点である。「グリーン」は、英語を基本とし、輸入された外来語表現である。この「緑」と「グリーン」の用例のほかにも、「灰色」と「ねずみ色」の場合は、色彩を「灰」の色に代替させるか、「ねずみ」という動物の色に代替させるか、の相違である。色彩としては、「灰色」と「ねずみ色」は、色の名前を事物や動物に置き換えて表現した日本語である。色彩としては同色であると考えられる場合もあるだろう。しかし、どういった言葉を用いて表現するか、どういった漢字を用いて表現するかが、場合によっては作家それぞれの表現特性につながり得る可能性もあるだろう。

生徒は欄干《てすり》の一とところに大きなかたまりをつくってワーンワーンという一つに融け合ったやかましい声を上げて陸と呼び交わしていた。揃いの紺ラシャの制帽。鼠色《ねずみいろ》の雨外套《あまがいとう》、光る靴、それがたくさん集まったことから生ずるさわやかな深い美しさ——。

(一八八頁)

草が枯れた裏庭や掘りかえされた花壇や、黒い水をどっぷりあふれあせている堤が崩れた池や、灰色の岩角をところどころに露出させた禿げ山などが、連日の雨に濡れて、みるみる蕭条とした眺めを呈していた。

（三八五頁）

実際に『若い人』においては、「灰色」が一例、「ねずみ色」が二例、それぞれの使用が確認された。「揃いの紺ラシャの制帽。鼠色《ねずみいろ》の雨外套《あまがいとう》、光る靴」といった装いの生徒を描いた場面であるが、「雨外套」の色が「鼠色」なのである。そしてもう一方の用例は、「黒い水をどっぷりあふれあせている堤が崩れた池や、灰色の岩角をところどころに露出させた禿げ山」といった景観の場面であり、「禿げ山」に見える「岩角」が「灰色」なのである。これはあくまで一読者としての見解であるが、これらの文脈から「鼠色」の方が「灰色」より濃い色彩であるように思われた。読み手の色彩感覚はそれぞれであり、実証することは難しいが、少なくとも石坂にとっては、「灰色」と「ねずみ色」は同色という感覚ではなく、色彩用語として区分していたと考えることができる。

次のように「オレンジ色」と「橙色」もそれぞれ一回ずつ使用が確認された。果物の「オレンジ」と「橙」は、石坂にとっては明らかに別種の果物であり、色彩も違うという意識であったのであろう。

記録班第七報
鳥羽に着く。（中略）夜ともなれば岬の燈台にオレンジ色の灯がともる。（以下略）
（江波恵子記）　（二九〇頁）

二度目に訪ねてきたのは正月に入ってからで、写真を撮《うつ》しに来たのだと言って、橙《だいだい》色の大柄な模様の和服を着ていたが、急に年が二つも三つも老けて大人っぽく見えた。　（五一七頁）

このように使用例文を比べてみると、「オレンジ色」は、「江波恵子記」とあるように、主人公の女学生が旅行記で記したという想定の箇所である。そして夜の「燈台の灯」を表現している。一方の「橙色」は、「和服」の色彩を表現した箇所である。「橙色」の和服を身に着けているのは江波恵子であるが、「老けて大人っぽく見えた」ということから、落ち着いた色彩であり、真っ暗な夜に明るく灯る燈台の「オレンジ色」というイメージよりも、抑えた色調を想像することができるであろう。女学生の言葉遣いとして、外来語「オレンジ」を色彩表現として使った可能性もあるが、それぞれの場面にふさわしく、石坂が意識的に使い分けていたことは明らかである。

石坂は、色彩表現に敏感であったということができるのではないだろうか。使用例としては二例や一例という少ない表現もみられるが、今まで紹介した用例以外に次にあげるような色彩が、『若い人』では使われていたのである。

「水色」と「紺」は二例ずつ、そして一例ずつの使用例があったのは、「藤色」「緋色」「虹色」「褐色」「金属色」「淡紅色」「貝殻色」「ミルク色」「乳色」「草色」「セピア色」である。「藤色」は「紫」に含むこともでき、「草色」は「緑」に含まれるともいえるが、「～色」として石坂が区別して使用したものと認定し、別種として扱った。

「ミルク色」と「乳色」も、前述したような「オレンジ色」と「橙色」、あるいは「灰色」と「鼠色」と同様に、明らかな区別があったと思われる。次のような場面で見られ、必ずしも同じ色彩でなく、「ミルク色」は、身体の生々しい「脂肪分」を指す色彩として使用され、一方の「乳色」は、静かな景観の場面で「濃霧」の描写として使用されていた。

今までこの空洞を満たしていたミルク色の脂肪分は、これまで積極的な所有欲に駆られたこともない江波恵子の肉体が、他の男に占有されたかも知れない疑いを生じただけで、潮鳴りして地の底深く引いてしまったのである。　（四二四頁）

雪がすっかり止んで、海上には乳色の濃霧が流れだした。発動機船は夜にも海にも甘

えきったようなまだるいエンジンの音を響かせて、白い霧の塊りの中を押し分けて進んで行った。（五七三頁）

『若い人』の文章表現を紹介する意図も込めて、様々な箇所を引用しながらみてきたが、色彩語の用例数は、総数では、四六三例ということになる。割合で示すと、「白」が34・1％、「あか」が23・8％、「あお」が16・6％、「黒」が11・7％、「銀」が2・6％、「金」が2・4％、「黄」が1・5％、「紫」と「朱」がそれぞれ1・1％、「緑」が0・9％、「その他」が4・3％という結果であった。

【グラフ1】に〈『若い人』色彩語使用数〉を【グラフ2】に〈『若い人』色彩語使用割合〉を示した。色彩表現に関して、石坂が決して鈍感であったわけではないことが、『若い人』の使用例から知り得たといえるのではないだろうか。

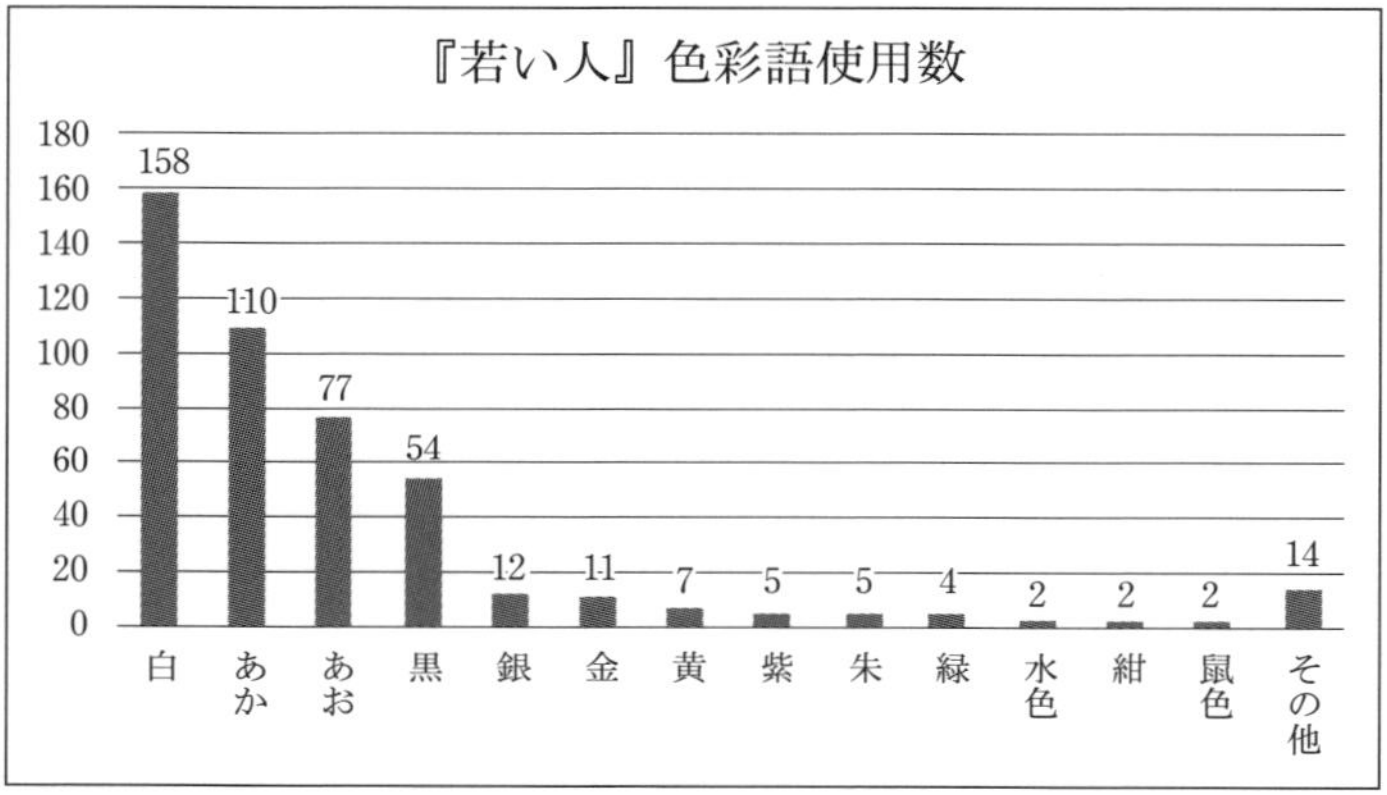
『若い人』色彩語使用数
180
160
140
120
100
80
60
40
20
0
158
110
77
54
12
11
7
5
5
4
2
2
2
14
白
あか
あお
黒
銀
金
黄
紫
朱
緑
水色
紺
鼠色
その他

【グラフ１】

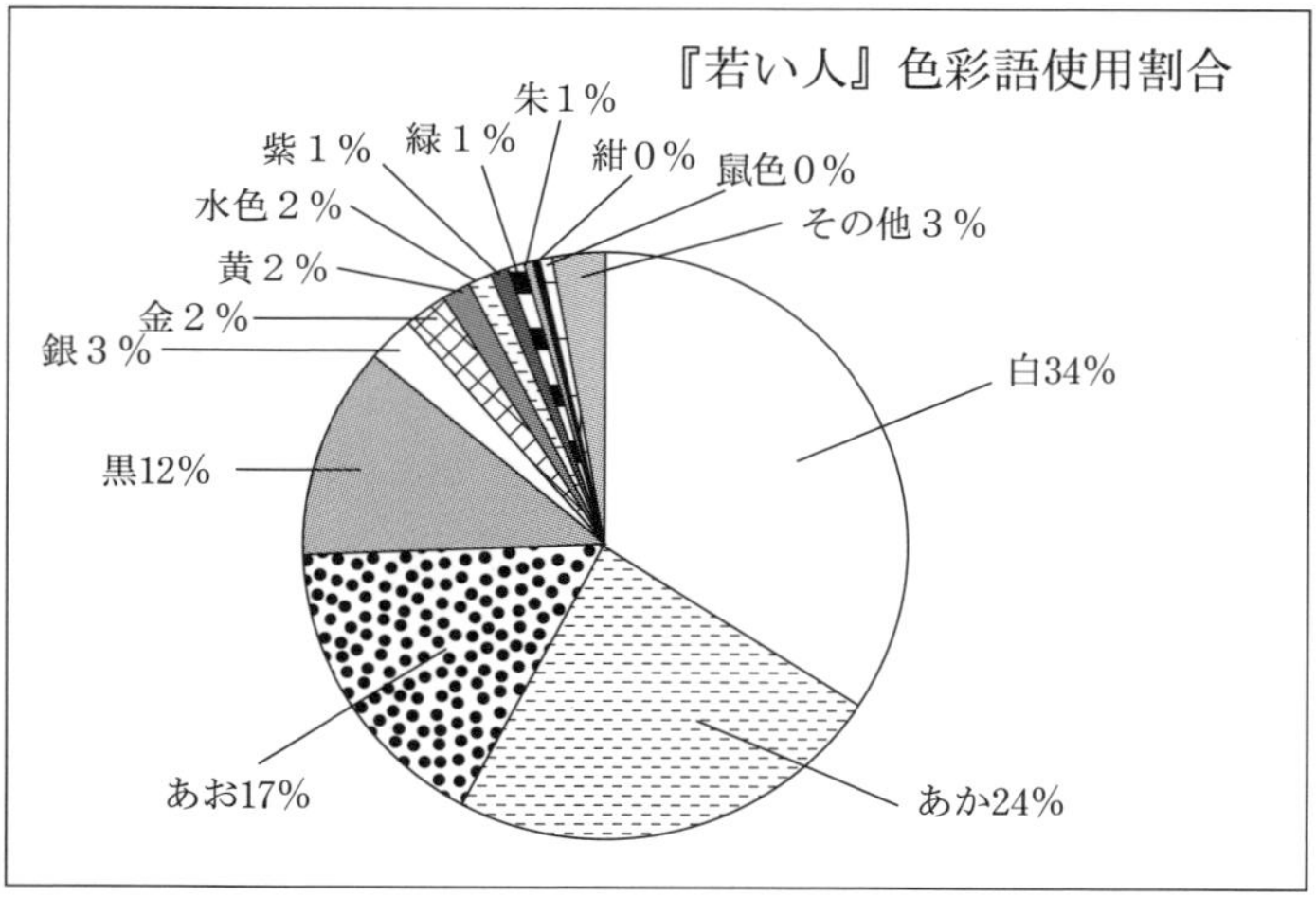
『若い人』色彩語使用割合
朱１％
紫１％
緑１％
紺０％
鼠色０％
水色２％
その他３％
黄２％
金２％
銀３％
白34％
黒12％
あお17％
あか24％

【グラフ２】

三　『青い山脈』の色彩語

『若い人』発表から十四年後、一九四七年六月〜九月まで、石坂は初めて新聞に小説を連載した。それが『朝日新聞』に連載された『青い山脈』である。映画化もされ、主題歌もヒットし、石坂の代表的作品というだけでなく、戦後を代表する新聞小説のひとつともいえよう。

石坂が四十七歳の時の作品であるが、若い頃に県立弘前高等女学校（現・弘前中央高校）や秋田県立横手高等女学校（現・城南高校）で教員経験をしたからこそ、生まれた小説であったことは間違いない。

『青い山脈』においても、『若い人』同様の観点から、色彩語を認定し調査したが、ここでは具体的な用例は省略し、その結果を整理して紹介することにしたい。

色彩語の使用数は、総数で二二一例である。『若い人』の色彩語使用数は、四六三例であったので、約半数程度と少ない。しかし、『青い山脈』は、小説の長さからいうと、『若い人』のほぼ半分程度の長さである。したがって、それぞれの小説の中で、色彩語がどの程度使用されているか、という観点でみれば、その偏在はなく、同じような割合で色彩語が存在していることになる。

さて、『若い人』では、「白」が最も多く使われた色彩語であったが、『青い山脈』では、赤であった。『青い山脈』では、「赤」が六十四例と最も多用された色彩語であり、次に「白」の六十例、「青」の三十九例、「黒」の二十三例と続く。

『若い人』では、圧倒的に「白」の使用割合が高かったが、『青い山脈』では、「赤」が最多で、それに拮抗する程度に「白」が見られることになる。上位四つの「赤」「白」「青」「黒」の色彩語に続いて、「黄」の八例、「緑」の六例、「金」の四例、「紺」「紫」「桃」が同数で三例であった。

割合で示すと、「あか」が29・0％、「白」が27・1％、「あお」が17・6％、「黒」が10・4％、「黄」が3・6％、「緑」が2・7％、「金」が1・8％、「紺」「紫」「桃」が1・4％、その他が3・6％ということになる。『若い人』で最多の「白」が、34・1％だったことと比べると、『青い山脈』で最多の「あか」が29・0％であり、であり、『青い山脈』では、第一位と第二位での差異が少なく、「白」の使用が目立つほどでもない、ということができるであろうか。

「ミルク色」が二例で、一例使用は「朱色」「鉛色」「墨色」「灰色」「水色」「海老茶色」である。『若い人』に出現しなかった色彩語で、『青い山脈』で使われているものは、「桃色」「墨色」「海老茶色」ということになる。

【グラフ3】に〈『青い山脈』色彩語使用数〉、【グラフ4】に〈『青い山脈』色彩語使用割合〉

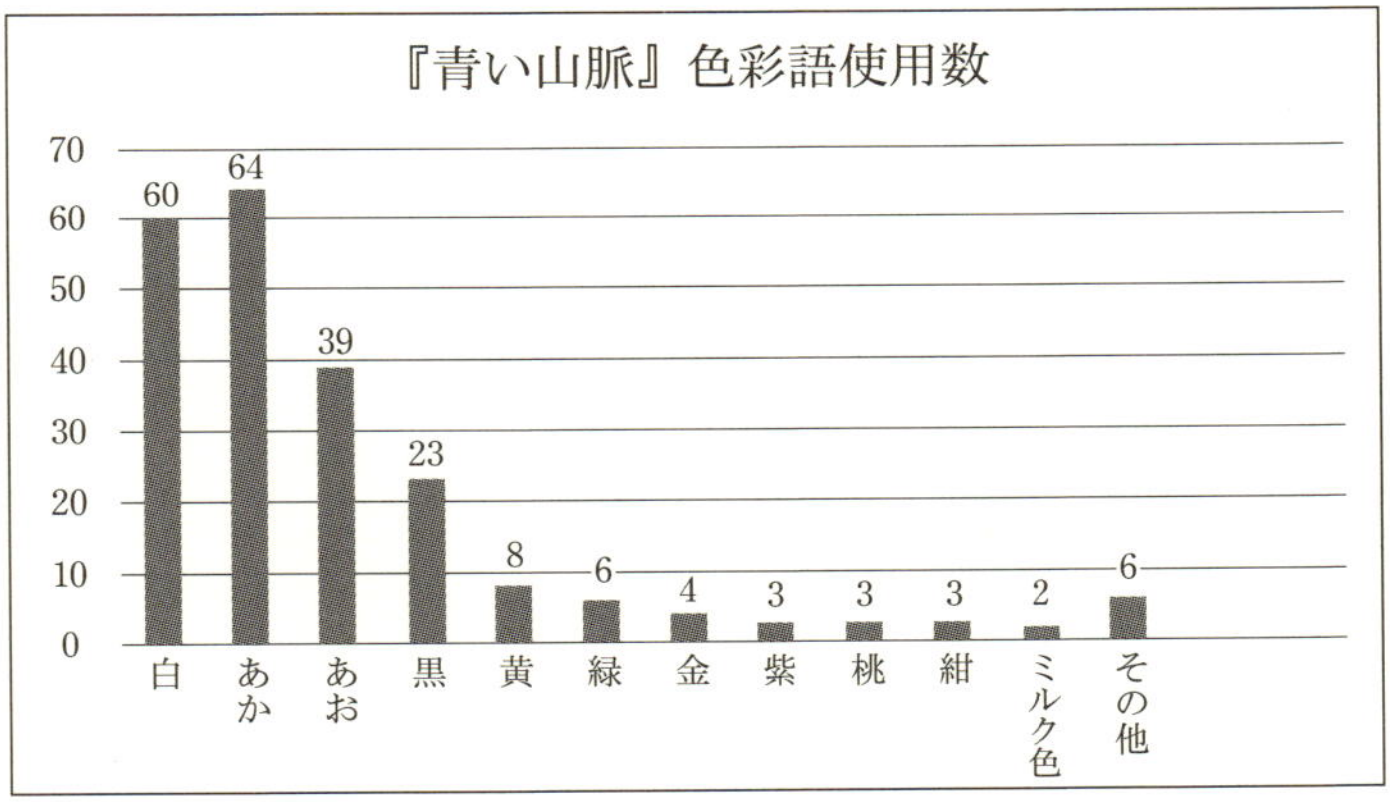
『青い山脈』色彩語使用数
70
60
50
40
30
20
10
0
60
64
39
23
8
6
4
3
3
3
2
6
白
あか
あお
黒
黄
緑
金
紫
桃
紺
ミルク色
その他

【グラフ３】

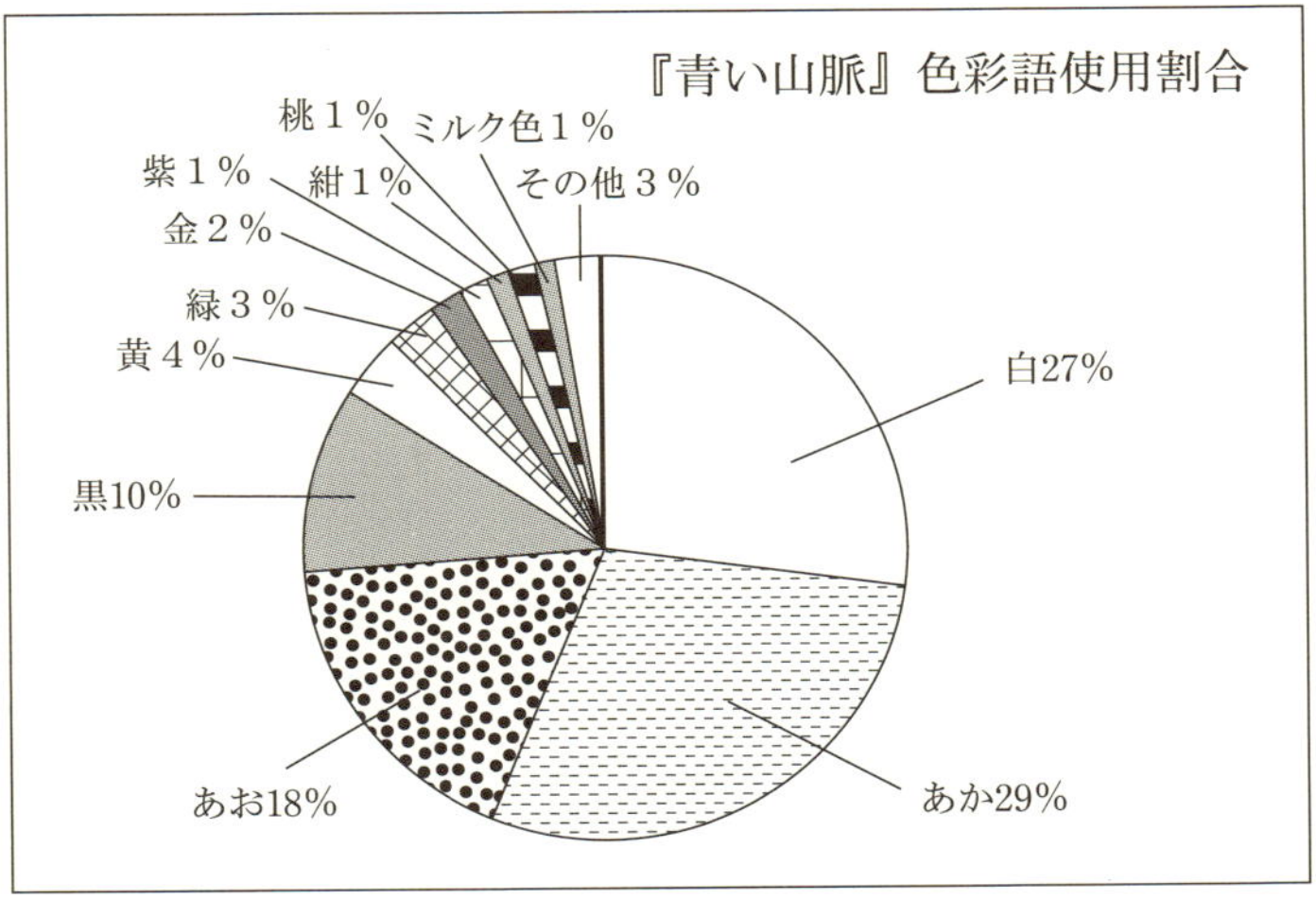
『青い山脈』色彩語使用割合
桃１％
ミルク色１％
紫１％
紺１％
その他３％
金２％
緑３％
黄４％
白27％
黒10％
あお18％
あか29％

【グラフ４】

を示した。

さて、ここで興味深いのは、『若い人』でも『青い山脈』でも、想定された「あお」や「緑」でなく、「あか」の色彩の多さを確認できたことである。そして「黒」が意外にも少なくないことも注目すべき点であるだろう。

実際にどのような色彩語がその作品で使用されているのか、という本稿の調査結果は、必ずしも読者が想像する彩りの印象とは一致しないのではないだろうか。こうした誤差——あるいは差異といった方が正しいかもしれない——の確認は、作品に隠された新しい側面をあぶり出す場合もあると考えている。

「若い」や「青い」、「山脈」という題名に使われた言葉から、一般的には、明るいイメージが先行するが、作品の内容は、必ずしも純粋で透明感あふれる生硬な物語でなく、恋愛の紆余曲折や人の気持ちの複雑さ、正しいだけでない悪の部分も描かれている。生きていくなかで、美しく綺麗なだけですまされない、庶民の生活そのものと人の深層心理に潜む明暗が滲んでいることが、色彩語使用の分析からうかがえるといえるのかもしれない。

四　太宰治の色彩語との比較

石坂洋次郎の『若い人』と『青い山脈』について、以上のように色彩語をキーワードに分析してみたが、参考までに二作品を合わせた色彩語の割合で考えてみたい。色彩語使用の全体像をみるために、細かな色彩語の使用例や分類を目的とせず、原則として、基本色名である「赤」、「茶」、「黄」、「緑」、「青」、「紫」、「灰」、「白」、「黒」の九色に配分するという方法で新たに整理し、基本色名に分類できないもの、たとえば「虹色」、「セピア色」、「貝殻色」は「その他」の項目を設定して使用数の割合を算出してみた。

【グラフ5】が、〈基本色に整理した二作品の色彩語使用数〉、【グラフ6】が、〈基本色に整理した二作品の色彩語使用割合〉である。最も多用されたのは、「白」である。「白」は二二二例となり、32・5％を占めている。次いで「赤」の一八五例、27・0％であり、三番目に「青」の一二四例で18・1％、「黒」七十八例の11・4％という結果となる。「黄」三十二例の4・7％、「灰」十八例の2・6％、「緑」十一例の1・6％、「紫」九例の1・3％、「茶」二例の0・3％という順位となる。

〈基本色名の内訳〉として、使用語例を示したが、比較できるように拙稿(3)で分析した、太宰治が、どのような色彩語を使用していたのかについてもここで紹介しておく。太宰治の作品調査対象は、ちくま文庫『太宰治全集一〜九』所収の作品とし、随想集である『太宰治全集十』所収の作品は対象外としている。太宰の使用していた色彩語がどのような用語であったのか、をこのように石坂の二作品と比較してみると、それぞれの作家の色彩語例の特徴が知られるであろう。

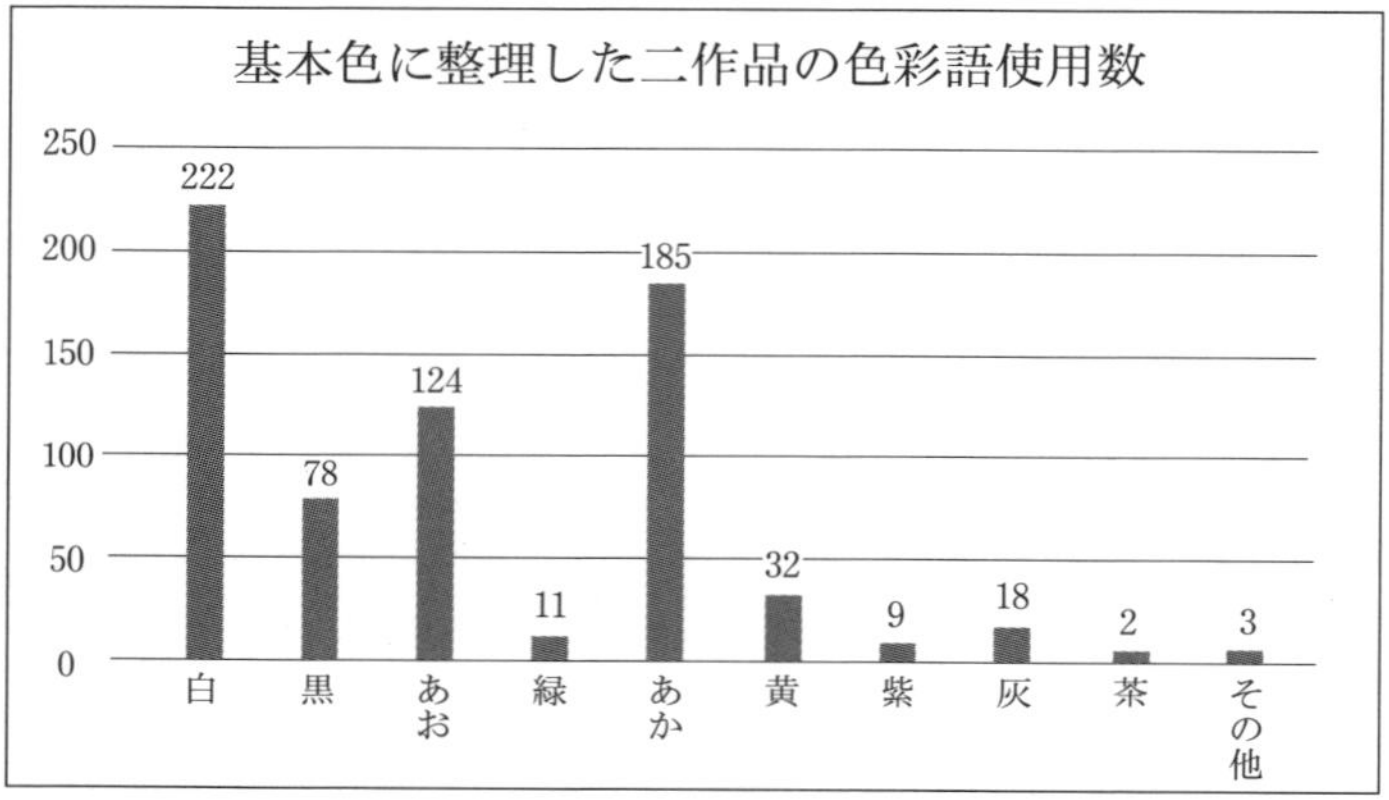
基本色に整理した二作品の色彩語使用数
250
200
150
100
50
0
222
78
124
11
185
32
9
18
2
3
白
黒
あお
緑
あか
黄
紫
灰
茶
その他

【グラフ5】

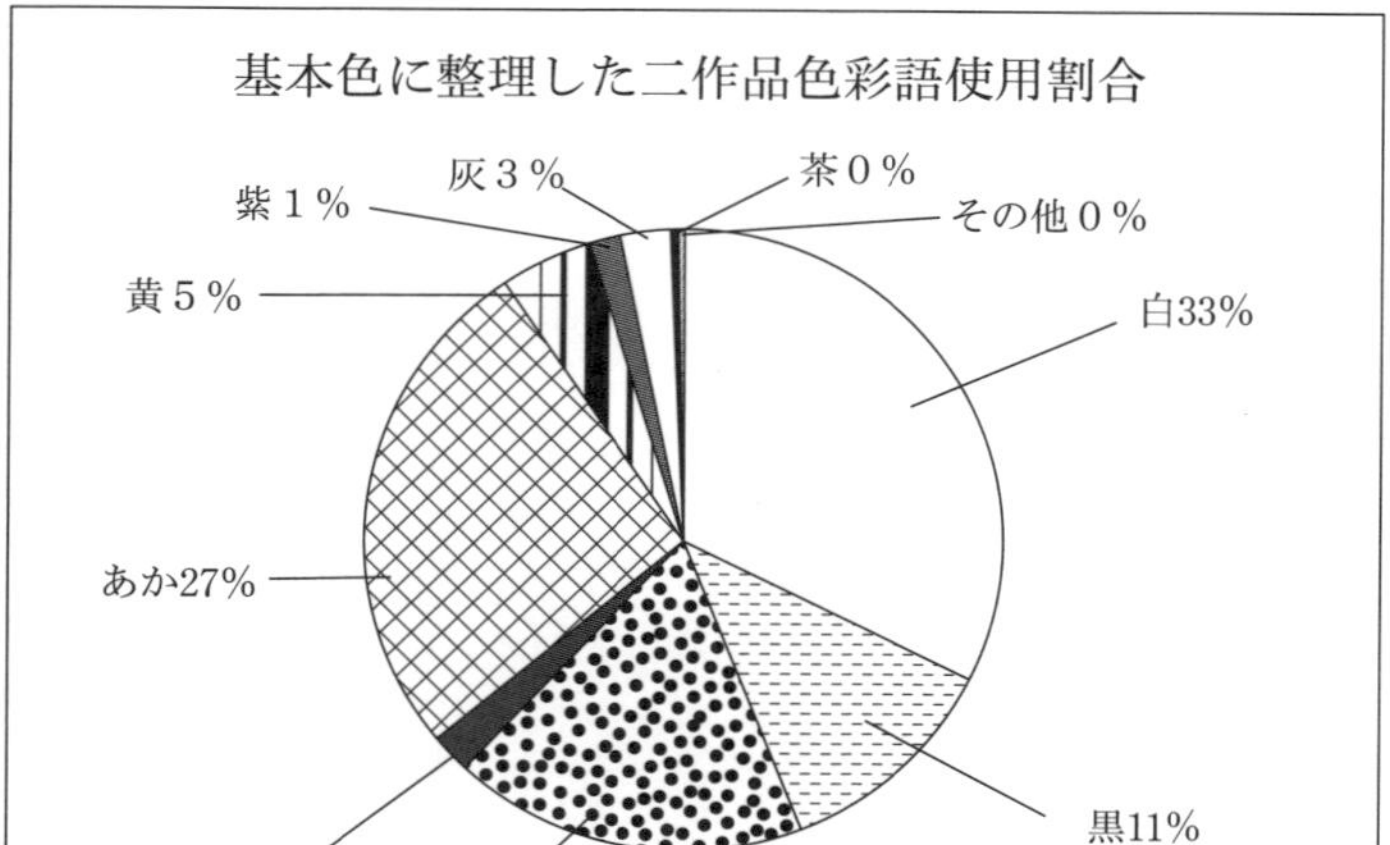
基本色に整理した二作品色彩語使用割合
茶０％
その他０％
灰３％
紫１％
黄５％
白33%
あか27%
黒11%
緑２％
あお18%

【グラフ6】

〈基本色名の内訳〉石坂洋次郎『若い人』『青い山脈』

白………白・ミルク色・乳色

黒………黒・墨色

青………青・蒼・紺色・水色

緑………緑・グリーン・草色

赤………赤・赧・赭・紅・朱色・緋色・淡紅色・桃色

黄………黄・黄金色・金色・オレンジ色・橙色

紫………紫・藤色

灰………灰・鼠色・銀色・金属色・鉛色

茶………海老茶色・褐色

（その他）虹色・セピア色・貝殻色

〈基本色名の内訳〉太宰治作品の使用例

白………白・乳白色

黒………黒・墨色

青………青・蒼・紺色・藍色・水色・浅黄色・コバルトブルウ・海軍紺

緑………緑・萌黄色・エメラルドグリン

赤………赤・茜色・桜色・ピンク・桜桃色・牡丹色・朱色・紅色・紅梅・緋色・小豆色
黄………黄・卵色・黄金色・金色・クリイム・カアキ・山吹色
紫………紫・藤色
灰………灰・鼠色・銀色
茶………茶・琥珀色・褐色・土色・駱駝色・渋柿色・赤銅色・小麦色

基本色としての内訳を整理してみると、石坂と太宰の共通性といえば、「黒」と「紫」にみられる。「黒」としては、石坂も太宰も「黒」と「墨色」を使用し、「紫」としては、「紫」と「藤色」の二色を使用している。

相違している点は、たとえば、「白」では、石坂は、「乳色」、「ミルク色」との色彩語がみられたが、太宰は使用しておらず、代わりに「乳白色」という色彩語が使用されていた。このように同じような色彩を表す場合も、それぞれで表現の相違が明らかである。

「青」については、両作家とも「青」と「蒼」の二種の漢字表記を使っていることを確認できるが、「赤」については、前述したように石坂は「赧」や「赭」といった、普通あまりみられない漢字も使い分けていたのであった。漢字表記だけでなく、色彩表現としての相違性を具体的な例を示しながら、確認してみよう。

「青」では、石坂は、「青」、「蒼」、「紺色」、「水色」といった一般的な色彩語しか用いていない。一方の太宰は、これらのほか「藍色」、「浅黄色」、「コバルトブルウ」、「海軍紺」といった色彩語が使われていた。

「赤」に含まれる、一般的によく使用される「紅」や「朱」、「緋色」は、両者にみえるものであった。たとえば石坂は、「ピンク」という色彩語は使用していないが、太宰は「ピンク」を使用している。また石坂は、「淡紅色」という色彩語を使っているが、一方の太宰は、「ピンク」や「桜桃色」という表現を使っている。

このように「青」や「赤」については、石坂より太宰の方が、色彩表現が豊かであることが知られるのであった。この傾向は、「黄」や「茶」の内訳をみても確認できる。太宰は、石坂の使用していない、「卵色」、「クリイム」、「カアキ」、「山吹色」といった色彩表現を使っていた。「茶」についていえば、「褐色」は、両者で共通して使用されていたが、石坂は「海老茶色」という太宰が使用していない色彩語を用いているとはいえ、種類は二種と少ない。太宰は、「褐色」のほか、「茶」、「琥珀色」、「土色」、「駱駝色」、「渋柿色」、「赤胴色」、「小麦色」の八種の色彩語を使用していたのであった。

以上のように、基本色として考えてみると、石坂と太宰の共通点としては、「青」、「蒼」の漢字表記の使用や、「黒」と「紫」で二種の色彩語を使用していたということであろう。相違性は、使用色彩語の違いにも具体的にみることができた。石坂は、太宰にみられない色彩語の「淡紅色」や「オレンジ色」、「草色」等の使用が確認できるとはいえ、総じて、色彩語の種類としては、石坂より太宰に多様性があることが知られたといえるだろう。

ところで、太宰治の一五六作品のなかで、最も使用されていたのは「白」（26・5％）であり、次いで「赤」（25・0％）そして「青」（17・6％）、「黒」（15・1％）と続く。そして一五六作品のなかで最も色彩語の使用が多かったのは、『津軽』であり、一一八例の色彩語が確認できた。作品中最も多く使用された「白」、「赤」の色彩語が、『津軽』でも使用が多いことが確認できたが、他作品と比べると『津軽』では「青」、「緑」の使用の多さが特徴的であることが知り得たのであった。色彩語使用の観点からは、太宰治は「破滅型の作家」(3)という印象とは違った側面がうかがえたといえるのではないだろうか。

石坂については、『若い人』と『青い山脈』という限定的な作品からの分析であるが、太宰と同様に「白」が最も多く、順位的にも「赤」、「青」、「黒」という、代表的な四つの色彩語の割合が多かった。青春小説であり、明るいイメージが先行するが、予想に反して、「赤」の色彩が目立ち、「黒」も比較的多い等、色彩語と作品イメージとの不一致が表出する結果であったといえそうである。

色彩語というキーワードに焦点を絞って分析し、グラフを提示して検討考察してきたが、ひとつの傾向として、「白」を最も多用する作家が多い(9)といわれているなかで、石坂洋次郎もその傾向に合致していることが確認できたといえる。大衆的な人気作家という石坂の位置づけからすると、他の作家たちと同様の色彩語使用であるという結果は、想定できる傾向であるといえるだろう。

　一方の太宰は、「白」と「赤」がほぼ拮抗する使用頻度であり、「赤」の多用が目立っているのである。そして太宰の場合、「青」の使用についても注目される点であり、『津軽』においては、「青」と「緑」が象徴的な色彩語として考えられたのであった。

「象徴語と色」について調査した研究結果[10]によれば、あるひとつのことばから、どのような色彩を想定するか、について考えてもらったところ、「赤」からは、「怒り」、「嫉妬」、「愛」を想像する人が最も多いという。また、「青」は「孤独」、「平静」を象徴する語と認識する人が多く、「緑」は、「平静」と「郷愁」を象徴する語と認識する人が多いという。色彩語をどのような場面で、どのように使用しているか、という詳細な個々の検討が必要であることは承知しているが、作品中で多用された色彩語が「赤」という結果であった石坂洋次郎も、太宰治も、その作品世界に「怒り」、「嫉妬」、「愛」といった感情をより盛り込んでいたのかもしれない、と想像することも可能ではないだろうか。

　石坂も太宰も、「青」の使用が、「白」、「赤」に次いで多かったが、「孤独」や「平静」といった感情の表象が作品世界に潜んでいる可能性があるとも考えられる。とりわけ太宰の『津軽』では、「青」と「緑」の色彩が、比較的目立って使用されており、『津軽』の世界には、「郷愁」といった感情が無意識下に漂っているのかもしれない、などと色彩語の分析結果から、連想が広がっていくのである。

五　まとめにかえて

色彩心理学の分野の研究成果(11)によれば、人がさまざまなことがらについて抱く感情的意味を数量的に分析するために用いられる研究法として、米国の心理学者オズグッド（C.E. Osgood）が開発したセマンティック・ディファレンシャル法（semantic differential ; SD法と略す）というものがあり、この方法で日米両国の女子学生が十六色の色紙それぞれを見て感じる感情を調べたところ、次のような結果がでたという。

「熱い—冷たい」といった印象を与える色彩語として、「青」は最も冷たい印象を与える色彩語のひとつであり、また、「青」の色彩語がどういった感情を示すかといった実験では、日本・アメリカ・台湾の国際比較もなされており、ほぼ三国共通して「良い—悪い」では「良い」の印象が強く、「みにくい—美しい」では「美しい」の印象が強い。「はでな—地味な」と「動いている—止まっている」では中間の印象という結果が示されている。色彩心理学の研究成果から知り得たことは、色彩から感じられる印象には、やはり一定の傾向があることであった。

「青」という色彩が「冷たい」印象を与えるものとすれば、『青い山脈』という題名から受ける印象も「冷たい」はずだが、作品内で最も多用された「赤」という色彩は、「熱い」

印象を与える色彩語なのである。その題名に使用された色彩語と作品内で多用された色彩語は、それぞれ正反対の印象を象徴しているということになるであろう。題名からの印象とは裏腹に、作品をつらぬく象徴的な色彩語を選択するとするならば、それは作品内で最も多く登場した「赤」なのかもしれない。色彩心理学の研究成果からも知られるように、「赤」は最も高い熱い値を示し、前述のように「怒り」、「嫉妬」、「愛」の象徴でもあった。

『青い山脈』が当時、圧倒的な人気で映画化もされた背景には、題名の「青」から受ける「冷たい」印象や「孤独」「平静」といった象徴からのイメージだけでなく、「青」という色彩語が指標する「良い」、「美しい」という印象も影響していたのかもしれない。そして、題名からのイメージとともに、作品の中で多用された色彩語の「赤」が示す、内に秘められた熱情や一筋縄ではいかない人間ならではの「怒り」、「嫉妬」、「愛」といった、「赤」の印象が、「青」との相乗効果として影響した可能性も考えられるのではないだろうか。

「赤」がどういった感情を示すかということについていえば、アメリカ・日本・台湾での比較は面白い結果を示していた。価値として「良い—悪い」では、アメリカは「赤」を「良い」と思う人が多いが、日本では中間より「良い」に少し振れている程度であり、必ずしも積極的に「良い」感情を示す色彩語とはいえないようである。また「美しい—みにくい」では、アメリカは「美しい」が圧倒的に多いが、日本は「みにくい」よりは多少「美しい」割合が高い程度であり、「赤」が圧倒的に好印象の色彩語とはいえないことが興味深い。つまり、アメリカでは「赤」を好印象でとらえる人が多いが、日本では必ずしも好印象と思う人ばかりでないということである。三国共通している点としては、活動性の部分であり、「赤」は「動いている」、「はでな」、「熱い」という印象を与える色彩語であることであろう。

色彩心理学の分野では、色はさまざまな連想を生み、象徴的な意味をもつといわれる。白は清浄を、赤は熱情を、青は平静を、黄は快活を、黒は悲哀を表すという。(11)

石坂の『若い人』と『青い山脈』は、青春大衆小説の代表的作品であり、印象でいえば、「明」であるといえるだろう。しかし、色彩語使用数や割合から考察検討した結果、「白」が最多であり、「青」も多かったとはいえ、「黒」が11％を占めるなど、「悲哀」を表す「暗」の印象も内包していることが知られたのであった。

石坂洋次郎の代表的な作品『若い人』と『青い山脈』において、色彩語の使用最多は、太宰と同様の「白」であったが、特徴的な色彩語は、「あか」であったといえるだろう。使用割合が太宰よりも多く、一般的な「赤」の漢字表記だけでなく、「赧」、「赭」といった漢字を使い分けるなど、「赤」という色彩への思い入れの強さが確認できたのである。「熱情」を連想する「赤」の多用は、恋愛模様や若い純粋な恋を描いた小説であるという点で、その作品内容との整合性を示しており、「赤」のもつ「動いている」という印象も「若さ」と符合する一面と考えることができる。しかし一方で「黒」の使用も比較的多く、本来の明るい青春小説、というイメージとは矛盾する一面を内包した作品だった可能性もあり、

「悲哀」といった「暗」も秘めていたのであった。

一九六六年、石坂は、「健全な常識に立ち明快な作品を書きつづけた功績」という理由で第一四回菊池寛賞を受賞した。そのとき作者は次のように述べたという。(1)

「私は私の作品が健全で常識的であるという理由で、今回の受賞にあずかったのであるが、見た目に美しいバラの花も暗いじめじめした地中に根を銜わせているように、私の作品の地盤も、あんがい陰湿なところにありそうだということである……。」

同じ青森に生まれ育った二人の作家は、太宰治が「暗」で、石坂が「明」の代表のように一般的に評されることが多い。しかし、色彩語からの分析においては、それぞれが必ずしも、「暗」と「明」といった明確な傾向を示しているわけでないことが確認できたといえるであろう。石坂本人が語るように表層的な「明」の地盤には、じめじめした陰湿な「暗」が潜んでいて、そうした重層的な点に石坂洋次郎の作品の真の魅力があったのではないかと考えられるのであった。

大衆小説といわれ、消費されたかのように誤解される石坂の作品であるが、今あらためて『若い人』と『青い山脈』を読み返してみると、決して古びた小説ではなく、当時、多くの読者を魅了したこれらの作品の意味を考え直す(12)必要があると思われた。

色彩語という視点からの分析と考察であるが、作品世界を彩る、石坂洋次郎の言語表現の個性の一側面を示したものとして、ここに報告しておきたい。

注

（1）『新潮現代文学9　石坂洋次郎』（新潮社、一九七九年十一月）の小松伸六氏による「解説」を参照。また本稿で使用した底本は、『新潮現代文学9　石坂洋次郎』所収の『青い山脈』および新潮文庫『若い人』（新潮社、二〇〇〇年七月）に拠った。

（2）磯田光一「石坂洋次郎―昭和十年代の一側面―」（『現代日本文学大系50　尾崎士郎・石坂洋次郎・芹沢浩治良』平凡社、一九七一年五月）解説参照。

（3）進藤純孝「人と文学」（『筑摩現代文学大系54　石坂洋次郎・芹澤光治良』筑摩書房、一九七九年三月）解説参照。

（4）弘前大学教育学部国語講座編『太宰へのまなざし―文学・語学・教育―』（弘前大学出版会、二〇一三年三月）所収の郡千寿子「『津軽』を題材にした国語学的読解の試み―色彩語からの分析―」参照。

（5）複数の辞書を参照したが、たとえば『新明解国語辞典　第五版』（三省堂、一九九七年十一月）によれば、「青年」の語釈は、「人を年齢によって分けた区分の一つ。普通、二十歳ごろから三十歳代前半までの人を指す。」と説明される。「青春」については、『新明解国語辞典　第五版』（三省堂、一九九七年十一月）によれば、「〔夢・野心に満ち、疲れを知らぬ〕若い時代。〔主として、十代の後半から二十代までの時期を指すことが多い〕。」と説明される。

（6）複数の辞書を参照したが、たとえば『新明解国語辞典（第六版）』（三省堂、二〇〇四年十一月）には「表記「面白い」は借字。」とある。現代語では色彩との関係は薄いが、古語においては、大野晋編『古典基礎語辞典』（角川学芸出版、二〇一一年十月）に「オモ（面）は正面・面前の意、シロシ（白し）は、本来、目の前がぱっと明るくなる感じをいう。」と説明があり、「白」は明るくなる、に通じる語との解釈が一般的である。本来の「おもしろい」原義は、「白」の色彩と関係し、現代の漢字表記「面白い」はその反映であるといえるのである。拙稿「『津軽』を題材にした国語学的読解の試み―色彩語からの分析―」（弘前大学教育学部国語講座編『太宰へのまなざし―文学・語学・教育―』弘前大学出版会、二〇一三年三月所収）で「面白い」の用語を検討しているので参照されたい。

（7）『新明解国語辞典　第五版』（三省堂、一九九七年十一月）の語釈を引用した。現代語では「白々しい」「白けた」の用語は、前述の「面白い」等と同様に色彩とは関係が薄く、当て字的な用法として処理した。

（8）複数の辞書を参照したが、『角川新字源（改訂版）』（角川書店、二〇〇四年一月）を引用した。

（9）波田野完治『最近の文章心理学』（大日本図書、一九七三年）によれば、田山花袋、堀辰雄、川端康成、島崎藤村、夏目漱石、井上靖、志賀直哉、谷崎潤一郎の八作家を平均すると、「白」が最も多用されており、次いで、「赤」「黒」が多く使用されていることが述べられている。また、横山トシ子「芥川龍之介の美意識について―色彩語を通して―」（『愛媛国文研究二十一』所収、一九七一年十二月）は、芥川龍之介の作品における使用率は「赤」が最も多く、それが芥川の特徴ではないかとしている。

（10）江森康文・大山正・深尾謹之介編『色　その科学と文化』（朝倉書店、二〇〇八年十月）所収の「色の知覚と心理」等参照。

（11）大山正『色彩心理学入門　ニュートンとゲーテの流れを追って』（中公新書、一九九四年一月）、兼子隆芳『色彩の科学』（岩波新書、一九八八年十月）、兼子隆芳『色彩の心理学』（岩波新書、一九九〇年八月）等参照。

（12）三浦雅士「石坂洋次郎再読」（『東奥日報』二〇一七年七月〜二〇一八年五月連載）参照。

Ⅶ

今官一

「場外れ」のモダニストの射程
―今官一論序説―

仁平　政人

一　はじめに

「今官一が直木賞を受けた。芥川賞の書きまちがいではない」――高見順は、『昭和文学盛衰史』（講談社、一九六五年九月）の第十八章「津軽の作家」をこのように書き出している。高見はここで、今官一の直木賞受賞を梅崎春生や井伏鱒二、檀一雄らの受賞と並ぶ「見当ちがい」なケースとするとともに、今を「なまじっかな詩よりも美しい文章」を書く作家と評している。この高見の評は今官一の紹介として魅力的であるとともに、青森県初の直木賞作家として知られる今の文学の位置づけの難しさを示唆しているとも言えよう。今の文学に対して「詩的」な性格をとらえ（「今君の本質は詩人だ」（亀井勝一郎）[1]など）、またそのスタイルへのこだわりに「ダンディズム」[2]や「ハイブロウ」な芸術志向を見るような見解は、同時代から今日まで重ねられてきている。だが、そうした評言の多くは印象批評にとどまり、その具体的な特性や意義についての追求は十分になされていない。また、文学研究の領域では、今官一が取り上げられるのは主に友人・太宰治との交流についてであり、その文学自体に対する分析はいまだ乏しい。(3) 直木賞受賞作となった作品集『壁の花』（芸術社、一九五六年三月）のあとがきで、今は自作を「売れ残りや場外れもの」の「歌」とし、それを「売文の商法機構」への「微弱なるレジスタンス」だとしているが、彼自身の意図とは別に、そのテクストはいまだ文学史において位置づけられるべき「場」を見出されていないと考えられる。

こうした状況は、数十年の作家生活で発表した小説が「恐らく八十篇を超えない」(4) という寡作さともあわせて、今を時流にとらわれない「孤高」の存在と捉えるような評価にも結びついてきた。だが、こうした見方は、彼の文学と多様なコンテクストとの関わりを等閑視することにつながるという点で、むしろその具体的特性を把握することを遠ざけているように見える。以上を踏まえつつ、本稿で注目したいのは、今官一の文学を貫く「モダニスト」としての側面である。(5) 今の文学的な歩みについては後述するが、彼は横光利一を師として文壇に登場しており、戦後においても「「なにが書かれたか」ではなくて、「どう書かれたか」といふこと」を重視する「フオルマリスト」(6) と自己規定し、十九世紀的なリアリズム（「素朴な肉眼の自然模倣」）を否定して、「人工」的な「レトリックの実感」を志向することを「二十世紀文学」の正当なあり方として主張しつづける。(7) 従来指摘されてきた彼の「スタイル」へのこだわりとは、こうした方法意識の水準で捉える必要がある。そしてこのような立場に基づく試みを、戦後のいわゆる大衆雑誌・中間小説誌をふくめて幅広いメディアで多様に展開していたことが、今の文学を特徴づけていると言っていい。以上を踏まえれば、「場外れ」のモダニストたる今官一の文学的営為は、日本のモダニズム文学の持ちえた可能性を、既存の文学史的な理解から離れてとらえる手がかりともなり得るだろう。

本稿はいささか概説的となるが、今官一の文学の特性について、特に「アイヌ」をめぐる小説を中心として、様式論的な見地を交えて検討を試みたい。

二　今官一の様式—初期テクストを中心に—

まずは、習作期から戦前までの今官一の文学的な経歴について目を向けておこう。今は少年期から文学への志望を持ち、弘前の東奥義塾に在学していた一九二五年（大正一四年）には、同校に教師として赴任した詩人・福士幸次郎から大きな刺激を受けて、学友とともに同人誌『わらはど』を創刊（同誌の命名は福士による）。当時の習作「書き換へられた運命」（『早稲田第一高等学院学友会雑誌』、一九二七年八月）や「パン屑はまだか！」（『わらはど』第一号、一九二七年一〇月）では、短文の連鎖や無生物主語構文の多用、一文ごとに飛躍を重ねる展開など、いわゆる「新感覚派」的な文体が高度に活用されている。他方、早稲田第一高等学院の在学中からプロレタリア運動に加わり、青木了介の筆名で小説や詩を発表。昭和六年（一九三一）頃から横光利一に師事する。昭和八年頃からは太宰治と親しく交流し、ともに雑誌『青い花』を創刊。昭和一〇年頃には『日本浪曼派』にも参加し、同誌に小説「龍の章」を連載している。(8)

右の簡略な整理でも、今の文学的な歩みが、新感覚派とプロレタリア文学の隆盛期である大正末から、いわゆる「文芸復興期」までの状況と深く結びついていることが明確に見て取れよう。なかでも、「欧文に固有の重層的構文や物質名詞主語構文の導入、動詞と目的語の新規な連携」(9)といった欧文脈的な文体・修辞の活用や、流動的な意識の揺れ動きを形象化するスタイル、また饒舌で説明的な語り口や、いわゆる「小説の小説」（＝メタフィクション）形式の利用は、今の小説様式の基軸をなしているということができる。また、物語内容の面では、昭和一〇年前後の今の小説には、同時期の太宰の創作とも重なり合う〈青年〉の主題(10)が多く扱われている。

以上を踏まえつつ、本稿で特に目を向けておきたいのは、次の三つの特性である。

（1）引用・解読・贋造

今官一の小説においては、何らかの文書・文献を数多く引用し、語り手が理智的な視点でそれを分析あるいは解読していくという形式が、初期から頻繁に見出される。次に挙げるのは、文壇へのデビュー作である「船」（初出『作品』第三巻第八号、一九三二年八月）の序盤の一節である。

父のこの記録癖はすでに年久しいものであつて三十年にわたる公生涯の余暇と晩年に至る閑居時期の五年間こつこつと記録した記録は和紙一千枚に近いもので、私は後述する理由のもとにいまその第六百二十八枚目を参照して記憶をたどりながら外国船漂着の顚末を記してゐるのであるが、年にして十余年、前陸奥国の西海岸の内真部と呼ぶ美林のほとりに醜怪な灰色の砂山を崩しながらこの船は漂着したのである。

（傍線は引用者。以下同じ）

この小説では、「これは歴史になる」という言葉を口癖とし、身近な出来事を「歴史」として記録することに取りつかれていたという父親の遺した文書を語り手「私」がひもとき、その書き落としや「細々しい聞き取りの間違ひ」に対する注釈・考察も交えながら、物語を語っていく（そこでは、「同書の八百枚以降参照」というように、「私の父の記録」を「参照」するよう読者への指示すら為される）。もちろん、先行テクストや文献の引用と解釈による創作スタイルは、パロディの名手であった太宰の小説を挙げるまでもなく、決して珍しいものではない。だが、今の小説に関して注目したいのは、右の「船」にもみられるように、取り上げられる文献がしばしば実在せず、引用という形式を通して架空の古典や歴史資料がまことしやかに作り出されているということだ。代表的な例として、『古今戒訓抄』という架空の説話集からの抜き書きという体裁で、「獏」にまつわる五つの物語を列挙し、説話的文章のパスティーシュを繰り広げる短編「獏供養」（初出『文芸汎論』第七巻第一号、一九三七年一月）を挙げられよう。ここに見られるのは、「引用」という形式で地の文とは異質なエクリチュールを導入し、また「読む」という行為そのものを前景化するテクストのあり方である。そしてそこでは、語り手などによる解釈・解読は必ずしも事態の明確な把握につながることはなく、むしろ語られる事柄の不確かさや、読む主体の意識の揺れ動きが鮮明に提示される。

　こうした架空の文献の引用・解読というスタイルは、彼の戦後の歴史小説にも引き継がれている（その意味でそれは、物語内容の水準では「偽史」的な想像力ともつながっている）。が、この文脈で特に興味深いのは、一九四七〜四九年にかけて雑誌『日本未来派』に連載された「〝Stylus〟詩鈔」[11]である。このテクストでは、「詩を大事にする」「ヤボ」な政治雑誌と設定された架空の雑誌〝Stylus〟に掲載された詩・評論の引用という形式で、実在しない詩人や評論家の「作品」が提示（引用＝創作）されている（なお、後に詩だけが抜き出されて、詩集『隅田川のMISSISSIPPI STYLUS詩鈔』（木曜書房、一九五七年一二月）にまとめられている）。この連載のスタイルについて、今自身は「デッチあげ」の「デッチ」と「ditty」（歌）とを語呂合わせ的に結び付けて「《ditty-up》の詩学」と称しているが、(12) こうした《ditty-up》＝デッチあげの詩学は、今の文学に広く通底する方法としてあったと言うことが可能だろう。

（2）音・文字へのこだわり／言語的な複数性への志向

レトリカルな特性を多様に持つ今官一のスタイルの中でも、特に目を向けておきたいのは、一つ一つの文字や音に対する強いこだわりである。このことは先に挙げた「船」の一節にも見られるが、特に顕著な例として、短編「鼬」（初出『文芸汎論』第六巻第一一号、一九三六年一一月）の一節を見ておきたい。

…語るに落ちたとでもいはうか――それは笑ふべき習性である。人は、さまざまに云ひ倣はしてゐるやうであるが、私たちの土地では、サイゴツぺと呼んで最後の一綴音《シラブル》は半濁音の ppe で止められてゐる。音楽のことは知らぬが、何か最も弱々しい音の表現に、人は、これに似た記号を操るのだと聞き覚えてゐる。むしろこの音なきに近い鼬どもの最極言弱音——Maximum PP. のなかにこそ、彼らが死活の一線が横たはつてゐるのだといふのかもしれない。

ヒヤツカンべと濁るもの、セツナへと全く清音に終わるもの、私たちの知る限りでも、それは可成りな数にのぼつてゐて、いまひとときに尽くしがたいが、要するに、いましも鼬どもは窮迫のどん底に居ること、血路を開くただ一つの方法として、このあくどい臭気の放散が取り残されていることと、この二つの要点に帰納することだけは出来るやうである。（中略）

あの石川平作の半死の頬に天降つた一青年の打擲を、このマキシマムにまで音を忍んだ弱音《ピアニシモ》の止みがたい放出とみなすことは、当を失したことだつたらうか。（中略）

心無い取沙汰も、寒々と肌をさした。嘘だ、咽喉つ笛は鳴らなかつた。この綴り、音にして pfe——弱《ピアノ》く、強《フォルテ》く、そしてそれからエトセトラの e。どんなものをも含むことが出来る。際限なく、無限に。（以下略）

この小説は自殺未遂をした青年[13]・平作とそれを囲む友人たちという、太宰治「道化の華」（一九三五年）にも類似した構図をもつ〈青年〉たちの物語である。右の一節では、鼬のいわゆる「最後っ屁」を表す方言が音声的に解析され、鼬の発する音（「鼬どもの最極言弱音」）そのものに結び付けられていき、また音を表す表記（pfe）が楽譜の強弱記号へと横滑り的に置き換えられ、別様な意味を生み出していく。ここでは、方言を含む音声に対する意識が、青年たちの切実な物語に緊密に結びついているのだ。このような音声ないし文字への意識と物語内容との連関は、今の小説において多様にみとめられる（例えば、後で取り上げる長編『巨いなる樹々の落葉』では、中心人物であるタップカルが「ル」という字を嫌い、「ルの字を抜いた五十音の文法」を用いているとされている）。こうした音・文字へのこだわりは、恩師である福士幸次郎の「音数律論」との関わりを見ることができる(14)。が、視野を広げれば、こうしたことは均質な標準語の表記システムを異化する志向性として、様々な異言語や方言、文語体や漢詩・漢文、さらには暗号や多様なスタイルの詩的表現などを導入する、広い意味での言語的な複数性、あるいは異種混交性への志向ともつながっていると言えよう。

(3)「あいだ」の存在へのまなざし

そして（2）に示したような言語的な複数性への志向は、モチーフの水準では、社会的なマイノリティ、とりわけ国籍やエスニシティにおいて、いわば「あいだ」にある立場の者へのまなざしに結び付いている。次にあげるのは、短編「船」の末尾の一節である。

私はわしりいの甘美なる伝説に耳を傾け、内心にそれとなく父の記録を思ひあはせ、《かなあぶり》《からあぶり》と口吟みやがて切切として胸に迫る異様の圧迫を感じた。私たちの眼の前に黒々と浮んだ木造の巨船が、五彩の花片を散らして疾走する。と、みれば狼藉の卓子を挟んでわしりいは私と対座し、眼のふちを紅く燃やして酒乱の瞳孔を深く据え、気ぜはしく酒卓乱打して、

――俺はろしや人であるか。また、につぽん人であるか。

と息を切つて喚きたてゝゐるのである。制服の胸をぶざまに押し開けて、金釦の音をちやらちやらと響かせ

――そのいづれであるか。いづれでもない。

手をひいてどんと強く胸を打ち唾を吐き眉をつりあげ、口をへの字に曲げて、

――俺はすてんか・らあじんの輩下である。

と歌舞伎もどきの見得を切れば、私はいまにまつたく酒気の消えて空つぽになつた頭を左右に振り、見るものもない視線を虚空にむけて目を見開らき、卒直な舌を故意《ことさら》にからませ、

――す・ち・えんか・る・あ・ず・いんの手下《てえしゆた》でえあ・あ・る。と雷同する。

この小説は、ロシアからの漂着船の唯一の生き残りで、語り手の父により「日本人」として徹底して育てられていった少年「わしりい」をめぐる物語である。その結末では、成長した彼が、自身を「ろしや人」でも「にっぽん人」でもなく、ロシア民謡に謡われる伝説的反逆者「すてんか・らあじん」の「輩下」だと自称する。その「わしりい」の言葉に、かつて左翼運動に参加しつつ、父の急逝後は「わしりい」の後見人として彼の「国籍」を保証する役目をはたしてきた――そのことにおいて、「私自身の国籍をおもふては私はまつたくの無智であつた」というように、自らを安定したアイデンティティを持ちえない中間的な存在だと意識している――語り手「私」が、「故意にからませ」た舌で雷同するという場面で、本作は幕を下ろす。[15]長部日出雄は、今官一の文学に「異邦人の眼」で故郷を見るという性格をとらえているが、それは、ナショナリティの自明性を問い直すこうした文脈と連関するものとみることも可能だろう。

そしてこのことは、今の文学におけるアイヌへの関心とも密接に結びついているように考えられる。節を改めて検討したい。

三　今の小説と昭和一〇年前後の「アイヌ」表象

今官一は、一九三七（昭和一二）年の短編「シアンルル」にはじまり、戦後に至るまで

「アイヌ」の問題を小説に持続的に描き続けている。次に挙げるのは、その一覧である。[16]

①「シアンルル」(『文芸汎論』第七巻第五号、一九三七年五月)

②『巨いなる樹々の落葉』(『文芸汎論』第八巻第八号~第一〇巻第一〇号、一九三八年八月~一九四〇年一一月)

③「氷柱日記」(『現代文学』第三巻第九号、一九四〇年一〇月)

④「日本の霧」(『政界往来』第一二巻第二号、一九四一年二月)

⑤「銀簪」(『立像』第二号、一九五五年一一月) ＊直木賞候補作

⑥「暗い砦」(『壁の花』芸術社、一九五六年三月、所収)

⑦「白鳥の湖」(『オール読物』第一〇巻第一〇号、一九五六年一〇月)

ちなみに、今は「その生涯一度も来道していない」[17]とされており、実人生においてアイヌの人々と直接かかわる契機があったかも定かではない。今自身は晩年の回想で、真杉静江から依頼を受けた調査で図書館に通った際に、「余った時間で、知里真志保の『アイヌ語法概説』を見つけて書き写した」ことを自らのアイヌへの関心の出発点としている。[18]この回想は、彼のアイヌへの関心が何よりも「アイヌ語」という異言語の魅惑にもとづくということを示唆する点で興味深い。ただし、今の小説には、昭和一〇年前後の段階でアイ

ヌの民話・伝承に関連する文献[19]や、神謡から歌人・遺星北斗（一九〇一～一九二九）の短歌・文章に至る幅広いアイヌ文学の受容をみとめることができ、この一冊の本との関わりを過大に重視することはできない。また、佐賀郁郎氏が指摘するように、昭和一〇年前後には、第三回芥川賞を受賞した鶴田知也の「コシャマイン記」（一九三六年）をはじめとして、アイヌを取り上げた文学作品が少なからず発表されていたことも留意が必要だろう。[20]それは巨視的には、文学における「社会性」の要請のもと、外地や植民地を描く小説が数多く発表されていた同時代の状況と連動するものとみられる。[21]今のアイヌへの関心が、こうした状況と交通するものであることは確かだと考えられる。

だが、留意されるべきは、こうした文脈において今の小説がどのような特性を持つのかという点であるだろう。アイヌを取り上げた最初の小説である、「シアンルル」に簡単に目を向けてみたい。この小説では、左翼運動との関わりにより家・郷里を追われ、北海道の兄のもとに身を寄せた青年・金吾が、アイヌの伝承に強くに心をひかれ、自身と、また同世代の「青年」とを「衰弱し、滅んで行く者同志」としてアイヌに重ねていく。やがて彼はアイヌの若者・太田サピンノトクを従者として、アイヌ部落を訪れ、北海を漂泊する旅に出る（その過程が、「三・一五事件」とも並行する形で描かれていく）。だが、その旅のなかで、彼の紀行文たる「鷲の章」の文章は次第に時間的・空間的秩序を欠いた錯乱したものとなり、やがて彼らは雪崩であっけない最期を遂げる。この金吾のありようが「文明病患者」の症状として、またドン・キホーテ的なものとして語られているように、本作に示されるのは、アイヌにあこがれ、近づこうとするようなロマンティシズムへの痛烈なアイロニーであると言っていいだろう。西成彦氏は、鶴田の「コシャマイン記」に「先住民の立場から語る」という文学形式の成立を見ているが[22]、評価は措くとしても、今の試みとそれとの距離は明瞭であるように思われる。

単行本『巨いなる樹々の落葉』（津軽書房、一九七六年九月）のあとがきの中で、今は、「おぞましくも「アイヌ民族」を「衰亡の民」「滅びゆく民族」と規定して、自らをそれになぞらえ、滅びるものの美しさに陶酔しようと企んだ、行動性なき「青白きインテリ」の偽智は、いつごろから私の人生に喰いこんだものだろうか」と語っている。これは一見、若い日の自作への批判のようにみえるが、テクストに即してみる限り、「滅びゆく民族」に「自らをなぞらえ」ることへの批評的な意識は、当初から今の小説にあったと見ることができよう。

そしてこうした立場の延長上に、今の代表作というべき長編小説『巨いなる樹々の落葉』は成立したと考えられる。この長編を詳細に読み解く紙幅はないが、先述した論点も視野に入れて、同作を考えるためのいくつかの視点の提示を試みたい。

四　『巨いなる樹々の落葉』の方法

『巨いなる樹々の落葉』は、一九三八（昭和一三）年から四〇年末に至るまで雑誌『文芸汎論』に連載され、その第一部にあたる「旅雁の章」は、昭和一三年下期の芥川賞候補にもなっている。その後、敗戦後に宇野浩二の跋文を得た単行本の刊行が予定されながら(23)、出版社の倒産によって原稿が行方不明となり、以後三〇年を経た一九七六年になって、ようやく雑誌本文に基づいて単行本が刊行されている。

この小説は、「巨いなる樹々の落葉」という意味を持つアイヌ民族の名門シニオラックの末裔であり、北洋織維工業という大会社の創業者・社長である北見タップカル(24)（日本名・旅雁）を軸とし、その息子で、東京で放蕩生活を送る青年彫刻家のフミライ（雷鳥）、美幌のアイヌの末裔で、タップカルの部落に育った少女アトニ（朱美）、そしてタップカル親子に幼少期から親しく交わってきた日本人の小説家「私」（款二《かん》(25)）との関係を通して物語が進行する。

梗概を簡潔にみておこう。タップカルが息子・フミライの見合い相手としてアトニを連れて上京し、「私」が出迎える。だが、フミライは姿を現すことなく、三人は二か月ものあいだ無為に待ち続ける。その間に「私」はアトニに心を惹かれて行くが、アトニは実はタップカルの子を身に宿し、中絶することを拒み続けていたことが明かされる。そして彼らはある朝、「私」の気づかない間に北見へと帰っていく（以上、「I　旅雁《タップカル》の章」）。タップカルたちが去ったその日、フミライが彼のアトリエに戻ってくる。以降「私」とフミライは、北見でタップカルが病に伏し、大きな動きが起こりつつあることを知りながら、数か月にわたり無為な時間を送り続ける。章の終盤、タップカルの片腕であるストッカ（須藤司）の懇願を受けて、二人はにわかへと北見に向かう。その途中の森の中で、子供を出産し倒れているアトニを見つけるという劇的な展開のなか、「私」は石につまづき、足の爪を割って倒れる（「II　雷鳥《フミライ》の章」）。北見に到着した後、フミライはタップカルの後継者として生き生きと活動し、やがてタップカルが死に、彼を弔うための「イヨマンテ」が盛大に行われる。だが、「私」は足の怪我のために部屋から一歩も出られず、周囲の大きな動きから取り残されて、檻の中の子熊と自らを重ねて煩悶し続けることとなる（「III　朱実《アトニ》の章」）[26]。

このように、本作は直線的に進行する物語を描き出すというよりも、むしろ様々な形で「停滞」・閉塞した状況と、そのなかでの人物の鬱屈や意識・思考の揺れ動きを提示しているということができる（「タップカルは、停滞といふ詞の意味を拡大するためにだけ話題を進めてゐるやうだった」という「I」の一節は象徴的だろう）。このことの持つ意義は後で触れたい。

さて、本作の同時代における特性は、人物設定の水準から認めることができる。先に触れたとおり、タップカルはアイヌの名門の出であるが、部落の酋長であった父親が「和人」により殺されたあと、イギリス人の学者に引き取られて渡英し、長じてはオックスフォード大学で学んだという近代的なエリートだと語られている。すなわち彼は、アイヌ民族と近代のイギリスの双方にアイデンティティを持つ存在としてあるのだ。[27] 作中でタップカルは、「旅に半生を費した」(「I」) ような生活の中で西洋人の古い旅行記を読み続け、他方で、アイヌの神話や神謡を自らのよりどころにしているように描かれる。こうした彼の姿は、その引き裂かれた主体としてのあり方を端的に示すものだろう。なお、その息子のフミライも、父の意向により日本人の家庭(つまり「私」の家)で育てられた、自称「生まれながらの折衷派」であり、父タップカルからは「日本資本主義の申し子」と呼ばれるような存在としてある。こうした設定が、先述した「あいだの存在」に対する今の志向と対応しているのは明らかだろう。

タップカルの物語に目を戻そう。イギリスから帰国した彼は、「旧土人保護法」による給与地と貸した「旧部落」にて、二人の仲間(ストッカ、アンシリカ)とともに製材工場を設立し、それは近代日本の戦争による好況の波に乗って大きく発展していったとされる。社号の「三つのW」(＝「戦争と森林と労働」)について、タップカルは「すべての亡んだアイヌ民族が、生れながらにして額にもつてゐた笞の冠の標識」として、自らの経済的成功をアイヌ民族と本質的に結びついていたものとする。これは「うさぎと亀」の物語に即して「和人は亀だが、アイヌは兎だ」(「Ⅱ」)と語る―すなわち、アイヌには本来的には和人より優れた能力があるとする―タップカルの民族主義的な言葉ともつながっている(この言葉が、「先住民族」としてアイヌを「劣等視」する近代日本の支配的な語りに対する対抗言説としての意味を持つことは見やすい)。だが、こうした彼の活動は一方で、アイヌの旧来の生活文化の喪失に、また帝国日本への「同化」にもつながるものでもある。タップカルは自身が近代資本主義社会における成功者となったことについて、一方では和人の抑圧に対する民族の抵抗のように位置づけつつ、他方では、それが「「アイヌ的伝統」の解消」もしくは消滅につながるという意味で、「己れの滅亡」を目指す「無意味」な情熱だと語っている(以上、「Ⅰ」)。テッサ・モーリス=鈴木氏は、アイヌを「滅びゆく民族」と見なす視点が日本人側からの典型的な意味付けであったのみならず、それがアイヌ自身にとっても「心に書き込まれて」いったことを指摘しているが(28)、本作はこうした状況を、独特なひねりを加えつつ取り入れているのだとも言えよう。実際、典型的な近代青年として描かれるフミライだけでなく、北見の部落で育ってきた女性・アトニも、「一分の隙もない」洋装を身にまとう断髪のモダンガールとして現れ、私を「超現実派」の詩の朗読などのなされる「詩人の夕」へといざなう存在としてある。簡略にまとめれば、ここに見られるのは、アイヌを近代日本にとっての〈遅れた他者〉とみなすような視点から離れて、近代の中で変化にさらされながら、したたかに生き、またそのことによる葛藤を抱え

る存在として描く方向性だと言えるだろう。(29)

ただし、本作が近代のアイヌの表象を主眼としていると見ることには、留保が必要である。ここで、語り手「私」の問題に視点を移してみよう。次に挙げるのは「I」の冒頭部である。

北洋繊維工業の北見タツプカル翁が、この度の上京に際して、私を、上野駅頭に呼び寄せた至急電報の内容が、先づそもく\の問題だつた。
「アトニヲツレタデンプヲムカヘヨ一五ヒツ」
と云ふのが、その全文である。文末の「ツ」はいふまでもなく発信人を現はす「タツプカル」の二番目の綴字であるが、同時に、私たちの間では、約束済みの「列車番号」の略称にも、それはなつてゐるのである。だから「一五ヒツ」だけで、私には十分に筋が通る筈で、その限りでは何の文句もなしに私は「十五日午前六時五〇分上野駅着の東北本線急行第二〇二号列車にタツプカル氏」を出迎へればよかつたわけなのである。

（中略）

…つまりは、そんな風に、個々の列車がそれぐ\の個性を備へてゐること、、しかも、それらが一様に、いつてみれば、不滅の青春とでも云ふに適はしい、早春の蕗の匂ひにつゝまれて、旅から旅を走ることに、尽きない情趣が溢れてゐたわけである。いはば、さうした短い日付けだけの電文の下に一字だけ刻みついてゐる片仮名の暗号は、その各々の特性に従つて、私と翁との間に横たはる三十年の空白を一瞬にして往来する「タ」又は「ツ」又は「カ」号の超特急だつたとも云へる。すべてを為しつくした翁にとつては、一瞬の青春を、私には一瞬にして老い朽ちる未来を、それらの仮名の暗号は、時には暗号してゐるかにみえるのだ。

右のように、本作は、「私」がタップカルからの暗号をふくむ電報を受け取り、その暗号に関して、幾分過剰な意味づけを交えながら長々と注釈的に語るところからはじまる。この冒頭部から、「私」の持つ二つの側面を見ることができよう。第一に、「私」は物語の単なる報告者としてあるというよりも、自らの出会う物事や言葉、また他者と自己の心理をめぐってしばしば論理的かつ饒舌に思考をめぐらして分析をこころみようとする、いわば〈分析・解読する主体〉としてある。なお、「I」で「私」はタップカルに命じられて冒険家スヴェン・ヘディンの旅行記の翻訳に取り組むこととなり、文語調の訳文が本文中に大きく取り入れられていくことになるが、この翻訳のモチーフもまた〈解読〉の一バリエーションととることができるだろう。

また、こうした解読者としての性格は、「論理」や「分別」にこだわり、行動に向かうことのできない「近代青年」である（という自意識を抱く）「私」のありようとも結びついている。[30]先述したように、停滞した無為な状態を反復・変奏する本作の展開が、こうした点と相関していることは見やすいだろう。そして「私」は、同じ「悲しみの季節」を生きる「青年」たるフミライとともに、[31]かつて「直情径行の論理」で「絶対の青春」を生き得たとされるタップカルと、また「メッカ」としての北見とに憧憬を抱き、自分たちにも「カラリと晴れた青春」が訪れることを望む。このように、「近代」的な立場から「アイヌ」を一方向的にまなざし、ロマンティックな憧憬を抱く語り手の姿には、オリエンタリズム的な性格を見ることもできる。

だが、重要なのは、本作においてこうした「私」のありようが幾重にもつまずきを抱えたものとして提示されていることだ。まず、「I」冒頭で「私」が暗号を読み解けず、待ち合わせに失敗してしまうことを皮切りとして、「私」の思考は必ずしも物事の的確な認識につながらず、むしろしばしば意味の取り損ないや誤解に結びついている。例えば、タップカルは「暗号は、多いほど、人の生活を二倍にも三倍にも豊かに」すると言うように謎めいた暗示的な発言を好み、また「神話」と「現実」を、一つの話題の中に錯綜」させるような語り口を用いるが、「私」はそれらをうまく読み解くことができず、しばしば困惑し、「どうもわからない」などと口にすることになる。同様に「私」は、フミライやアトニなどほかの他者との関係においても、しばしば相手の言葉や思いを捉え損ね、誤解し、困惑を示す。別言すれば、「私」の解読者としてのありようは、物語世界の整合的な把握や何らかの真相の開示に向かうというよりは、むしろ世界や他者のとらえ難さを前景化し、ときに増幅していく性格を持つと言うことができよう。

そしてこのこととも連動して、「私」のロマンティックな主体としてのあり方も、作中において繰り返しつまずいていくこととなる。「Ⅱ」の後半で、北見に向かうフミライに同調して「俺も亡びる——俺も巨いなる樹々の落葉だ」と述べ、ロマノフ王朝の「殺された王子」に自らをなぞらえていた「私」は、石の塊りに偶然つまずいて足の爪を割り、「《俺は死ぬ、雷鳥君よ、さようなら、さようなら》」と叫ぶという無様な展開を迎える（ここには、ロマン主義的な「滅びの美学」をパロディ化する性格を見ることもできよう）。そして「Ⅲ」では、北見という場に触発されて「生れかはつた」ような思いを繰り返し抱きつつも、状況や他者との関係の中でその思いは絶えず揺らぎ、もとの懊悩と「ひねくれ」た心へと舞い戻り続ける。(32) このように本作は、「「アイヌ民族」を「衰亡の民」「滅びゆく民族」と規定して、自らをそれになぞらえ(33)」るようなロマンティックなまなざしを、揺らぎに満ちたディスクールを通して絶えず脱臼しているとみられるのである。

以上のようなテクストの性格がもつ意義をとらえる上で、「私」がタップカルの死を聞いた後の場面（「Ⅲ」）に目を向けておこう。

なにを自分で嘆いてゐるのかも分らぬ。抽象的な医者の宣告か、外傷の実質的な苦痛か、それとも、それらを踏み砕く、匹夫の勇の足りなさか――そんな風に、胸つぶれる哀しみでさへも、すぐにも理論でもつて片づけようとする性の果敢なさか。笑つてはいけない。ほんたうに私はさめざめと泣いてゐるのだ。ひとばんぢゆう、なにも聞かぬ、なにも見ぬ、硝子の窓の冷たい漆黒を、ひといろの哀しみとして――頽勢の火花を、そしてこの大闇黒の虚空に散り、燃えつきんとする《巨いなる樹々の落葉》の、最後の一ひら一ひらの、あはれ、いのちのほむらとして、ただ私は盲目の皮膚にどぎつく感ずるだけであつた。

Ra　　　（下
　Ran　　　（降る
　　Ram　　　（低い
　　　Rai　　　（死ぬ

眠気ざましの突風が、思ひ出したやうにして無音の火花を掻きたてる。北見の深夜の平原の大闇黒を緞帳にして、それらは、一瞬一刻の情熱を、絢爛と花咲かせ、下へ――低く――美事に、北見の文法を、縫ひ取り模様の星にして、きらきらと堕ちて行くのである。大往生か、犬死か、それさへ、私は、この眼で見とどけてやることもできなかつたのだ。《タツプカル、ついに、ゆく》風のやうに、ぴようぴようと、北見の風をわたり、ラ・ラン・ラム・ライ、死は、一瞬の下降の速度に過ぎないのだ。
《タツプカル、ついに、死ぬ》

右の場面では、「大往生か、犬死か、それさへ、私は、この眼で見とどけてやることもできなかつた」というようにタップカルの人生の物語を統合的に語りえないということを確認した地点で、「ラ・ラン・ラム・ライ」というアイヌ語の言葉が「私」の意識に現れて行く様相が、「落葉」を想起させるような視覚的配置で提示されている。そしてこの場面は、タップカルがかつて語ったアイヌの墓をめぐる話を経由して、遺星北斗の短歌が列挙される一節に、連想的につながっていくこととなる。

佐賀郁郎氏は本作について、「アイヌ民族の風習、故事来歴、超現実派の詩とでもいうべきアイヌ語の祈りの言葉や横文字の文章など」が「全篇にパッチワークのようにちりばめられている」という特性を指摘した上で、そのために「長編を貫く主題や主人公の北見旅雁の生涯は、それらの枝葉の文脈の中に埋没して、読むものは筋書きを追うのにひと苦労する」と批判的に論じている(34)。だが、そうした性格はむしろ、本作の試みそのものだったのではないだろうか。「北見旅雁の生涯」の物語などを整合的に描き出すのではなく、揺れ動き空転する「私」の意識のありようと、それが遭遇する、アイヌ語をはじめ複数の言語や異質な形式の表現が寄り集まる、豊かな異種混交性を帯びた言語空間を前景化すること。そのような性格にこそ、本作のモダニズム小説としての強度を認めることができるのである。(35)(36)

五　終わりにかえて――今官一の戦後――

最後に、今官一の戦後の活動に目を向けておきたい。

戦後の今は、『幻花行』（一九四九年）や「華麗なるポロネエズ」（『壁の花』所収）など自身の従軍体験に基づく戦記小説や、アイヌや北海道開拓をモチーフとする歴史小説などを手掛け、特に直木賞受賞後は、その活動の場を中間小説雑誌や大衆文芸誌へと広げていく。

だが、はじめに触れたように、こうした戦後のテクストは決して戦前・戦中期の活動から切断されたものではない。例えばその歴史小説は、「長大な文章を引用したり、柄にもない歴史の中へ、まぎれこんだり、性こりもなく、「振り出し」へ戻ったり」（「銀簪」、一九五五年）するといった自己言及も見られるように、多くは架空の文書・資料の引用と解読を重ねるスタイルを通して、歴史の出来事を語ることよりも、むしろ伝承や歴史を形づくる言葉・物語（また、それを語る行為の水準）に光を当てている。(37)また『幻花行』などの戦記小説は、自身の従軍中のメモに基づきつつも、「現実」の記録や証言という枠組みに収斂することはなく、重層的なインターテクスチュアリティとメタフィクション形式の駆使によって、出来事の意味の絶え間ない読み／書き直しの過程を提示している。こうした試みが持つ意義は、それぞれ個別的に検討されねばならない。ただ、本章で取り上げたいのは、今自身が一九六〇年代に「チャンスさえあれば有無を言わずに」「書きまくった」[38]と言う、「津軽」をめぐるテクストである。次に挙げるのは、「私のふるさと」（今官一『コンカン津軽ぶし』所収）の冒頭の一節である。


弘前と書いて「ひろさき」と訓むことになっているのだが、その通りに発音できる人間は、生ッ粋の「弘前ッ子」のなかには一人もいなかった。ぼくらの年代では、ほぼ「シロサキ」が普通だったし、じいさま・ばあさまの頃は、「フィロサギ」で用が足りていた。

　その「シ」も、Shi 音よりは、Suits の Sui 音に近く「フィ」も fi ではなくて Phi であった。そんなことから、弘前文化は、万葉以前であるなどという、民間学者が出たり、ラテン系民族の先住説をとなえる町医者がいたりするのが弘前である。

　他県の人たちには、ちょっと真似の出来ない「ほうはい節」という、古い伝承の民謡があって、いまは文句なしに漢字で、「奉拝節」と統一しているが、ぼくたちの少年の頃は、「ほう・ふえ節」であった。これをフオネティック記に書き改めれば――**Kho・Phae**である。同じ「は行」の「ホ」と「フ」が、二つの言語形式を、それぞれに固持しながら、同居しているのである。日本語の「は行音」は、万葉以前は、全部「**Ph**音」だったのが、だんだんP音が抜けて、今日の単独H音のハヒフへホに進化したのだそうだから、ぼくたちの少年時代は、日本中でも一番遅くきた、それの「過渡期」だったのかも知れない。

（中略）

先年、岩木山麓の岳という温泉に遊んだ、ロシヤのなんとかスキーという音楽家は、男女混浴露天の共同浴場で、とつぜん歌い出した長峰の八十三歳になる婆さまの「ほうはい」を聞いて、うううと呻って浴槽をとび出したそうである。そして、これも慌ててとび出した通訳の、松丸さまの手を握って、

「わんだふる！」

といったそうだ。（以下略）

ここでは、現行の「日本語」とは異なる津軽弁の音声的特性に関する詳細な解説から、「ほうはい節」にロシアの音楽家が「ヨーデル歌法」を見出して「わんだふる！」と（なぜか英語で）言ったという逸話、そしてそのことから「わんだふる」はロシア語だと「弘前っ子」

に伝わり、敗戦後に駐留したアメリカ兵が「わんだふる！」と言うのを聞いた老人が「案ずることはない。あのアメリカ人は、みんなロシア人だがらな」といったというエピソードにつながる。そしてそれは、学術文献の引用を重ねるような体裁で艶笑譚的な話題を語る一節に、また、かつて弘前にいた「亡命ロシア人」をめぐる記憶にも接続していく。同書について今は「まことしやかに引用する津軽史書も津軽古書も、津軽古歌も古伝も、およそは私の贋造」(39)と明かしているが、そのことも含めて、ここでは本章で確認してきた今の方法・発想が自在に活用されていることが明確に見て取れよう。

『コンカン津軽ぶし』の巻末に収められた文章（「《津軽になんかないかもしれない津軽に就いてのバラード》」）で、今は、「私の津軽」を一種の「utopia」としつつ、自作が「映像化時代」の「「津軽」を見てやろうという趣味のブーム」に抗って「書かれた津軽」を生み出す営為であり、同時にそれを「書く」ことが、「私の血管のなかに息づいているものたち」に触れる営みでもあったと述べている。ここには、素朴な「リアリズム」を否定し、あくまでも書かれた言葉の強度、「レトリックの実感」に賭けようとしたモダニストとしての今の面目が、鮮明に示されていると言っていい。そのような「書かれたもの」の射程を個別的に測定する作業にむけての、本論はささやかな序論にほかならない。

注

(1)「津軽のダンディズム―今官一君のこと―」(『東京新聞』、一九五六年七月二二日、引用は『亀井勝一郎全集』第五巻(講談社、一九七二年九月)による)

(2) 前掲亀井勝一郎「津軽のダンディズム―今官一君のこと―」、長部日出雄「異邦人の眼と永遠の青春」(『今官一作品 下巻　月報』津軽書房、一九八〇年八月)など。

(3) 今は、自身の短編「狐」(『作品』第四巻第一一号、一九三三年一一月)が太宰に大きな刺激をもたらし、それが「魚服記」の成立に、また「晩年」にむけた太宰の「進展」に影響を及ぼしたという推測を行っている(今官一「碧落の碑」、辻義一『太宰治の肖像』(楡書房、一九五三年一一月)、のち今官一『わが友 太宰治』(津軽書房、一九九二年六月)に所収)。こうした初期の太宰と今との交通の内実については、人間関係の水準にとどめず、テクストの分析を通して周到に考察される必要があると考えられる。

(4) 小山内時雄「後記」(『今官一作品 下巻』、津軽書房、一九八〇年八月)

(5) 本稿と重なる視点として、佐賀郁郎氏は今官一と横光利一との関わりを重視し、今のスタイルにとりわけ「新心理主義」的な性格を見ている(佐賀郁郎『余も幻の花ならん　今官一と太宰治・私版曼荼羅』北の街社、二〇〇七年八月)。貴重な指摘であるが、本稿では、今のスタイルは「新心理主義」という文脈に収斂できない性格を帯びていることに注目する。

（6）今官一「Ars Amatoria ―「文学と肉体」あるいは「宇宙の神秘」について」（『季刊純文芸誌 肉体』第一巻第三号、一九四八年二月）

（7）今官一「三島由紀夫」（今官一編『文学のふるさと』毎日新聞社、一九五四年一一月）参照。この評論で今は、三島由紀夫の文学にことよせて次のように主張する。――「『仮面の告白』――とは、いいかえれば「レトリックの実感」である。すぐれたレトリックと、仮面の告白をのぞいて、どんな「文学の実質」があるというのか。」

（8）今と日本浪曼派との関わりについては、今官一「架空の城」（『国文学解釈と鑑賞』第四四巻第一号、一九七九年一月）を参照。

（9）井上健「百年前の翻訳からこの百年の翻訳へ―岩野泡鳴・生田長江の訳業を起点に―」（『文学』第一四巻第六号、二〇一三年一一月）

（10）昭和十年前後の〈青年〉の問題については、松本和也『昭和十年前後の太宰治　〈青年〉・メディア・テクスト』（ひつじ書房、二〇〇九年三月）を参照。

（11）『日本未来派』第三号〜第二二号（一九四七年八月〜一九四九年二月）

（12）今官一「あとがき」（前掲『隅田川のMISISSIPPI』）参照。

（13）ここには単なる影響関係というよりも、「自殺の世代」（安藤宏『自意識の昭和文学―現象としての「私」』至文堂、一九九四年三月）の文学としての重なりを見たほうがよいだろう。

（14）今は、福士幸次郎の「日本音数律論」を「日本語の一音一音に、意味をさぐり、それらの一音一音が、日本人の生活のなかで、どのようにひびいているかを考え」る試みだと論じるとともに、それが「強く衝撃的な、わが人生へのモンタージュ」として自身に影響をもたらしたとしている（「「静寂の音（さうんど・おぶ・さいれんす）」を聴く人—福士幸次郎の人と詩に就いて—」、『広場』第一二号、一九七七年四月）。
(15) 前掲長部日出雄「異邦人の眼と永遠の青春」
(16) なお、直接「アイヌ」を取り上げた小説以外に、「北海道開拓」をテーマとした作品も、戦後の長編の代表作『牛飼いの座』（講談社、一九六一年一一月）を含めて複数見られる。
(17) 木原直彦「今官一」（『北海道文学大事典』、北海道文学館編、北海道新聞社、一九八五年一〇月）
(18) 今官一『想い出す人々』（津軽書房、一九八三年七月）、一八七頁
(19) 詳論は行わないが、例えば短編「シアンルル」で語られるアイヌの伝承は、工藤梅次郎『アイヌ民話』（工藤書店、一九二六年三月）を踏まえたものとみられる。
(20) 前掲佐賀郁郎『余も幻の花ならん　今官一と太宰治・私版曼荼羅』参照。なお、佐賀氏は特に、今と旧知の間柄であった八木隆一郎の戯曲「熊の唄」の上演が、今に影響を与えたと推測している。
(21) 松本和也「昭和一〇年代における題材と文学賞」（『昭和一〇年代の文学場を考える』立教大学出版会、二〇一五年三月）参照。
(22) 西成彦「先住民文学の始まり『コシャマイン記』の評価について」（『外地巡礼「越境」的

日本文学論』みすず書房、二〇一八年一月）

(23) このことは渡部佐次馬「今官一小論」（『日本未来派』第二二〇号、一九四九年四月）でも触れられている。

(24)「あとがき（二元放送風に──）」（『巨いなる樹々の落葉』）では、一族の名「シニオラック」がアイヌ語で「「木の葉が群をなし沢山落ちる時節」のことであり、「八月（旧暦）」を意味する月名である」「シニオラップ」の「もじり」であり、また「タップカル」がアイヌ語「タプカル（祭祀の余興に一座の長老が演ずる踏舞）」に基づくことを明かしている。

(25) なお、この小説家「私」はかつてフミライとともに東奥義塾に通い、在学中に福士幸次郎の教えを受けたとされるなど、作者・今官一を想起させるような設定が為されている（登場人物が語り手を「カンちゃん」・「カンさん」と呼ぶことは、このことと対応していよう）。ここには「私小説」めいた形式を通して、タップカルらに実在感を与えること、別言すればタップカルの物語に架空の近現代史としての〈まことしやかさ〉を与えようとする方法を見ることができよう。

(26)『文芸汎論』連載時の表題は「朱実の章（和人埋葬）」。

(27) なお、同じタップカルを主人公とした短編小説「日本の霧」では、彼の会社が日本を代表する大企業として世界的に知られているとされる。ここに描かれるのは、英国にアイデンティティをもつアイヌ人の企業が〈日本の象徴〉として受け取られるという、いくぶんアイロニカルな事態である。

(28) テッサ・モーリス＝鈴木『辺境から眺める　アイヌが経験する近代』(みすず書房、二〇〇〇年七月)、一七七頁

(29) 村井紀氏は、「コシャマイン記」などを取り上げて、日本近代文学が同時代に生きるアイヌに触れることなく「「滅びゆくアイヌ」という幻像」を描き続けていたことを批判しているが(「Tokapuchi(十勝)―上西晴次の ioru(イオル＝アイヌ・ネイション)の闘争」、岡和田晃、マーク・ウィンチェスター編『アイヌ民族否定論に抗する』河出書房新社、二〇一五年一月)、このような点で『巨いなる樹々の落葉』の特異性を見ることもできよう。とはいえ、同作におけるアイヌ表象の内実については、別に慎重な検討を行わなければならない。

(30) 短編「シアンルル」では、「ただ一つのことを決めるにもまる一日は費やし」「それでゐて、その決定が本来はどんな性質のものであるかを知らない」ような金吾のあり方が「世代」的な特性として描かれるが、『巨いなる樹々の落葉』の「私」もこうした文脈を明瞭に引き継いでいる。

(31) ただし付け加えると、「私」はフミライと自身の関係を「アキレスと亀」になぞらえ、フミライの直感や飛躍に富んだ思考との対照で、「私自身の本然的な、愚痴で魯鈍な足どり」を強く意識している(以上「Ⅱ」)。

(32) なお、「Ⅲ」ではこうした「私」の意識や周囲の状況を語る上で、横光利一「機械」と類似し

た語りが繰り返し用いられている。

(33)前掲「あとがき(二元放送風に—)」

(34)前掲佐賀郁郎『余も幻の花ならん　今官一と太宰治・私版曼荼羅』

(35)リピット水田清爾氏は、近代の「国語」と結びついた小説の安定した形式が解体し、多言語性・「分裂した主体性」が示されることを、モダニズム小説の特性と指摘している(「モダニズムにおけるグロテスクと小説の解体について」、『批評空間』第二期第七号、一九九五年一〇月)。

(36)こうしたテクストの性格を日中戦争下の文学としてどのように位置づけるかは、別稿の課題とせざるを得ないが、ここでは結末部にのみ簡単に触れておきたい。本作の結末は、絶え間ない意識の揺れ動きの果て、「私」がアトニと向き合う中で「どこにもいかず」「このまま」でいつづけると「決意」することを、「会心の、大団円」として提示している。この結末は、ちょうど同時期の太宰治の小説における〈ロマンティシズム〉が「〈いま・ここ〉そのものを肯定的に位置づけ直していく動力」(高橋秀太郎「昭和十五年前後の太宰治—その〈ロマンティシズム〉の構造—」、『国語と国文学』第八三巻第六号、二〇〇七年六月)としての性格を持っていたとされることとも、通底すると見ることが可能である。

(37)「本来「告白」というのは、「語られた事」よりも、「語ること」に、より多くの意味と価値をもつものだからである」という語りとともに、アイヌ語の地名にまつわる複数の異なる伝承と証言とが、それを語る行為の意味とあわせて読み解かれていく短編「白鳥の湖」(一九五六年）は、その典型ともみられよう。

（38）今官一「《津軽になんかないかもしれない津軽に就いてのバラード》（あとがきに代えて）」（『コンカン津軽ぶし』、津軽書房、一九六九年一二月）

（39）同右

Ⅷ　三浦 哲郎

三浦哲郎「盆土産」の教材としての可能性

鈴木　愛理

一　はじめに

三浦哲郎の作品は国語教科書に〝幅広く〟採録されてきた。一九七五年から現在に至るまで、中学校・高校の両方で、小説だけでなく随筆も含めて二十三もの作品が教材となってきた。なかでも「盆土産」は、光村図書の中学校教科書『国語２』（一九八七年版）に採録されて以来、途中一九九三年版から二〇〇五年版までは外されたものの、現行の二〇一六年版でも採録されており、三浦作品の中では長きに渡って教材として読まれている。しかし「盆土産」の作品論および教材論は決して多くはなく、教材としての価値が十分に明らかになっているとは言えない。そこで本章では、「盆土産」の教材としての可能性について検討したい。

二　教科書採録の背景

ここでは三浦自身についてと教科書に採録されてきた三浦作品（随筆も含む）を概観し、幅広く教材化されてきた背景について考える。

二―一　作者と作風について

『三浦哲郎自選全集』巻末にある著者自筆の年譜などをもとに、彼が作家になるまでの来歴を中心にまとめる。

一九三一年三月十六日、六人兄弟（兄二人、姉三人）の末弟として青森県八戸市に生まれる。六歳の誕生日に次姉が入水自殺、夏には長兄が失踪、翌年には長姉が睡眠薬自殺をした。戦中は岩手県二戸郡金田一村湯田（父の郷里）に疎開し、新制八戸高等学校を卒業する。一九四九年、早稲田大学政経学部経済学科に入学し、次兄の世話になりながら下宿生活を送るが次兄が失踪、休学届を出し帰郷する。以後数年、血というものについて思い悩むようになる。二年間、中学校の助教諭となり英語と体育とを教えた後、教師をやめ湯田に戻り、「血の問題を忘れようとしても無駄なことがわかった。いっそその血を架空の試験管に採って研究し、理解することが自分自身の生きる道に繋がっていることがわかった。(1)」とし、文学を志す。

一九五二年、早稲田大学仏文科に再入学し、小説の習作を始める。同人雑誌「非情」に発表した作品の機縁で井伏鱒二の知遇を得て師事。一九五五年、「十五歳の周囲」で第二回新潮同人雑誌賞受賞。翌年、海老沢徳子と結婚し、大学を卒業するが就職を断念、貧窮に陥る。

一九五八年、父死去。翌年、原因不明の病を得て帰郷し、姉（難視で、箏曲の稽古場を開いていた）に世話になる。長女誕生。

一九六〇年、上京しＰＲ編集社に就職。妻との恋愛を描いた「忍ぶ川」を『新潮』に発表し、第四十四回芥川賞受賞。翌年、短篇集『忍ぶ川』、『初夜』を刊行し、ＰＲ編集社を退職、文筆生活に入る。

「恥の譜」「初夜」「幻燈画集」（すべて一九六一）など多くの作品で、「病んだ血」「亡びの血」といった家系への怯えとともに生への意志が描かれている。また「血の問題」に限らず、実生活から素材を選択して再構成した作品、方言を巧みに用いた作品が多く、私小説作家として評価された。もちろん、四十年にわたる執筆活動のなかでは私小説以外にも多くの作品が残され、勝又浩は三浦作品の内容を「自伝的な作品」、「物語小説、現代民話説話」、「歴史小説」、「童話」、「ヒューモア・ミステリー」、「随筆紀行」の六つのジャンルに分類している。(2)

短篇を得意であることを自負し、原稿用紙十枚から二十枚の小説・随筆が数多くある。

本人の言によれば、読むのも書くのも短篇を好み、「学生時代に小説の習作をはじめたころから、長大な作品よりも隅々にまで目配りのできる短いものの方が自分の性に合っていると思っていた。それで、短篇作家を志し、たとえ一篇でも、二篇でも、よい短篇小説を世に残したいという願いを持つようになった。(3)」とある。目指す作品については「短篇小説を書くとき一尾の鮎を念頭に置いている。できれば鮎のような姿の作品が書きたい。無駄な装飾のない、簡潔で、すっきりとした作品。小粒でも早瀬に押し流されない力を秘めている作品。素朴ながら時折ひらと身を躍らせて見る人の目に銀鱗の残像を留めるような作品(4)」と述べている。長篇については「これまでに何度か長篇を試みたが、結果はいずれも芳しくなかった。原因はわかっている。長篇の構想というものがまったく不得手な上に、ひたすら短篇の筆法で押し通そうとしたからである。(5)」と告白している。短篇の長さについては少しずつ考えが変わり、「最初は、三十枚できちんとしたものをというのが念願であった。(中略──引用者)けれども、自分で言葉を惜しみながらいくつも書いているうちに、私の短篇小説はだんだん短くなるばかりで、遂に二十枚前後が適量ではないかと思われるに至った。連作短篇集の『拳銃と十五の短篇』や『木馬の騎手』の諸篇もすべて二十枚前後の作品である。／ところが、近頃はその適量も少々怪しくなってきている。／『モザイク』という題で十枚そこそこの短篇小説を書きつづけるようになったのは、自分の自選全集の月報にそのような作品を連作したのがきっかけであった。私の自選全集(全十三巻)は昭和六十二年九月から毎月一巻ずつ刊行され

たが、私は各巻の月報に十二枚の短篇小説を書きつづけた。」と次第に短くなっていった。(6)

主な作品として、「拳銃と十五の短篇」（一九七六、野間文芸賞）、「少年讃歌」（一九八二、日本文学大賞）「白夜を旅する人々」（一九八四、大佛次郎賞）、「じねんじょ」（一九九〇、川端康成文学賞）、『短篇集モザイクI　みちづれ』（一九九一、伊藤整文学賞）、「みのむし」（一九九五、川端康成文学賞）がある。

ドラマ化された作品としては「ユタと不思議な仲間たち」（一九七一）がＮＨＫでテレビドラマ化されたのち、劇団四季によりミュージカル化されたほか、『東奥日報』で連載した最初の新聞小説「繭子ひとり」（一九六三）がＮＨＫ連続テレビ小説の原作となった。映画化された作品は「忍ぶ川」（一九七二に映画化）、「夜の哀しみ」（二〇〇一に映画化）、「乳房」（二〇一二に映画化）である。(7)ＮＨＫラジオドラマ「鶴の墓」（一九六三）、「北の女」（一九六五）、「龍舌蘭の咲く時」（一九六六）、「夜の鳥」（一九六七）、ＮＨＫステレオドラマ「巡礼」（一九六八）など、音声作品も執筆しているほか、八戸南高等学校、八戸西高等学校、白銀南小学校、白銀南中学校の校歌作詞も手掛けている。

ロシア語に翻訳された作品もあり、「忍ぶ川」は『海外文学』という雑誌に掲載されたのち、単行本『二十世紀日本作家作品集』に収録された。一九八五年には、ロシア語の『三浦哲郎短編集』が刊行され、「拳銃」、「蜂」、「楕円形の故郷」、「赤い衣裳」、「パントマイム」などが収録された。

二〇一〇年、心不全のため七十九歳で死去。

二―二　採録状況

ここでは以下の資料を基に、どの三浦作品が教科書に採録されてきたのか、またその推移を確認する。

・阿武泉監修『読んでおきたい名著案内　教科書掲載作品　小中学校編』（日外アソシエーツ、二〇〇八年十二月）
一九四九年から二〇〇六年発行までの小中学校国語教科書に掲載された文学作品の目録
・阿武泉監修『読んでおきたい名著案内　教科書掲載作品　１３０００』（日外アソシエーツ、二〇〇八年四月）
一九四九年から二〇〇六年発行までの高校国語教科書に掲載された文学作品の目録

およそ十年ごとに改訂される学習指導要領に従って教科書も大きく変わる。よって、学習指導要領の改訂が反映される年から、その次の学習指導要領改訂の反映がされる年までをひとつのまとまりとして区切り、表にまとめた（表の数字は、採択している教科書の数）。なお、教科書はおおむね三～四年ごとに改訂されている。

三浦作品採録の推移

高校

〈小説〉	一九七三〜一九八一	一九八二〜一九九三	一九九四〜二〇〇二	二〇〇三〜二〇〇六	初出	所収書籍
石段		九			『群像』一九七五・六	『拳銃と十五の短篇』
おおるり			一	一	『群像』一九七五・四	『拳銃と十五の短篇』
オーリョ・デ・ボーイ			二		『文學界』一九八九・三	『みちづれ』
月蝕		二	一		『すばる』増刊号一九七九・一	『冬の雁』
春愁		一	二	一	『別冊文藝春秋』一九六七・六	『しづ女の生涯』
星夜		二			『波』一九七八・一	『木馬の騎手』
たき火				一	『早稲田文学』一九九一・一二	『ふなうた』
とんかつ			一〇		『三浦哲郎全集』第二巻 月報一九八七・一〇	『みちづれ』
ひばしら			一		『小説新潮』一九九三・一〇	『ふなうた』
めちろ				一	『群像』二〇〇〇・一	『わくらば』

〈随筆〉	一九七三〜一九八一	一九八二〜一九九三	一九九四〜二〇〇二	二〇〇三〜二〇〇六	初出	所収書籍
おふくろの消息	三				毎日新聞一九七二・四・一六	『笹舟日記』
樹の瘤			一		『風景』一九七四・二	『せんべの耳』
ジャスミンと恋人		四			毎日新聞一九七二・九・一七	『笹舟日記』
汁粉に酔うの記		二			毎日新聞一九七二・一一・一二	『笹舟日記』
猫背の小猫		一	一		毎日新聞一九七二・七・三〇	『笹舟日記』
春は夜汽車の窓から		二	二	一	毎日新聞一九七三・三・二五	『笹舟日記』
ふるさと―私の民話体験	二					
方言について	三	一			毎日新聞一九七二・一二・一七	『笹舟日記』
林檎とパイプ		三			『週刊文春』一九七八〜一九七九	『林檎とパイプ』
私の木刀綺譚		一			毎日新聞一九七二・五・二一	『笹舟日記』

中学校

〈小説〉	一九七三〜一九八一	一九八二〜一九九三	一九九四〜二〇〇二	二〇〇三〜二〇〇六	初出	所収書籍
盆土産		二		一	『海』一九七九・一〇	『冬の海』
金色の朝	一				『文藝春秋』一九七二・二	『野』
〈随筆〉	一九七三〜一九八一	一九八二〜一九九三	一九九四〜二〇〇二	二〇〇三〜二〇〇六		
おふくろの筆法		一			『家庭画報』一九七六・一〇	『娘たちの夜なべ』
春は夜汽車の窓から	三	二			毎日新聞一九七三・三・二五	『笹舟日記』

高校教科書における「とんかつ」の採録が最多であるが、その内訳は以下の通りある。
・学校図書「高等学校国語1」一九九四
・教育出版「国語1」一九九四、「国語1改訂版」一九九八
・三省堂「明解国語1」一九九四
・大修館「高等学校国語1」一九九四、「高等学校国語1改訂版」一九九八
・東京書籍「国語1」一九九四、「新編国語1」一九九八
・日本書籍「新版高校国語一」一九九四、「新版高校国語一 二訂版」一九九八
また二〇一七～二〇一八年改訂の高校教科書における三浦作品の採録は、以下の通りである（すべて「とんかつ」）。
・教育出版「新編国語総合」（同単元に採録の作品は、太宰治「葉桜と魔笛」）
・三省堂「明解国語総合〔改訂版〕」（同単元に採録の作品は、宮下奈都「オムライス」）
・東京書籍「新編国語総合」（同単元に採録の作品は、吉田修一「ドライ・クリーニング」）
・数研出版「新編国語総合」（同単元に採録の作品は、鷺沢萠「指」）
現在、学校図書と日本書籍は高校国語教科書を出版していないことを考えると、「とんかつ」は高校一年生の文学教材として定番になりつつあるとみてよいだろう。(8) 三浦より年若い宮下奈都、吉田修一、鷺沢萠と並べられているところを見ると、現代小説のなかでやや昔の位置づけとなっているようである。

なお、本章で取り上げている「盆土産」は、光村図書一社のみではあるが現在も採録が続いている。「教科書レポート」№50に掲載の「2006年度使用 中学校・高等学校教科書の採択結果」によれば、中学校国語教科書における光村図書の採択率は四十六・三パーセントで最も高い[9]ことを考えると、こちらも定番化していると考えてよいかもしれない。ちなみに、同単元に採録の作品は向田邦子の随筆「字のない葉書」である。

二―三　三浦作品が教科書に〝幅広く〟採録されてきた理由

高校の教科書を中心に、小説は十二作品、随筆は十一作品、合わせて二十三作品が教科書に採録されてきた。数多くの作品が採録されるに至った要因について先に述べた作風と合わせて考えると、文章の短さと題材の適切さにあると指摘することができる。教科書に採録する作品を探す場合、長篇は部分採録になるため教材にしにくく敬遠されがちであるが、先述した通り三浦作品には短篇が豊富にある。短篇集が多く刊行されており、「笹舟日記」（一九七二年四月から一九七三年三月まで毎日新聞日曜版に連載）など新聞・雑誌に連載の随筆も多くあったため、教科書編修者の目に留まる機会も多かったのではないか。また小説・随筆ともに親子や家族を題材としたものが多いことも、授業で扱うのに適当と判断される要因となったのではないかと考えられる（「血の問題」に関わる作品は教科書に採られていない）。三浦自身が随筆集のあとがきで「一回十枚半という枚数は、私には随筆というよりは短篇小説の分量である。従って、私はきわめて随筆風な素材を短篇小説を書くつもりで書きつづけたことになる。[10]」と述べているように、随筆も短篇の私小説のような趣である。多くの随筆が採られたのも、読み深める対象として認められるものが多かったからであろう。このように、三浦作品は量と質の両面において教材として適当なものが多かったため、幅広く採録されてきたと言えるだろう。

ひとつの作品が長く採られているために採録数の多い作家もいるが、いくつもの作品が採録されてきた作家は多くはない。夏目漱石、森鷗外、芥川龍之介は、作品数・採録数ともに圧倒的であるが、高校教科書での採録数上位である太宰治（二十六作品）、井伏鱒二（二十四作品）、安部公房（十五作品）、梶井基次郎（十二作品）に比べても作品数では引けを取らない（採録数は遠く及ばないとしても）。なお三浦の同時代作家で幅広く採録されてきた作家としては、大江健三郎（二十五作品）が挙げられる。

また七〇年代の作品が八〇年代から九〇年代にかけて多く採録され、二〇〇〇年代以降やや落ち込む要因としては、三浦作品が現代の文章として採られてきた背景があるように思う。現代の文章はつねにより新しいものへと更新されていくため、現在では村上春樹、吉本ばなな、川上弘美、小川洋子、重松清などにとって代わられているのではないだろうか。

三　教材としての「盆土産」

ここでは先行研究を参照しながら「盆土産」の読みにおける問題を明らかにしたうえで、読みの可能性を探っていく。なお本文は『三浦哲郎自選全集 第八巻』によった。

三―一　作品の舞台

場所について、三村孝志は冒頭のジャッコ釣りの描写は三浦自身の馬渕川（湯田）での打ち釣りの記憶の反映であるとしつつも、「東北の架空の村」としている。(11)本文に「東京の上野駅から近くの町の駅までは、夜行でおよそ八時間かかる。それからバスに乗り換えて、村にいちばん近い停留所まで一時間かかる。」とあり、「えんび」「ジャッコ」などは東北の方言のようではあるが、地名として出てくるのは「東京」と「上野」のみで、方言についても「そのひびきは、実際の方言から三浦さんの感覚が作りだしたもののような気がしてならない。(12)」という阿部幹の指摘があるので、特定はできないという見方をしている。(13)昌子佳広も、方言や三浦の出身地から東北地方の山間部としている。また野中潤は、二〇一六年度の駒沢女子大学での授業で学生が行った調査から、三浦の出身地である八戸の駅からバス便がある山間の村にあるつり橋は八戸市是川西母袋子の新井田川にかかる母袋子橋のみであることを報告し、舞台が特定されるわけではないが土地勘のある読者であればこの橋を想起しうることについて言及している。(14)

時代については、冷凍食品のえびフライやドライアイスが知られていないことや父たちが東京へ通年で工事現場での出稼ぎに行っていることから、一九六〇年代であるという指摘が複数の先行研究でなされている。(15)えびフライという料理自体は明治時代からあったが、一九六一年にえびの輸入自由化により価格が下がったため人気料理となり、冷凍食品のえびフライが一九六二年に加ト吉によって製造された。また高度経済成長により道路・鉄道や建物の建設が盛んになり、人手不足がピークを迎えるのも同じ時期である。

加藤郁夫は、人口の都市集中が進み、農村で過疎化による家族崩壊が加速する時代状況が「盆土産」の背景にあることから、（語りの位相にも着目したうえで）「家族崩壊の予兆の物語」(16)という読みの可能性を示唆している（次節で詳述する）。三村も、一家の生計が出稼ぎの父親にすべてかかっているこの一家の平穏な生活はいつまでも続くとは限らず、「家族の絆や愛情といったものが非常に脆い、危うい現実的基盤に立脚している」(17)ことを指摘している。

先行研究が指摘するように、作品の舞台は一九六〇年代の東北の山村と考えるのが妥当であろう。授業で扱う際、一九六〇年代の日本がどのような状況であったのかを伝えることは学習者の読みを助けることになるだろう。

三―二　語りの特徴

作品の舞台は一九六〇年代であるが、語りの時点はどうだろうか。この作品は一人称小説のようではあるが地の文に一人称の呼称が出てこない。家族に対して「父親」、「姉」、「祖母」という呼称が用いられ、言葉遣いも小学三年生が語っているとは思えない言い回しが多用されている。こうしたことから大人になった語り手が子どもの視点から語っていると考えられる。

このことは先行研究ですでに指摘されており、加藤は「大人になった息子が、自分を前には出さず、あたかも小三の息子が語っているように見せる。その小三の息子の背後に、もう一人の語り手の存在が想定できるのである。つまり、『盆土産』の語りは二層になっているのである。(18)」が、一人称が省略されているために「読者は気づかずに、小三の息子の視点に身を置いたまま、あたかも小三の息子が語っているかのような錯覚を持たされて、読んでしまうのである。(19)」と述べている。さらに「大人になった息子は小三の息子には見えなかった、いや知るすべすらなかったことを知っている。言わずと知れたこの家族の『未来』である。（中略――引用者）知っていながらも、いっさいそのことに触れないで語るのである。いや、知っているからこそ、触れないでいるともいえる。(20)」とあり、「語りの位相に着目することで『盆土産』は優しく温かな家族の物語として読むか、時代の流れの中で家族崩壊の予兆の物語として読むか、全く異なった様相で見えてくる。[21]」と指摘している。

また三村は、加藤の論を引きながら「大人になった息子が語り手だと考えてもよいかもしれないが、この語り手は自分の存在を意識してほしくはないようである。[22]」と述べているが、それがなぜなのかについては言及していない。

野中は、一人称も三人称も使われていないことに言及し、「どちらにも確定できない視点からの叙述がなされているのである。（中略――引用者）作中で盆土産のえびフライをめぐる出来事を体験する小学三年生の少年の一人称視点にぴったりと寄り添いつつも、そこから隔たった場所で出来事を追体験＝言語化する存在、すなわち少年が大人になって過去の出来事を再構成していると受け止めるのが妥当なところであろう。[23]」としている。さらにその語りの方法については次のように評価している。

一般的にはそれは一人称小説として書かれてしかるべきだが、「私」と書いてしまうと、大人視点が強く打ち出されすぎて生き生きとした子どもの感受性を表現するのに不向きであるし、逆に「僕」と書いてしまうと子ども視点のニュアンスが強すぎて小説言語によって精緻な描写をすることが難しくなる。巧みに描写すればするほど、小学三年生の叙述としてのリアリティーが損なわれるからだ。こうした問題を回避するために「哲郎」のような固有名詞を使った三人称小説として書くという方法もあり得るが、しも《ママ》そういう方法を取っていたら、作風が児童文学的なものに感じられてしまった可能性が高い。一人称を使わずに一人称的な叙述を展開するという「盆土産」の方法は、結果的には成功したと考えてよいだろう。[24]

「盆土産」の語りに着目した場合、大人の文体で子どもの視点から書かれている違和から語りの位相が大人であると気づくことができる。それは語られないこと（語れないようなこと）の存在を示唆するが、それはあくまで空所として読者の読みを駆動することに寄与するものであって、語られないことが「家族崩壊の予兆」であると断定することはできないだろう。また一人称も三人称も使用されないことの効果について考えることは、語り手が大人の時点から語りながらも子どもの視点を保持して語る意味（大人の自分の存在を意識してほしくない理由）を考える手がかりになる。それはありありとした〈過去〉を意味するのかもしれない。そしてそれは、なぜ語り手に〈いま〉まざまざと過去が浮かんできたのかという問いにつながっていく。

また黒田俊太郎・幾田伸司は、語り手の性別が明示されていないことから、「盆土産」は語り手の性別の両義性という〈二層化〉を招来するテクストであるとし、教科書の視点人物を男子とする挿絵は〈小三の娘／大人になった娘〉として読む可能性を阻害していると指摘している。(25) また加藤の論と合わせ〈四層に重なる物語〉という発想を取り入れた読みの可能性を示唆しているが、(26) より正確に言うなら二層の重なりのパターンが二通りある（〈小三の息子／大人になった息子〉、〈小三の娘／大人になった娘〉）ということであるから、「四層」とは言えないだろう。

大人とも子どもとも言いきれない、男性とも女性とも断定はできない、語り手の設定が徹底してぼやかされていることへの気づきは、〈語られない何か〉があることへの気づきにつながるだろう。そして、その何かは「家族崩壊の予兆」であると短絡させないところにこそ、この語りの特徴（視点を確定することの困難さ）はあるのではないだろうか。もし家族が崩壊しなかったとしても、こうした語り（何らかの理由で語らない、あるいは語れないことの多い語り）はありうるのではないかという望みが残されているようにも感じさせるからである。

三―三 「えびフライ」と「えんびフライ」

改訂箇所の検討

加藤、三村、昌子が既に指摘している通り、この作品には本文の改訂がある。次の引用の傍線部がその箇所である（傍線は引用者。以下同じ）。


「父っちゃ、帰ったてな?」

　喜作は一級上の四年生だが、偉そうに腕組みをしてこちらの濡れたビールをじろじろと見ながらそういうので、

「んだ。」

と頷いてから、土産は何かと訊かれる前に、

「えびフライ。」

といった。

　喜作は気勢を殺がれたように、口を開けたまままきょとんとしていた。

「……なんどえ?」

「えびフライ。」

「……えびフライって、なにせ?」

　それが知りたければ家にきてみろ。そういいたかったが、見せるだけでも勿体ないのに、ついでに一と口といわれるのがこわくて、

「なんでもねっす。」

と通り過ぎた。

『海』（中央公論社、一九七九年十月号）、『冬の雁』（文藝春秋社、一九八〇）では右記の通りだが、『三浦哲郎自選全集 第八巻』（新潮社、一九八八）、『冬の雁』（文春文庫、一九八九）では「えんびフライ」に改められている。教科書は『冬の雁』（一九八〇）を出典としているため、「えびフライ」である。(27)

この改訂について加藤は、息子も喜作も「えびフライ」と発音できないことを前提としたうえで、「えんびフライ」への改訂は「息子のことばもその発音通りに語ることで、二人を対象化して語っていることになる。(28)」と述べている。つまり「語り手の語られる対象との距離」が明確にあることが示され「語り手は小三の息子その人ではない(29)」という語りの仕掛けをより鮮明にしてみせるものと結論づけている。しかし語り手と語られる対象との距離があることは語り口などから明らかであり、この改訂によって特に強調されることでもないだろう。

昌子は、冒頭における「えびフライ」は慎重に呟いたものであるから「えびフライ」で良いが、「強く意識しないままでいると『えんびフライ』になってしまう(30)」のであれば喜作との会話の場面では「『えんびフライ』になっていたと考えるのが自然である。そして喜作も、同じ土地に同じように暮らしているのだから、仮に語り手の発音が『えび』に近づいたとしても、それを聞き取って『えびフライ』とは発音できないはずである。」と述べ、

「えんびフライと表記されてしかるべき」[31]としている。

加藤や昌子の指摘する通り、不意に（つい、うっかり）口にしてしまうときは「えんびフライ」、慎重に口にする場合は「えびフライ」という発音になり、その発音通りに語るような改訂であったのだとすれば、次の傍線部も改訂されるべきではないだろうか。

　えびフライ。発音がむつかしい。舌がうまく回らない。都会のひとには造作もないことかもしれないが、こちらにはとんと馴染みのない言葉だから、うっかりすると舌を噛みそうになる。フライの方はともかくとして、えびが、存外むつかしい。

　えびフライ。さっき家を出てくるときも、つい、唐突にそう呟いて、姉に、

「まぁた、えんびだ。なして、間にんをいれる？　えんびじゃねくて、えびフライ。」

と訂正された。自分ではえびといっているつもりなのだが、ひとにはえんびときこえるらしい。それが何度繰り返しても直らない。

「唐突にそう呟いて」の「そう」が示しているのは「えびフライ」であり、それは「つい」呟いたものであるから実際には「えんびフライ」になってしまったことが姉の発話からわかる。[32]発音通りに語るならばこの箇所についても「えんびフライ」としたほうが自然ではないか。なぜここは「えびフライ」なのか。

それは、「自分ではえびといっているつもり」であることを表しているのではないかと考えられる。地の文に書かれているものは本人の認識している発音であり、鍵括弧内に書かれているのは実際の発音だとすれば、そのずれを表現していると考えることはできないだろうか（本人は訛っているつもりがないのに他人には訛って聞こえるということは、よくあることではないだろうか）。

そうなると、冒頭の「えびフライ、と呟いてみた。」も実際には「えんびフライ」という発音だったかもしれない。「何度繰り返しても直らない。」とあるので、そうであってもおかしくはないだろう（本当のところは河鹿にも聞こえなかっただろうが）。

東京への思い、地元への思い

「えびフライ、どうもそいつが気に掛かる。」ので何度も呟いてしまうのはわかるが、子どもたちはなぜそんなに発音にこだわるのだろう。子どもたちが「えびフライ」という共通語の発音に直したがっている様子からは、方言や田舎に対する引け目、共通語や東京に対する憧れのようなものが感じられる。次の引用からも、共通語を正式なものと考え、方言をそれに劣るもの、直すことが望ましいものと考えていることがうかがえる。[33]

けれども、そういう姉にしても、これから釣ろうとしている川魚のことを、いつもじゃっこといっている。分校の先生から、本当は雑魚というのだと聞いてきて、

「じゃっこじゃねくて、ざっこ。」

と教えてやっても、姉はじゃっこというのをやめない。もう中学生だから、分校の子どもにものを教わるのは面白くないと見えて、うるさそうに

「そったらごと、とうの昔に憶えでら。」

共通語への思いは一年のほとんど（盆と正月以外）を東京で暮らす父親への思いでもあろう。

『盆にはかえる。十一日の夜行に乗るすけ。みやげは、えびフライ。油とソースを買っておけ』

子どもたちはこの父親からの手紙を読んで「えびフライ」と出会う。文字で出会うのである。ひらがなで「かえる」「みやげ」と書き、「乗るすけ」と口語（方言）で文字を綴る父親だが、「えんびフライ」とはならない。商品名（一般名詞）であるので当然かもしれないが、父親の「えびフライ」をなぞるように正確に発音することが遠くにいる父親に近

づくことでもあるかのように、子どもたちは発音に執している。

えびフライというのは、まだ見たことも食ったこともない。姉に、どんなものか尋ねてみると、

「どったらもんって……えびのフライだえな。えんびじゃなくて、えびフライ。」

姉はにこりともせずにそういって、あとは黙って自分の鼻の頭でも眺めるような目付きをしていた。

そう考えてみると、次の引用で鍵括弧内に書かれた「えびフライ」はそうしたこだわりの結実としてやっと発音できるようになったものとして読め、三点リーダに込められた思いもよくわかるような気がする。

それは、父親がわざわざ東京から盆土産に持って帰るくらいだから、飛び切り旨いものには違いない。だからこそ、気になって、つい、

「えびフライ……。」

と呟いてみないではいられないのだ。

こうしてやっと「えびフライ」という発音を獲得するのだが、父親はいつでも難なく「えび」を訛らずに発音する。

「あんまり食えば蕎麦のだしがなくならえ。」

といううと、父親は薄く笑って、

「わかってらぁに。ひとのことはきにしねで、えびフライをじっくと味わって食え。」

不意に、祖母が噎せて咳込んだ。姉が背中を叩いてやると、小皿にえびのしっぽを吐き出した。

「歯がねえのに、しっぽは無理だえなあ、婆っちゃ。えびは、しっぽを残すのせ。」

と父親が苦笑いしていった。

方言で話しながらも「えび」だけはきっちりと共通語を守り、えびフライのしっぽを当然のごとく残す父親は、東京の人を気取っている（が不完全である）ようにみえる。「真新しいハンチング帽」も都会を象徴するように洒落た「淡い空色」だが、「まだ頭に馴染んでいなくて、谷風にちょっと庇を煽られただけであわてて上から抑えつけなければならなかった。」、「そのハンチングを上から抑えてバスのなかへ駈け込んでいった。」というように、父親は都会をかぶりきれていない。東京にかぶれながら方言の抜け切らない父親のちぐはぐな姿がそこにある。

それと対照的に語られるのが、祖母のはっきりと発音される「えんびフライ」である。

祖母の『なまん、だあうち』[34]の合間に、ふと、

「えんびフライ……。」

という言葉が混じるのを聞いた。

祖母は歯がないから、言葉は大概不明瞭だが、そのときは確かに、えびフライではなく、えんびフライという言葉を漏らしたのだ。

加藤は、祖母が「えんびフライ」と発音するのは自然なことであるのになぜそれが問題となるのかについて、「自分では『えびフライ』と言っているつもりでも、『えんびフライ』としか発音できない息子（つまり息子は『えび』と『えんび』の音が聞き分けられないのである）が、この場面では祖母の言葉を『えんびフライ』と聞き取った[35]」のであり、「『えび』と『えんび』の違いに着目することは、祖母の中にある田舎を見ることであり、それは自分の中にある田舎性に気づくということである。[36]」としている。もしそうならば、語り手自身や父親や姉の発話における「えび」や「えんび」はどう考えればよいのだろう。加藤

の「『えびフライ』は、『盆土産』の中では都会的なものとして出てくるのである。そして田舎に住む息子が発音する『えんびフライ』は田舎的なものを表す。[37]」という解釈は首肯できるが、祖母の「えんびフライ」によって発見されたのは「自分の中の田舎性」ではなく、田舎に対して否定的な自分ではないだろうか。明瞭に発音された「えんびフライ」に田舎を恥じることなく肯定する響きを聞いたのではないか。だからこそ、それまで父親（都会）のほうに向けられていた意識が母親（田舎）の方へと向けられるのだろう。

祖母は昨夜の食卓の様子を（えびのしっぽがのどにつかえたことは抜きにして）祖父と母親に報告しているのだろうかと思った。そういえば、祖父や母親は、生きているうちに、えびのフライなど食ったことがあったろうか。祖父のことは知らないが、まだ田畑を作っているころに早死にした母親は、あんなに旨いものはいちども食わずに死んだのではなかろうか――そんなことを考えているうちに、なんとなく墓を上目でしか見られなくなった。父親は、すこし離れた崖縁に腰を下ろして、黙って煙草をふかしていた。

母の不在への思い、そして不在の父への思い

「盆土産」は帰省する父親を迎え東京に戻る父親を送る話であるが、そもそも盆とは死者の霊魂が帰ってくるのを迎え、一緒に過ごしたのちに送る行事である。そうした時期の物語であるにも拘らず祖母の「えんびフライ」に喚起されるまで母親について何も語られないのは、母親がいない生活が普通のものとして流れているからであり、これまで息子が死者としての母親（あるいは死そのもの）を理解することがなかったからではないだろうか。

三村が指摘するように、「『盆土産』を東京に出稼ぎに行っている父親が盆土産に『えびフライ』をもってきた、家族の愛情や絆を描いた小説とするならば、母を不在にする必要はない」[38]。母不在の設定により、「早死にした母親は……」という考えが浮かぶのであり、「今までは母は死んでしまったんだなあとしか感じていなかったのだが、母はどのように生きたのだろう、何を感じたんだろうというように、明確な形ではないだろうが、考え始めているのではないか。」[39]と三村は述べている。しかし厳密に言えば、母親はどのように死んでいるのか、何を感じることができないのかということに思いが及んだのであって、そこから母親の生を考え始めているかどうかは明言できない。生前の母親へと思いが至るなら

「死んだ母親が好きだったコスモスと桔梗の花を摘みながら」のところでもよいはずだが、そこで何も言及されないのは幼くして母親を亡くしたために思い出せることがないのかもしれない（まるで「ちいさすぎる墓」が象徴するように）。母親を何歳のときにどうして亡くしたのかは定かでないが、祖母と姉に守られて育てられるなかで、母親の不在は当たり前のこととして受けとめられてきたのではないか。母親がえびフライを食べることはなかっただろうし、これからもないと悟ることは、死とは新たな経験ができないものとして理解することでもある。ここに死というかたちによる不在について考え始める物語としての読みの可能性が拓かれる。

母親の死を自分ごととして受けとめたとき、「墓を上目でしか見られなくなった」主人公は、「すこし離れた崖縁に腰を下ろして、黙って煙草をふかしていた」父親をどう見たのだろう。終結部で投げかけられた言葉から考えてみたい。

　父親が夕方の終バスで町を出るので、ひとりで停留所まで送っていった。谷間はすでに日が翳って、雑魚を釣った川原では早くも河鹿が鳴きはじめていた。村はずれの吊橋を渡り終えると、父親は取って付けたように、
「こんだ正月に帰るすけ、もっとゆっくり。」
といった。すると、なぜだか不意にしゃくり上げそうになって、とっさに、

「冬だら、ドライアイスも要らねべな。」

といった。

「いや、そうでもなかべおん。」と父親は首を横に振りながらいった。「冬は汽車のスチームが利きすぎて、汗こ出るくらい暑いすけ。ドライアイスだら、夏どころでなく要るべおん。」

それからまた、停留所まで黙って歩いた。

バスがくると、父親は右手でこちらの頭を鷲摑みにして、

「んだら、ちゃんと留守してれな。」

と揺さぶった。それが、いつもよりすこし手荒くて、それで頭が混乱した。んだら、さいなら、というつもりで、うっかり、

「えんびフライ。」

といってしまった。

バスの乗り口の方へ歩きかけていた父親は、ちょっと驚いたように立ち止まって、苦笑いした。

「わかってらぁに。また買ってくるすけ……。」

父親は、まだなにかいいたげだったが、男車掌が降りてきて道端に痰を吐いてから、

「はい、お早くう。」

といった。

父親は、なにもいわずに、片手にハンチングを上から抑えてバスのなかへ駈け込んでいった。

「はい、発車あ。」

と野太い声で車掌がいった。

この場面の「えびフライ」について、石原千秋は「えびフライ一つで話を持たせた佳作だが、別れ間際の『えんびフライ』は何とも滑稽でもの悲しい。(40)」と述べている。野中は、言葉にすることができない複雑な感情を自覚できないまま表出してしまったものであるが「この万感の思いがこもった『えんびフライ』という発話を父親は、『えびフライをまた買ってきてほしい』という意味で受け止め、苦笑いしながら『わかってらぁに』と答えてしまうのである。息子にとっては父親の存在よりもえびフライの方が重要で、『いっしょに東京に行きたい』とか『行っちゃいやだ』とかではなく、『えびフライを買ってきて欲しい』と言われてしまったと了解したわけだ。／しかし、これはもちろん完全な誤解である。／(中略――引用者) そのことを、この出来事をふりかえることができる年齢になった少年は、あるいはこの場面を叙述している主体は、おそらく切なく悲しい気持ちでかみしめているのである。(41)」と述べている。三村は、「終結部の『えんびフライ』は単に発音を表すものではなく、普通名詞的なものでもない。他に代わりのない、唯一性をもった『えんびフライ』である。[42]」とし、「『他所者』に使う『よそゆきの言葉』ではなく、『えんび』という生活言語で表現した。父親が東京へ行ってしまうのに、東京の言葉で『えびフライ』と言ってしまっては、父親を突き放すようだ。母親の過去に目が向くようになり、父親の未来に目が向くようになってきている。よくはわからないが、漠然とした不安を息子は感じており、その不安感が『えんびフライ』の背後に隠れているのではないか。[43]」と述べている。皆、「えんびフライ」を語り手がうまく言葉にできないでいる想いの表出として捉えている。

しかし昌子は、「『頭が混乱し』『うっかり』本来言うつもりであった言葉とは全く違う『えんびフライ』という言葉を『言ってしまった』のである。語り手自身がそう言っている以上、そうとしか読めない。[44]」とし、「『気持ち』は〔表（おもて）〕にも『ない』し隠れてもいない。[45]」と述べている。

どの論者の指摘にもあるように、「えんびフライ」という言葉は意図的に何らかの気持ちを込めて発せられた言葉ではないだろう。ただ言語化できず自覚することもできなかった何らかの気持ちの昂りが「んだら、さいなら」という別れの言葉を言えなくさせ、「えんびフライ」という故郷の響きを口走らせたのではないか。そしてその気持ちには父親に対する悲しさやさみしさ、不安だけでなく、不満や批判も混ざっていたのではないか。なぜなら「えんび」という音には父親の「えび」を否定するような響きが感じられるからである。

三村が指摘するように「『んだら、ちゃんと留守してれな。』には、父親の息子に対する、家をしっかり守ってほしいというような気持ちが感じられる。(46)」。「それが、いつもより少し手荒くて、それで頭が混乱した。」のは、突然、大人（主人公を男として読むならば、長男）として扱われたことによる不安からでもあるだろう。弱冠小学校三年生、これまで弟／妹として生きてきた者にとって、大人扱いは誇らしいというよりも重荷に感じられる扱いではないだろうか。父親に対し無責任さを感じたかもしれない。「んだら、さいなら」と言えば、留守を引き受けたことになってしまいそうで言えない。かといって「いやだ、行かないで」とも言えない（そう率直に言えるほど幼くもない）。母親の不在（死）に加え、父親の不在が自分にもたらす意味（責任）を漠然と感じるなかで、「うっかり」発せられた言葉が、「えびフライ」ではなく「えんびフライ」と書かれたことに読者はどのような作為（作者の意図）を感じうるか――祖母の「えんびフライ」にはっとしたあとの発話であること、父親は「えびフライ」と発音していたことをふまえれば、父親の都会志向を否定し、母親（家族）や田舎（故郷）への思いをつなぎたいという感情の発露であると読むこともゆるされるのではないだろうか。「えんびフライ」は、生きている父親への言葉にならない叫びのようなものかもしれない。

ただし（繰り返しになるが）、これは当時も、もしかしたら語りの時点でも本人には自覚されていない感情であり、そうした感情を抱えていることすら本人は無自覚である可能性がある。[47]また昌子が指摘していたように、まったく何の感情もなく、うっかり言ってしまった言葉でしかないならより一層、もの悲しく読者に響くのではないだろうか（幼い子どもの何の他意もない一言に真実を知らされるように）。

それは父親に届いただろうか。この作品における父親の「苦笑い」は二回あり、ひとつはえびのしっぽを残すとは知らなかった祖母に対してであり、もうひとつは終結部の主人公の「えんびフライ。」に対してであることを考えると、父親の苦笑いは田舎（故郷）を内心では苦々しく思っていながらそれを紛らしているようにみえ、主人公の思いは（強くではないが暗に）否定されたように読める（もちろん父親も自覚的に否定したのではない）。「えんびフライ」と「苦笑い」は、主人公と父親それぞれの言葉にならない複雑な思いから発現したものであり、言葉にならないがためにすれ違う。男車掌の登場により「まだなにかいいたげ」だった父親は結局「なにもいわずに」バスに乗り、二人はすれ違ったまま、きくことのできなかった言葉だけが主人公に残されてこの作品は終わる。「男車掌が痰を吐いたことを、語り手は見逃さない。父親と息子の別れの場面に、描く『痰』、現実とはそういうものだという声が作品から聞こえてくるように思える。[48]」との指摘があるように、別れとはいつも十分であることがないものかもしれない。

では、大人になった主人公にとって父に投げかけた「えんびフライ」はどういう意味をもつだろう。昌子は、「この『えんびフライ』という言葉が語り手にとって改めてどういう意味をもつもの（であった）か、ということならば、これも語り手・『語り』の問題に関わって、重要な問いになると私は考えている。（中略――引用者）このことを語っている『今』の時点においてはどういう意味をもつものとして意識されているかを問い、思考をめぐらすことは、この作品を読む上で重要だと私は考えるのである。[49]」と述べている。読みの可能性は大人になっている語り手の状況をどう想像するかによってさまざまにあり、昌子もいくつかの読みを展開している。正解があるわけではないが、語り手にとっての「えんびフライ」という言葉の意味を問うことは、なぜこの物語が語られるのかを考えることにつながるだろう。

「えんびフライ」が父親への言葉にならないさまざまな思いであり、それが届かなかったものであるとすれば、父親が故郷をどう思っていたのかのわからなさ（知りたいような、知りたくないような）がこの物語をこのように語らせている理由のひとつであると考えられる。「取って付けたように、『こんだ正月に帰るすけ、もっとゆっくり。』」と言う父親、始めからわかっていたはずなのに翌朝になって「一日半しか休暇を貰えなかったので、今夜の夜行で東京へ帰ると言いだした」父親は家族や故郷をどう思っていたのか――そうした答えのわからない（何らかの理由で聞くことが憚られる）問いが胸に去来するからこそ、この物語は語り出されるのではないだろうか。疑問はほかにもいろいろあるはずだが（正月に帰れないと言っていたのになぜ急に帰ってこられることになったのかなど）当時は何となく聞けないような、聞いてはいけないような空気があったのかもしれない。あるいは父親が帰ってきてくれた嬉しさでどうでもよくなったのかもしれない。それが大人になったいまも疑問のまま残っている。語り手がすでに大人であるにも拘らず当時知り得たこと以上には語らないのは、いまも明らかにしたいようなしたくないような気持ちでいるからではないだろうか。

再び改訂箇所の検討

ここで再び、喜作との会話における「えびフライ」、「えんびフライ」について検討する。昌子は、「この場面における発話（発音）が『えびフライ』であった可能性も一方では否めないと私は考えている。即ち、語り手は喜作のいくぶん高慢な態度が気に食わず、（中略――引用者）張り合うような気持ちで言ったのだと解釈できる。このとき喜作にはおそらく何物かわからないであろう我が家の土産を、意図的に、強調的に『え・び・フライ』と言ったとも想像できるのだ。それを二度繰り返されたことにより喜作もまた相手の言葉をなぞって慎重に『え・び・フライ』と返したとも想像できる。」(50)と指摘している。「えびフライ」と発音することも不可能ではないと考えるならば、「えびフライ」、「えんびフライ」

のどちらがより自然であるかより、どちらが作品の読みをより豊かにするかを、作品全体やほかの「えびフライ」、「えんびフライ」との関係をふまえて吟味すべきだろう（どちらが正しいということではなく）。

終結部の「えんびフライ」がより効果的に響くためには、喜作との会話においては「えびフライ」のほうが好ましいのではないかと私は考える。何度も呟くうちに獲得した「えびフライ」を誇示する場面があったほうが、祖母の「えんびフライ」に着目する理由や終結部で（「えびフライ」と言えるのに）「えんびフライ」と言ってしまった意味（効果）を考えることができるからである。喜作がなぜすぐに発音できるのかについては、耳で聞いたものをおうむ返しにしただけで、えびのフライという意味をわかって言っているのではないかもしれない。

終結部の「えんびフライ」が「他に代わりのない、唯一性をもった『えんびフライ』」(51)であることを際立たせるためにも、喜作とのやりとりでは「えびフライ」であったほうがよいだろう。終結部の「えんびフライ」は、きのう家族で食べた「揚げたてのえびフライは、口のなかに入れると、しゃおっ、というような音を立てた。噛むと、緻密な肉のなかで前歯が微かに軋むような、いい歯応えで、このあたりで胡桃味といっている得もいわれない旨さが口のなかにひろがった。」あのえびフライのことを指すのである。「しゃおっ」という独特な擬音語や、「胡桃味」という方言でしか表すことのできない、あのえびフライを示すのである。

三—四　題名としての「盆土産」

「盆土産」は、両親不在の不安について漠然と気づく物語であり、大人になったいまもそれを抱え続けている者の物語である。物語の鍵になるのは「えびフライ」であり「えんびフライ」であることから方言を巧みに用いた作品といえるだろう。またえびフライが「盆土産」であることも重要であると考える。

喜作が「真新しい、派手な横縞のTシャツをぎこちなく着て、腰には何連発かの細長い花火の筒を二本、刀のように差していた。」こと、また「正直いって土産がすこし心許なかった。」と心配する様子から、父親から盆土産に何をもらうかはこの地域の子どもたちの関心事であったに違いない（いまでいうとクリスマス・プレゼントやお年玉だろうか）。子どもたちは父親からもらったものを見せ合い、自慢し合うのかもしれない。「冬だら、ドライアイスも要らねべな。」とあるので、正月にも土産はあったのだろう（持ち帰る大変さを強調するのであれば、この物語の設定は冬の方がよかったくらいだ）。しかし盆土産としたのは、自然と母親に思いを馳せる展開にするためであろう。

野中は、父親が持ち帰ったえびフライが六尾であるのは祖父と母親を合わせた家族全員の数字が六であるからとし、「少年と姉が食べたのは死者のためのえびフライだったのかも知れない」[52]と述べている。もしそうであるなら、そこには父親の母親や祖父（父親からみた妻と父）への思いがあったことが読み取れるだろう。つまり父親は生きている家族を喜ばすことだけを考えていたのではなかったということになる。そのことに主人公は気づいているのか、気づいているとすればどの時点で気づいたと考えられるかによって、父親に対する主人公への思いの読みも変わってくるだろう。

また盆とは、釈迦の弟子の目連が、死んだ母が餓鬼道（嫉妬や吝嗇の報いとして飲食ができず飢餓に苦しむ道）に落ち、逆さに吊るされて苦しんでいるのを救おうとして、釈迦に教えを請い、供養して祭ったものであること[53]、また死者、精霊を〈みたま〉としてまつるだけでなく、現存の親を〈いきみたま〉[54]とし、魚をとって供え、もろこいはい、生盆、ぼんざかななどと称することがあることなども合わせて考えると、死者である母親がえびフライを食べられないと気づくことや父親のために雑魚を取って準備することが供養という行為への導線にみえる（考えすぎかもしれないが）。

題名が「えびフライ」や「えんびフライ」でなく「盆土産」であることの意味について考えてみることは、物語の主題を考える手がかりになるだろう。

四　「テクスト外読書」の提案

本文の精読に向かうに当たってどんな問いを立てればよいのか――教師が発問というかたちで問いかけている〈読みを深めるための問い〉を、子どもたち自身が立てる手立てのひとつとして「テクスト外読書」を提案したい。

「テクスト外読書」とは、「当該のテクスト以外の情報と合わせてそのテクストを読むということである。すなわち、他のテクストに関する情報と合わせて読んだり、作家に関する情報と合わせて読んだりすることである。テクストのテーマを考えたり、メッセージを探ったりすることにもなる。」(55)。くらべ読みや並行読書、読書案内なども「テクスト外読書」に重なるものであろう。「盆土産」の「テクスト内読解」を助ける「テクスト外読書」のすすめについて、教科書教材および三浦作品を中心に考えてみる。

回想する物語としては、ヘルマン＝ヘッセ（高橋健二訳）「少年の日の思い出」がある。こちらは語り出すきっかけが物語の冒頭に描かれ、これまで語られなかった理由が思い出の苦さにあることが明らかであるが、「盆土産」ではそれらについて明確に書かれていない（現行の光村図書の教科書では「少年の日の思い出」が一年生、「盆土産」は二年生に載っているので、学習を振り返るかたちで触れることが可能であろう）。また、ありし日の父について語る向田邦子「字のない葉書」は大人になってから父を語っている点が「盆土産」と共通している。「字のない葉書」は、暴君でありながら愛情深いという父の二面性を描いているが、それに比べて「盆土産」はどうだろうか。父のもう一面はあるのか、あるとすればどんな一面かという読みを喚起するだろう。

父と息子の物語としては、宮沢賢治「やまなし」、重松清「カレーライス」、立松和平「海の命」、椎名誠「風呂場の散髪」、魯迅「故郷」がある。息子の成長への気づき、父と息子の対話の成立（および不成立）、父の視点、など「盆土産」の読みを広げる視点が得られるだろう。（父と娘の物語は、思い当たるものがない。）母不在の物語は少ないが、宮沢賢治「やまなし」、斎藤隆介「モチモチの木」がある。

タイトルから考えると、スーザン＝バーレイ（小川仁央訳）「わすれられないおくりもの」はどうだろうか。かたちとしては残らない贈り物としてのえびフライの意味を考えるにはよいだろう。

三浦作品では、出稼ぎをモチーフとした短篇作品群が考えられる。和田悦子によれば、出稼ぎをモチーフにした三浦哲郎の短篇作品は十八あり、作品の構図によって次の五つに整理される[56]。

【Ⅰ】出稼ぎ者の家族の生活に焦点をあてた作品群
＝出稼ぎを取り巻く外部的状況に焦点をあてた作品群
【Ⅰ―A】出稼ぎに出る前の（出稼ぎを暗示させる）段階
「星夜」
【Ⅰ―B】村に暮らす家族の生活が出稼ぎに出ている夫や父親により変化していく段階
「蜂」、「ボールペン」、「金色の朝」、「接吻」、「盆土産」
【Ⅰ―C】出稼ぎの日常化により、農村生活に消費文化が流入し、崩壊に向かう段階
「秋風」、「遊び」、「出刃」、「ロボット」、「手踊り」、「休猟区にて」
【Ⅰ―D】農村生活が崩壊した段階（崩壊に至るまでの過程を回想的に織り混ぜて）
「鳥寄せ」、「付添い」、「倅のちゃぼ」
【Ⅱ】出稼ぎ者の閉塞した生活に焦点をあてた作品群
＝出稼ぎによって変わっていく、出稼ぎ者自身の内面に焦点をあてた作品群
【Ⅱ―E】都市にも村にも居場所を見いだせなくなった出稼ぎ労働者の疎外感
「楕円形の故郷」、「寒雀」、「沈丁花」

黒田・幾田は、和田の作品分析をもとに「一八作品で描かれる家族は、それぞれ別々の家族だが、〈出稼ぎもの〉という視座を導入した場合、ⅠとⅡの作品群は相互補完関係に

置かれ、例えば『盆土産』で描かれなかった父親の心情を、Ⅱの作品群の登場人物の心情を代入して想像するというような読書行為が成立するだろう。[57]」と述べている。また「盆土産」に描かれなかった部分を他作品で補完することの功罪については、次のように述べている。

〈出稼ぎもの〉という視座を積極的に導入した場合、「盆土産」に描かれなかった部分を、他の〈出稼ぎもの〉によって補完することで、一個の完成した物語のイメージを獲得することが可能となる。こうした読みのメリットは、「わかってらぁに。また買ってくるすけ……」と言った父親が帰って来ないという「未来」を全く想像しない読者に、〈崩壊する未来〉という一つの解釈の可能性を提供してくれることだろう。「盆土産」に教科書で接した現代の中学二年生の多くがそうした読者だとすれば、〈出稼ぎもの〉という視座の導入は、その意味で極めて有効に機能すると考えられる。

ただし、そうした読書行為は、取りも直さず、〝三浦哲郎文学〟という体系の中に作品を位置づけようとする作家論的な読みに他ならず、〈崩壊する未来〉以外の解釈を斥けたいという欲望と隣接している。すなわち、「盆土産」の多様な解釈の可能性を狭めてしまうというデメリットも内包されているということだ。

「盆土産」を読む際、こうしたデメリットも意識した上で、〈出稼ぎもの〉という視座を取り入れ、出稼ぎをめぐる同時代状況のイメージを補足するような実践を構想することが望まれる。そのような〈悲劇〉は物語の中だけの出来事ではなく、現実に起こっていたことでもあるからだ(58)。

作品の描く時代状況をふまえることは、作品を理解するひとつの助けとして重要である。そのために同じ時代を舞台とした他の作品を読むこともまた、ひとつの方法だろう。ただ国語科での読みは、そうした時代を知るために読むものではない。ある時代の悲劇を知るために読むような内容主義的な読みをいざなう活動は斥けられるべきであろう。あくまで、その作品だけでは思いの及ばない読みへの呼び水として機能するようなテクスト外読書の工夫が必要であり、それは読者（学習者）の読みに寄り添って考えられなければならない。「盆土産」に描かれない部分を他の作品で補完するために他の作品を読むのではなくて、読みの可能性を広げるために読むということを忘れてはいけない。

〈出稼ぎもの〉のなかで「盆土産」と構図的にもっとも近い作品は、「ボールペン」（初出・『風景』（一九六七・九）その後、『野』に所収）である。「盆土産」の初出は『海』（一九七九・一〇）であるから、それより十年ほど前に書かれた作品である。どちらも、夏に出稼ぎ先から父が帰ってくる話で、父親を待つ場面から始まり、父親を迎え家族とともに過ごす場面、翌日、父親と別れる場面という展開になっている。

「ボールペン」は三人称で語られており、〈崩壊する未来〉を（ときに不自然なくらい）はっきりと暗示している。作品の詳細な分析については和田の論を参照してもらいたいが、「ボールペン」での父親は正月に比べて少し太って日に焼けておらず（土木作業の仕事を辞めていることを暗示）、「睫毛が気味悪いほど濃い女」を連れて帰郷し、「会社の監視人」だと偽りの弁明をし、（都会で女をつくったことを暗示）、夫婦生活を拒絶し、妻へ「俺が帰るたんびに、お前の目はだんだん腐っていくみたいだな。」と罵詈を浴びせる（結婚生活破綻の暗示）。「ふっと、父親がこうしてだんだん自分たちの生活から離れていって、いつのまにか都会の人になってしまいそうな不安が彼の心に忍び寄ってくる。」、「ふと彼は、父親はもう二度とこの土地へは帰ってこないのではないかという不安に襲われた。」と本文にあることから、当時すでに〈崩壊する未来〉をうすうす感じていたことがわかる。また、父親との別れの場面で、少年は父親から渡されたボールペンで「本当の住所かわからない」父親の住所を必死に書き留めたあとに、「これが父親の形見になるのではないか、というような不吉な予感は、そのときの彼にはこなかった。」という語り手の言葉が続くことにより、当時の不安が的中したことが明示される。

和田は、「『ボールペン』『接吻』『盆土産』は、東京と地方とに暮らす父親と子供との文化的、心理的な距離を子供の目を通して描き、その距離がいずれ家族関係そのものの崩壊を招くであろうことを暗示させる内容になっている。[59]」と、三作品をひとくくりにして指摘しているが果たしてそうだろうか。「盆土産」のみを読むならば、〈崩壊する未来〉ははっきりとは暗示されていない（はっきりとでなく、それとなく示すことが「暗示」なのだとしても）。少なくとも、他作品に比べてもっとも弱い暗示になっている。「盆土産」に描かれていないこと、言われていない言葉をほかの作品で埋めてしまうまえに、「ごく弱い暗示」という表現について考えてみるべきではないだろうか。なぜ「盆土産」には書かれなかったのか、書かれていたら読みはどうなったか、書かれなかったことについての評価（是非、好悪）を考えることができるはずである。「盆土産」と、ほかの〈出稼ぎもの〉を比べ、異なる点を基軸としていくことでそれぞれの作品の読みを深めていけるのではないかと考える。都会の象徴であり、父親との思い出の象徴にもなるえびフライ（消えもの）やボールペン（形が残るもの）についても比較して考えることができるだろう。

〈出稼ぎもの〉以外の三浦作品では、「血の問題」に関する三浦作品の読みが「盆土産」の父親像を大きく変えるだろう。進藤純孝は、「氏の筆は、『ふるさとを捨てることでやっと自分の生活をつかむことができた者』の生を写し、生を確かめ、生を拓いてゆく。[60]」、「氏の文学が、いつも変わらず『うぶ』であるのは、さすらいびとの文学であり、漂白に明け暮れてただ明日を思う呼吸に貫かれているからだろう。（中略――引用者）漂白とは、限りないめぐりあいとわかれの繰返し。わかれねばならぬ者とめぐりあい、めぐりあってもわかれねばならぬとわかっている。それでいて、めぐりあいも、わかれも、丹念に息づく。

それが放浪に生を賭ける精神であろう。(61)」と評している。「盆土産」の父親と主人公も同じだということではなく、「盆土産」だけでは思いが及びにくい読みの可能性を拓く読書になると考える。

五　おわりに

「盆土産」は、語りの特殊性、方言の使用、母の不在など、読み深める鍵をみつけやすい作品でありながら、それらを合わせてどう解釈するのか、読みを統合していくことが困難な作品でもある。ここに示した読みの可能性をすべて授業で扱うことは難しいかもしれない。ほかの教材で学習したこと・することとのバランスを考え、「盆土産」でこそ取り上げなければならないこと（つけたい力）とは何かをそれぞれの教室で考えてもらいたい。

文学教育の目標のひとつは自立した読者の育成にある。言葉や表現を丁寧に辿りながら読み解く力をつけることがゴールなのでない。また日常の読書においてもつねに深く読めるようになることを要求しているのでもない。ある作品が自分にとってどのような意味をもつのか、作品を意味づけていくことができるための方略を自分のものにし、自分の必要に応じて使いこなせる人になってもらいたい。語りや設定などといった文学用語が、どんなときにどのように有効であるのかを理解し、実際に使えるものとして身につけてもらいたいのである。

読むたびに読みは更新され（読みは一回性のもの）、意味づけ直されていく。「盆土産」の難解さや複雑さはその楽しみやおもしろさに気づくことに有効にはたらくだろう。疑問、他者の（同意しかねる）読み、ほかの本の読み、自分の経験、再読などによって、読みがつねに突き崩されていくことのなかにこそ読むことのよろこびがあるのではないだろうか。

参考引用文献

・阿部幹「ガリ版切るがごとく」（『作家生活50年　三浦哲郎の世界』デーリー東北新聞社、二〇〇五年十月）
・阿武泉監修『読んでおきたい名著案内　教科書掲載作品　小中学校編』（日外アソシエーツ、二〇〇八年十二月）
・阿武泉監修『読んでおきたい名著案内　教科書掲載作品　１３０００』（日外アソシエーツ、二〇〇八年四月）
・石原千秋『国語教科書の中の「日本」』（筑摩書房、二〇〇九年九月）
・勝又浩「作家案内―三浦哲郎」（『拳銃と十五の短篇』講談社、一九八九年二月）

・加藤郁夫「『盆土産』（三浦哲郎）を読む―二層に重なる物語」（『月刊国語教育』第二十六巻第五号／通巻三一二号、東京法令出版、二〇〇六年七月）
・加藤郁夫「『えびフライ』と『えんびフライ』―『盆土産』の改訂に関わって」（『日文協国語教育』三十六号、日本文学協会国語教育部会、二〇〇六年八月）
・上谷順三郎「想像力養成のための『文学を読む』授業」（『月刊国語教育』第二十六巻第五号／通巻三一二号、東京法令出版、二〇〇六年七月）
・黒田俊太郎・幾田伸司「『盆土産』（三浦哲郎）教材研究のための覚え書き」（『語文と教育』第三十二号、鳴門教育大学国語教育学会、二〇一八年九月）
・昌子佳広「文学教材『盆土産』（三浦哲郎）の教材研究―「語り」の問題とその教材性―」（『茨城大学教育学部研究紀要 教育科学』六〇号、二〇一一年三月）
・進藤純孝「巻末作家論＝三浦哲郎「今日も旅ゆく」筆」（『現代の文学30 北杜夫 三浦哲郎』講談社、一九七二年七月）
・高木まさき・寺井正憲・中村敦雄・山元隆春編著『国語科重要用語事典』（明治図書、二〇一五年八月）
・野中潤「教材としての『盆土産』（三浦哲郎）」（『国文学論考』五十三号、都留文科大学国文学会、二〇一七年三月）
・三浦哲郎『三浦哲郎自選全集 第四巻』（新潮社、一九八七年十二月）

・三浦哲郎『三浦哲郎自選全集 第七巻』（新潮社、一九八八年三月）
・三浦哲郎『三浦哲郎自選全集 第八巻』（新潮社、一九八八年四月）
・三浦哲郎『三浦哲郎自選全集 第十三巻』（新潮社、一九八八年九月）
・三浦哲郎「あとがき」（『短篇集モザイクI みちづれ』新潮社、一九九一年二月）
・三村孝志「三浦哲郎『盆土産』の改訂をめぐって―自らの読みを作る―」（『月刊国語教育研究』四五五、日本国語教育学会、二〇一〇年三月）
・三村孝志「三浦哲郎『盆土産』論」（『新大國語』三十三号、新潟大学教育学部国語国文学会、二〇一〇年八月）
・和田悦子「三浦哲郎短篇小説論―〈出稼ぎもの〉における〈崩壊〉の構図―」（『文月』二巻、文月刊行会、一九九七年四月）
・『教科書レポート』№50（日本出版労働組合連合会、二〇〇六年八月）

注

（1）三浦哲郎「著者年譜」（『三浦哲郎自選全集 第十三巻』新潮社、一九八八年九月）四二六頁
（2）勝又浩「作家案内―三浦哲郎」（『拳銃と十五の短篇』講談社、一九八九年二月）
（3）三浦哲郎「あとがき」（『短篇集モザイクI みちづれ』新潮社、一九九一年二月）二八六頁
（4）三浦哲郎「一尾の鮎」（『三浦哲郎自選全集 第十三巻』新潮社、一九八八年九月）三〇三頁（初

出・『文學界』一九八八年二月）
（5）4に同じ、三〇六頁
（6）3に同じ、二八六～二八七頁
（7）昭和の作家の短篇小説六作品をオムニバスで映画化した「ＢＵＮＧＯ～ささやかな欲望～」に収録。
（8）高校国語教科書を出版しているのはほかに、大修館、明治書院、筑摩書房、第一学習社、桐原書店。
（9）『教科書レポート』№50（日本出版労働組合連合会、二〇〇六年八月）六九頁
（10）三浦哲郎『三浦哲郎自選全集 第四巻』（新潮社、一九八七年十二月）四五二頁（初出・「あとがき」『笹船日記』毎日新聞社、一九七三年五月）
（11）三村孝志「三浦哲郎『盆土産』論」（『新大國語』三十三号、新潟大学教育学部国語国文学会、二〇一〇年八月）
（12）阿部幹「ガリ版切るがごとく」（『作家生活50年 三浦哲郎の世界』デーリー東北新聞社、二〇〇五年十月）
（13）昌子佳広「文学教材『盆土産』（三浦哲郎）の教材研究―「語り」の問題とその教材性―」（『茨城大学教育学部研究紀要 教育科学』六〇号、二〇一一年三月）
（14）野中潤「教材としての『盆土産』（三浦哲郎）」（『国文学論考』五十三号、都留文科大学国文学会、二〇一七年三月）

(15) 加藤郁夫「『盆土産』(三浦哲郎)を読む—二層に重なる物語」(『月刊国語教育』第二十六巻第五号/通巻三一二号、東京法令出版、二〇〇六年七月)、三村孝志「三浦哲郎『盆土産』論」(『新大國語』三十三号、新潟大学教育学部国語国文学会、二〇一〇年八月)、昌子佳広「文学教材『盆土産』(三浦哲郎)の教材研究—「語り」の問題とその教材性—」(『茨城大学教育学部研究紀要 教育科学』六〇号、二〇一一年三月)、野中潤「教材としての『盆土産』(三浦哲郎)」(『国文学論考』五十三号、都留文科大学国文学会、二〇一七年三月)ほか

(16) 加藤郁夫「『盆土産』(三浦哲郎)を読む—二層に重なる物語」(『月刊国語教育』第二十六巻第五号/通巻三一二号、東京法令出版、二〇〇六年八月)六五頁

(17) 11に同じ、二三頁

(18) 16に同じ、六四頁

(19) 16に同じ、六四頁

(20) 16に同じ、六五頁

(21) 16に同じ、六五頁

(22) 11に同じ、一六頁

(23) 14に同じ、八二頁

(24) 14に同じ、八二頁

(25) 黒田俊太郎・幾田伸司「『盆土産』(三浦哲郎)教材研究のための覚え書き」(『語文と教育』

第三十二号、鳴門教育大学国語教育学会、二〇一八年九月）一四頁

(26) 25に同じ、一四頁

(27) さらに、教科書という特性から本文全体において、未習の漢字についてはひらがなに、既習の漢字については漢字に改められて表記されている。

(28) 加藤郁夫「『えびフライ』と『えんびフライ』―『盆土産』の改訂に関わって」（『日文協国語教育』三十六号、日本文学協会国語教育部会、二〇〇六年八月）七七頁

(29) 28に同じ、七八頁

(30) 13に同じ、五頁

(31) 13に同じ、五頁

(32) 三村孝志「三浦哲郎『盆土産』の改訂をめぐって―自らの読みを作る―」（『月刊国語教育研究』四五五、日本国語教育学会、二〇一〇年三月）によれば、中学三年生に「盆土産」を読ませ、「えびフライ」が「えんびフライ」になった箇所が三箇所あることを伝えると、この箇所と冒頭を指摘したそうである。

(33) これは二人に限ったことではなく、当時の国語教室の反映であると考えられる。「戦後すぐは、共通語指導が熱心に行われ、特に１９５０年代は、『実践国語』誌上で標準語論争（１９５４）が繰り広げられるなど、戦後最も盛り上がりを見せた時期である。こうした共通語教育は、民主的な社会や誰でも等しく話すことができる社会の形成を目指して行われてきたと言える。

（中略――引用者）一方、方言は長く抑圧されてきたという歴史を負っている。特に、戦前は方言札の使用など、方言を矯正・排斥するような動きが多く見られた。戦後共通語教育と呼ばれるようになってからも、方言を共通語に直していくような共通語指導が行われることも多かった。」（小野寺泰子「161 共通語と方言」高木まさき・寺井正憲・中村敦雄・山元隆春編著『国語科重要用語事典』明治図書、二〇一五年八月、一七五頁）

(34) この訛りかたは三浦の母と同じものでもある。「姉の言い付け通り、毎朝湯呑みの水を換え、なまんだうちと呟いて香を焚く。なまんだうちというのは、おふくろの唱える南無阿弥陀仏がいつもきまってそうきこえたからである。」（三浦哲郎「なまんだうち抄」『三浦哲郎自選全集 第十三巻』新潮社、一九八八年九月、二〇九頁（初出・『すばる』一九八四年四月））

(35) 16に同じ、六三〜六四頁

(36) 16に同じ、六四頁

(37) 16に同じ、六三頁

(38) 11に同じ、一八頁

(39) 11に同じ、一七頁

(40) 石原千秋『国語教科書の中の「日本」』（筑摩書房、二〇〇九年九月）一七四頁

(41) 14に同じ、八一頁

(42) 11に同じ、二二頁

(43) 11に同じ、二二二頁
(44) 13に同じ、一四頁
(45) 13に同じ、一二頁
(46) 11に同じ、一九頁
(47) こうした不安は、第六子として生まれながら二人の姉の自殺と二人の兄の失踪により、目の不自由な姉と二人残され、実質的に長男の役割を果たさねばならなくなってしまった三浦自身にも去来したものであるかもしれない。
(48) 11に同じ、二三三頁
(49) 13に同じ、一四頁
(50) 13に同じ、七〜八頁
(51) 11に同じ、二二二頁
(52) 14に同じ、七八頁
(53) 『日本大百科全書 ニッポニカ』（小学館、二〇一四年）
(54) 『百科事典マイペディア』（日立ソリューションズ・クリエイト、二〇一五年）
(55) 上谷順三郎「想像力養成のための『文学を読む』授業」（『月刊国語教育』第二十六巻第五号／通巻三一二号、東京法令出版、二〇〇六年七月）三〇頁
(56) 和田悦子「三浦哲郎短篇小説論――〈出稼ぎもの〉における〈崩壊〉の構図――」（『文月』一巻、

文月刊行会、一九九七年四月）

(57) 25に同じ、一五頁

(58) 25に同じ、一五～一六頁

(59) 56に同じ、六一頁

(60) 進藤純孝「巻末作家論＝三浦哲郎「今日も旅ゆく」筆」（『現代の文学30　北杜夫　三浦哲郎』講談社、一九七二年七月）四七一頁

(61) 60に同じ、四七〇～四七一頁

Ⅸ　青森文学案内

青森文学案内

櫛引　洋一

弘前市立郷土文学館の展示室の壁面に「北の山嶺」と題する大きな絵図（小野正文・編、泉尚志・画）が掛かっている。青森県出身・ゆかりの文人とそれに関わる中央の文人を山に見立てその系列を表現したもので、縹渺たる山脈《やまなみ》である。郷土文学館が常設展示しているのはそのうちの十人。弘前出身・ゆかりの「津軽文士」[1]の系譜である。

一　「津軽文士」の系譜

小野正文は『続北の文脈　青森県人物史』（平成3年）の中で、津軽における〈文学の祖〉として建部綾足《たけべあやたり》（享保4年～安永3年）の名をあげている。綾足は弘前藩の家老の次男として生まれ、山鹿素行の曾孫にあたる。二十二歳で出郷。放浪の画家、小説家、俳句と片歌の宗匠となり二度と弘前に帰ることはなかった。小野はその存在を「名山にむかって、目を挙げるように、後輩は無言の影響を受ける」と書いている。「津軽文士」の系譜を語るには、まず陸羯南を挙げなければならない。

陸《くが》　羯南《かつなん》（安政４年～明治40年・弘前市）は、明治二十二年二月十一日、大日本帝国憲法が発布され日本が近代国家への歩みを大きく進めたその日に新聞『日本』を創刊。**「独立的記者の頭上に在るものは唯だ道理のみ、唯だ其の信ずる所の道理のみ、唯だ国に対する公儀心のみ」**[2]との信条を言明した羯南は、〈国民主義〉を掲げて堂々と論陣を張り、〈独立不羈〉のジャーナリストとして日本の言論界に大きな足跡を残した。正岡子規を生涯にわたって庇護したことでも知られる。弘前市郊外・鷲ノ巣山に建つ文学碑に刻まれた羯南の漢詩**「名山出名士　此語久相伝　試問巌城下　誰人天下賢」**[3]は、岩木山を望むこの地域の"Boys, be ambitious."[4]として若者の心を鼓舞し続けている。

佐藤紅緑《さとうこうろく》（明治７年～昭和24年・弘前市）は、明治二十六年に上京して陸羯南の玄関番となり、翌年、日本新聞社に入社。正岡子規から「紅緑」の号をもらい、門下の有力な俳人となる。その後、小説家、劇作家などの道を歩むが、同郷の『少年倶楽部』編集長・加藤謙一の懇願を受け、昭和二年「あゝ玉杯に花うけて」の連載を開始。貧乏な苦学生の「チビ公」が数々の苦難を乗り越えて旧制一高に合格するまでを描いたこの作品は、全国の読者に大きな感銘を与えた。「紅顔美談」（昭和３年）、「少年讃歌」（同４年）など次々と発表された名作は〈熱血小説〉と呼ばれ、紅緑は少年小説の大家としてその名を残すことになる。母校の朝陽小学校には、**「雀の子飛ばんとしては飛ばんとす」**の句碑が建つ。

福士幸次郎《ふくしこうじろう》（明治22年〜昭和21年・弘前市）は、明治四十一年に佐藤紅緑の書生となり、生涯にわたる親交が始まる。大正三年、詩集『太陽の子』を刊行した福士は口語自由詩の先駆者の一人に数えられ、萩原朔太郎をして「『太陽の子』の暗示なしに、僕の『月に吠える』は無かつたらう」[5]と言わしめた。**「私は太陽の子である　まだ燃えるだけ燃えたことのない太陽の子である」**（詩「私は太陽の子である」冒頭）。大正十二年、関東大震災を機に帰郷した福士は〈地方主義運動〉を展開。韻律学（日本音数律論）や古代研究にも情熱を傾けた。その理論と情熱は、一戸謙三、高木恭造、今官一ら郷里の若者に大きな影響を与えた。弘前公園三の丸の文学碑には、詩「鵠《くぐい》」の一節**「胸にひそむ火の叫びを雪降らさう」**が刻まれている。

福士幸次郎を師と仰いだ詩人・作家たち

一戸謙三《いちのへけんぞう》（明治32年〜昭和54年・弘前市）は、大正八年、青森県初の詩の結社パストラル詩社結成に参加し福士幸次郎の指導を受ける。ヨーロッパ近代詩の影響を受けた自由詩、津軽方言詩、押韻四行詩「聯《れん》」、訳詩など、広く実作・評論に取り組み、方言詩誌『芝生《カガワラ》』などで若い詩人らの指導にあたった。『ねぷた』（昭和11年）は、高木恭造の『まるめろ』と並ぶ津軽方言詩の記念碑的詩集となった。弘前市・藤田記念庭園門前の詩碑には、『ねぷた』の序詩「弘前《シロサギ》」の一節が刻まれている。**「お岩木山《ユワキサマ》ね守《まも》らェで、お城《しろ》の周《まは》りサ展《フロダ》がる　此《こ》のあづましいおらの街《マツ》……」**

高木恭造《たかぎきょうぞう》（明治36年〜昭和62年・青森市）は、青森日報社で新聞記者をしていた大正十五年、主筆として赴任した福士幸次郎と出会う。〈地方主義運動〉を展開していた福士の助言により高木が書き始めた方言詩は、昭和六年、津軽方言詩集『まるめろ』として結実する。戦後、『まるめろ』は高木自らの朗読で脚光を浴び海外にも紹介された。翻訳者のジェイムズ・カーカップが書いた高木の追悼文のタイトルには、Takagi Kyozo:Local and Universal Poet とある。最初に英訳された「冬の月」の一節が弘前市馬喰町の詩碑に刻まれている。**「あゝ　みんな吹雪《フギ》ど同《オンナ》しせ　過ぎでしまれば　まんどろだお月様だネ」**

今《こん》　官一《かんいち》（明治42年〜昭和58年・弘前市）は、東奥義塾在学中の大正十四年、国語漢文の教師として赴任した福士幸次郎と出会い、文芸誌『わらはど』を発行し文学を志す。昭和三十一年、作品集『壁の花』で青森県初の直木賞を受賞。今は**「壁の花いつか咲く日のありぬべしまた想い出る夜もありぬべし」**の言葉を献呈本や色紙に書いた。「壁の花」とは、自分の性に合った人としか踊らないため、相手もなく壁際に売れ残った踊り子の意。今官一の創作態度を物語る言葉でもある。戦艦長門に搭乗しレイテ沖海戦に参戦した体験をもとに、『幻花行』（昭和24年）、『不沈 戦艦長門』（同47年）の作品を書いている。

若き日に葛西善蔵に心酔した作家たち

今官一と同じ年に生まれ文学の友でもあった太宰治は、尊敬する同郷の作家・葛西善蔵の顕彰碑「碧落の碑」を建てようと二人で相談したことがあるという(6)。また、若き日の石坂洋次郎も葛西の小説に憧れた一人であった。

太宰《だざい》　治《おさむ》（明治42年〜昭和23年・五所川原市）は、県下屈指の大地主の息子として生まれ、**「罪、誕生の時刻に在り」**（「二十世紀旗手」）との意識を自らの宿命として刻印。生の不安と苦悩にさいなまれ、破滅的な生活の中から「斜陽」（昭和22年）、「人間失格」（同23年）などの名作を生み出した。その作品は〈永遠の青春の書〉として、今なお多くの人に読み継がれている。官立弘前高等学校で学生生活を送った昭和二年から三年間の生活は名作「津軽」（昭和19年）にも描かれ、「津軽」序編の一節が弘前大学構内の文学碑に刻まれている(7)。葛西善蔵については、弘高時代の英作文(8)をはじめ「善蔵を思ふ」（昭和15年）、「パウロの混乱」（同年）等に書いている。

葛西善蔵《かさいぜんぞう》（明治20年〜昭和3年・弘前市）は、大正元年に広津和郎らと同人雑誌『奇蹟』を創刊。**「文芸の前には自分は勿論、自分に付随した何物をも犠牲にしたい」**(9)との信条を貫き、酒・貧困・病にその身を切り刻みながら、「哀しき父」（大正元年）、「子をつれて」（同7年）など身辺に題材を取りペーソスのある好短篇を残した。〈私小説の神様〉とも称された大正期を代表する作家である。弘前市徳増寺の墓碑に「湖畔手記」（大正13年）から**「白**

根山雲の海原夕焼けて妻し思へば胸いたむなり」が、第二の故郷・碇ヶ関の文学碑には「椎の若葉」（大正13年）の一節「**椎の若葉に光あれ　親愛なる椎の若葉よ　君の光の幾部分かを僕に恵め**」が刻まれている。

石坂洋次郎《いしざかようじろう》（明治33年～昭和61年・弘前市）の初期作品は葛西善蔵の影響が色濃いが、やがて、第一回三田文学賞受賞（昭和11年）の「若い人」や「麦死なず」（同11年）で独自の文学を確立。戦争の傷跡がまだ残る昭和二十二年に刊行された『青い山脈』は、新しい生き方を求める人々に受け入れられてベストセラーとなり、石坂は〈百万人の作家〉として国民に愛された。『わが日わが夢』（昭和21年）、『石中先生行状記』（同24年～29年）など郷土色の濃い作品集も残し、弘前市りんご公園の文学碑には「**物は乏しいが空は青く雪は白く、林檎は赤く、女達は美しい國、それが津軽だ。私の日はそこで過され、私の夢はそこで育まれた。**[10]」が刻まれている。

平田小六《ひらたころく》（明治36年～昭和51年・大館市）は、石坂洋次郎の「麦死なず」に登場する〈木村又八君〉のモデル。「囚はれた大地」（昭和8年）で「島木健作に一歩先んずるプロレタリア文学の新星」[11]と文壇から注目された。「囚はれた大地」は、旧制弘前中学校を卒業して北津軽郡下の寒村の教師となり、歴史的凶作と地主の搾取にあえぐ貧しい農民の生活を目のあたりにした体験をもとに書かれた。小学校の教師を務めた思い出の地・小泊村（現・

中泊町）には、小六の文学碑**「春は田のくろ夏の雨秋は枯葉冬の月」**が建っている。

二　文才子の町・黒石

島崎藤村が『破戒』自費出版の援助を求めて函館へ渡った明治三十七年七月。黒石出身の秋田雨雀と鳴海要吉が藤村を青森駅に出迎えている。二人は藤村の影響で新体詩を習作し、この年にそれぞれ『黎明』、『乳涙集』の新体詩集を自費出版する。津軽の南部に位置し城下町として栄えた黒石は、明治に入ってから進歩的な文人を生み、大正期にはこの町で芸術性と人類の連帯を目指す文芸同人誌『胎盤』（大正9年）が創刊された。

秋田雨雀《あきたうじゃく》（明治16年~昭和37年・黒石市）は、日本が国際連盟を脱退し全世界に暗雲が垂れ込めていた昭和八年六月、雨雀生誕五十年祝賀会において次のように述べた。**「たとえ、小さな作家としても、ロマン・ローランや、アンリー・バルビュスたちがヨーロッパの良心として立っているように、日本の社会における一つの良心的存在として生きて行きたい」**[12]。詩人として出発した雨雀は、小説、戯曲、児童文学、評論など、中央文壇で多彩な文学活動を行い、さらに、新劇運動、エスペラント運動、社会運動と幅広い分野で活躍した。これらの活動は形こそ違え、雨雀のヒューマニズムに裏付けられたものであった。

鳴海要吉《なるみようきち》（明治16年~昭和34年・黒石市）は、新体詩集『乳涙集』出版の翌年（明治

38年）、「吾が胸の底の茲」を東奥日報に発表し県歌壇に新風を送る。四十二年には本県における口語短歌の先駆け「半島の旅情」を同紙に発表、大正三年にローマ字版『TUTI NI KAERE』を出版して反響を呼ぶ。その巻頭を飾った歌が市内・御幸公園の歌碑に刻まれている。**「諦めの旅ではあった　磯の先の　白い燈台に　日が映《さ》してゐた」**。〈漂白の詩人〉鳴海要吉の文学は、初恋とともに始まる終わりのない旅であった。要吉の生活は田山花袋の小説「トコヨゴヨミ」にも描かれている。

鳴海完造《なるみかんぞう》、小林不浪人《こばやしふろうにん》

昭和二年の秋、ソ連革命十周年記念祭に招かれてソビエトに渡った秋田雨雀に同行した鳴海完造（明治32年～昭和49年・黒石市）は、そのまま十一年間ソビエトに滞在し、プーシキン研究者としてロシア文学の貴重な資料を多数収集。「偉大なる書痴」[13]と驚嘆された。小林不浪人（明治25年～昭和29年・黒石市）は、井上剣花坊主宰『大正川柳』で認められ、大正七年、川上三太郎の勧めで県内初の川柳月刊誌『みちのく』を黒石で創刊。全国屈指の川柳隆盛県の先駆けとなった。中野神社境内の句碑には**「あきらめて歩けば月も歩き出し」**が刻まれている。

三　県都・青森

青森市の合浦公園は八甲田山を背に陸奥湾に臨む海浜公園。石川啄木の歌碑「**船に酔ひてやさしくなれるいもうとの眼見ゆ津軽の海を思へば**」が建つ。明治四十年五月、啄木が妹の光子と連絡船・陸奥丸で津軽海峡を渡った時を回想して詠んだ一首(『一握の砂』所収)。東北本線・奥羽本線の始発・終着駅、北海道への玄関口として交通の要衝である県都青森市は、津軽海峡を渡る多くの文人や郷土の作家たちの作品に描かれた。市街地を流れ青森湾に注ぐ堤川の河港近くの莨町《たばこ》（現青柳町）は北畠八穂の生地である。

北畠八穂《きたばたけやお》（明治36年～昭和57年・青森市）は、不治の病にむしばまれながらも美しい物語を紡ぎ出した。「**ふかい悲しみは、心をふかくほる。そこから、新しい、いきおいのいい力がわいてくる**」（『北畠八穂児童文学全集1』）。『鬼を飼うゴロ』（昭和46年）で野間児童文芸賞、サンケイ児童出版文化大賞を受賞。厳しく不幸な状況に置かれた子どもたちが、暗い現実の中で逆境をはね返す生命力あふれる姿を描き出した。小説、詩、随筆にも佳編が多く、津軽の風土を詩情豊かに表現した。一時期、『日本百名山』の深田久弥と結婚生活を送っている。

高木彬光《たかぎあきみつ》（大正9年～平成7年・青森市）は、昭和二十三年、江戸川乱歩の推薦で『刺青殺人事件』を刊行。困難とされていた日本家屋の密室トリックを構築、天才型名探偵・神津恭介を登場させ推理文壇に華々しくデビューした。その後も、歴史推理小説『成吉思汗の秘密』（昭和33年）のほか経済推理小説、法廷推理小説などの名作を次々と発表。戦後の日本推理小説界を代表する作家として活躍した。津軽方言詩の高木恭造は、彬光の叔父にあたる。

寺山修司《てらやましゅうじ》（昭和10年～昭和58年・弘前市）は、小中学校の大半と高校時代を青森市で過ごした。十代の俳句研究誌『牧羊神』の発行など、高校時代は俳句に没頭。「チエホフ祭」（昭和29年）で歌壇デビュー。作品集『われに五月を』（同32年）、歌集『空には本』（同33年）をはじめ多数の著作があり、四十二年には演劇実験室「天井桟敷」を設立するなど、俳句、短歌、詩、映画、演劇、小説、評論……、多くのジャンルを駆け抜けた寺山の人生は、常に前衛であり続けた。市内「文芸のこみち」の文学碑には、歌集『田園に死す』から「**大工町寺町米町仏町老母買ふ町あらずやつばめよ**」が刻まれている。

菊谷《きくや》　栄《さかえ》、海渡英祐《かいとえいすけ》

上京し劇作家として活躍した菊谷栄（明治35年～昭和12年・青森市）は、日本の喜劇王エノケンこと榎本健一の劇団カジノ・フォーリー、ピエル・ブリヤントに参加。「最後の伝令」（昭和6年）をはじめ多数の脚本を書き下ろし、エノケンの座付作家としてその活躍を支えた。『伯林《ベルリン》―一八八八年』（昭和42年）で江戸川乱歩賞を受賞した海渡英祐（昭和9年～・

東京都）は、青森高校時代の先輩・高木彬光に師事。ペンネームは、彬光の「成吉思汗の秘密」の助手を務めた縁で成吉思汗（海を渡った英雄）にちなんでつけられた。

淡谷悠蔵《あわやゆうぞう》、竹内俊吉《たけうちしゅんきち》

青森を拠点とし、本県の文化運動をリードした人物に淡谷悠蔵、竹内俊吉がいる。明治二十一年、青森市で『東奥日報』が創刊され、長きにわたり郷土の文人たちに発表の場を提供。また、大正・昭和期の総合文芸誌『黎明』『座標』も青森で発行された。

『黎明』は大正八年に短歌雑誌として出発し、やがて総合文芸誌へと発展。淡谷悠蔵（明治30年〜平成7年・青森市）が中心となった。淡谷はトルストイの人道主義に共鳴して農業を始め、武者小路実篤の「新しき村」の青森支部を結成。農民運動、地方文学運動、国会議員など活動は多岐にわたる。『野の記録』（昭和33年）は、「苦学一生」の精神を貫いた淡谷の自伝的長編小説である。

『座標』は、昭和五年〈県下統一の文芸雑誌〉として創刊。後に青森県知事となる竹内俊吉（明治33年〜昭和61年・つがる市）の提唱による。竹内は若き日に県下短歌大会（大正8年）で名だたる歌人を抑えて天位を獲得。大正十四年に東奥日報社に入社し、自ら小説「海峡」（昭和7年）を『東奥日報』夕刊に連載するなど、ジャーナリストとして活躍しつつ小説・評論を書き、広く県内の文化運動をリードした。没後、竹内の遺業を偲ぶ人たちにより『雁かへる日—竹内俊吉遺稿集』（昭和62年）、『竹内俊吉集成』（同63年）などが刊行された。

旧浪岡町（現・青森市）

北畠親房末流の浪岡北畠氏が城を構えたと伝えられる旧浪岡町。土俗的な作風の二人の作家が出ている。**津川武一**《つがわたけいち》（明治43年〜昭和63年）は東北初の共産党代議士。代表作「農婦」は、津軽藩時代に北国の苛烈な風土の中で稲作に苦闘する農民の姿を描いた長編で、昭和三十年に読売新聞小説賞佳作入選。同年、「過剰兵」でサンデー毎日大衆文芸賞受賞。**平井信作**《ひらいしんさく》（大正2年〜平成元年）の「生柿吾三郎の税金闘争」（昭和42年）は、林檎商人と税務署役人との攻防を郷土色豊かに描き直木賞候補となった。「生柿吾三郎」シリーズは平井のライフワークとなるが、郷土色とユーモアに加え戦争体験がくり返し描かれている。

四　南部地方の中心都市・八戸市と三戸郡

青森県「南部地方」の中心都市・八戸市は、江戸時代中期に『自然真営道』の大著で知られる**安藤昌益**《あんどうしょうえき》（元禄16年〜宝暦12年）が医者をしながら革新的な思想をひらいたところ。小野正文は『続北の文脈　青森県人物史』に、南部地方の風土と農民の生活が昌益の思想の背景にあり昌益の存在がこの地域の「鍵」だと書いている。

八戸市

八戸は藩主自らが宗匠となって俳諧興隆に尽くした歴史を持ち、百仙洞・北村古心が八戸俳壇に長く君臨したが、その息子が北村小松である。

北村小松《きたむらこまつ》（明治34年～昭和39年・八戸市）は、慶應義塾大学在学中に小山内薫に師事し、第一戯曲集『猿から貰つた柿の種』（昭和2年）で戯曲家としての地位を確立。小山内はその序文に**「小松君の価値は、裸足でしつかり大地を踏んでゐるところにある―その大地は『現代』その者である。『現代』の本質である」**と書いた。映画のシナリオ作家としても活躍し、日本初のトーキー映画「マダムと女房」（昭和6年）など数多くの映画シナリオを世に送った。『燃ゆる大空』（同15年）、『銀幕』（同30年）など小説でも好評を博した。

村《むら》　**次郎**《じろう》（大正5年～平成9年・八戸市）は、北村小松と同じ慶應義塾大学に進みフランス文学を学ぶ。詩誌『山の樹』同人として中村真一郎、芥川比呂志らとともに活躍。『四季』『三田文学』などにも作品を発表し将来を嘱望された。戦後は八戸で「あのなっす・そさえて」を設立して郷里の文芸復興に努め、詩集『忘魚の歌』（昭和22年）、『風の歌』（昭和23年）を刊行。**「風よ　おまへは　確に人間だけを吹いてゐる時がある」**（『風の歌』序）。「実存への根源的な問いに魂が共鳴する。生命の詩人[14]」であった。実家の旅館再建のため文学活動からの離脱を決意するが、県内外の文化人が訪れ三浦哲郎ら郷土の若者らにも影響を与えた。

三浦哲郎《みうらてつお》（昭和6年〜平成22年・八戸市）は、昭和三十六年、小説「忍ぶ川」で青森県初の芥川賞を受賞。出自・運命の暗さを内に秘めながら、自らの体験を清新な叙情へと昇華させた。『拳銃と十五の短篇』（野間文芸賞）、『少年讃歌』（日本文学大賞）、『白夜を旅する人々』（大佛次郎賞）、「じねんじょ」「みのむし」（川端康成文学賞・二度）、『短篇集モザイク第1集・みちづれ』（伊藤整文学賞）と数々の文学賞を受賞。人生の哀歓を描く短篇小説には定評があり、八戸市公会堂前の文学碑には随筆「一尾の鮎」の一節が刻まれている。「**私は机に向かうとき一尾の鮎を念頭に置いている。できれば鮎のような姿の作品が書きたい。無駄な装飾のない、簡潔なすっきりとした作品。**」

夏堀正元《なつぼりまさもと》（大正14年〜平成11年・小樽市）も村次郎の影響を受けた一人。昭和十四年、旧制小樽中学校から八戸中学校に転校して青春の一時期を過ごし、戦後に至る戦争体験が心に大きな影響を及ぼす。『北海道新聞』の記者から作家に転じ、下山事件に取材した『罠』（昭和35年）や新島基地反対運動に取材した『豚とミサイル』（同48年）などに社会派としての本領を示し数多くの著作を残した。

三戸郡

三戸郡は、かつて南部氏歴代が居城を構えた三戸町を中心に栄えた。同郡の五戸町地蔵岱に同町出身の二人の記念碑が建つ。農民哲学者・江渡狄嶺と人物評論「月旦」の第一人者・鳥谷部春汀の碑である。

江渡狄嶺《えとてきれい》（明治13年～昭和19年・五戸町）は、農業実践と思索の中で、『或る百姓の家』（大正11年）、『土と心とを耕しつつ』（同13年）、『地涌のすがた』（昭和14年）を著した。「場」の思想を提唱し、その成果は没後に江渡狄嶺著作集第一巻『場の研究』（昭和33年）にまとめられた。狄嶺詞碑家樹訓には次の言葉が刻まれている。**「農乗は一株の菩提樹也／場はこれを生ずる大地也／家稷はその樹幹也／農行はその根也／農魂はその樹性也／農想は花と開き／農道は実と結び（後略）」**

鳥谷部春汀《とやべしゅんてい》（慶応元年～明治41年・五戸町）は、明治二十五年に毎日新聞社に入社。『報知新聞』主筆、総合雑誌『太陽』編集長を務めるなど、ジャーナリストとして活躍。明治維新以来の元勲をはじめ各界の著名人の「月旦」（人物評論）は「天下の絶品」と称えられ、『明治人物評論』（明治31年）、『続明治人物評論』（同33年）、『春汀全集』全三巻（同42年）などの著作がある。鳥谷部春汀詞碑には、**「自己の意志を以て／生涯を一貫するものは／永久の生命を有する／人物である」**と刻まれている。

佐藤亮一《さとうりょういち》**、白木　茂**《しらきしげる》

三戸郡名久井村（現・南部町）に生まれた佐藤亮一（明治40年～平成6年・南部町）は、リンドバーグ『翼よ、あれがパリの灯だ』、パールバック『大地』などの名著を次々と翻訳。

国際翻訳賞を受賞し日本翻訳家協会会長を務めるなど大きな功績を残した。児童文学の創作や翻訳で活躍した白木茂（明治43年～昭和52年・東京都）は、生後間もなく向村（現・南部町）に移り少年時代を過ごす。終戦前後は三戸町で疎開生活を送った。『アルプスの少年』（昭和23年）、『ゼンダ城のとりこ』（同29年・講談社世界名作全集第72巻）など欧米文学の名作を次々と翻訳。「さながら戦後の日本児童文学翻訳史を背負うかの観がある」(15)活躍を見せ、日本児童文芸家協会の創立メンバーとして発展に寄与した。

五　短詩型文学…先駆けの人々

詩、短歌、俳句　先駆者・大塚甲山…東北町

大塚甲山《おおつかこうざん》（明治13年～明治44年・東北町）は、上北郡上野村（現・東北町）に生まれた。雑誌『文庫』の俳句欄選者・内藤鳴雪に認められて明治三十四年『俳句選第一編』の選句を任され、俳書の編集に携わる。三十七年、後藤宙外の『新小説』に反戦詩「今はの写しゑ」を発表。以後反戦詩・田園詩を書く。さらに「東奥俳壇」「東奥歌壇」の選者を務めるなど、本県の詩、短歌、俳句の先駆者であった。「発達せられなば、或は我国の新バアンスとならる丶人にあらずや」(16)（徳冨蘆花）などと将来を嘱望されたが、惜しくも三十一歳で夭折した。小川原湖に建つ記念碑には甲山の詩**「我は何ぞや」**が刻まれている。「**我**

は何ぞや　散る焔／我は何ぞや　匂ふ花／我は何ぞや　涌く泪／焔と　花と　泪とを／或は経に　はた緯に／我が世の綾を織り成さん」

短歌　新派和歌研究会「蘭菊会」発祥の地…五所川原

大正五年三月、若山牧水は北国への憧れと歌誌『創作』復刊の夢を抱いて来青。北津軽郡松島村（現・五所川原市）を訪れた時の一首が、五所川原の八幡宮境内に建つ牧水の歌碑に刻まれている。**「橇の鈴戸の面に聞ゆ旅なれや津軽のくにの春のあけぼの」**。牧水を師と仰いだ**和田山蘭**《わださんらん》（明治15年～昭和32年・五所川原市）と**加藤東籬**《かとうとうり》（明治10年～昭和19年・五所川原市）が、松島村で新派和歌研究会「蘭菊会」を結成したのは明治三十九年。その回覧雑誌第一号『白日』（明治42年1月）の扉には次のように記されている。**「蒼茫として大なるかな詩の野！　ねがはくは吾等をして　おもふまゝ　歌はしめよ　叫ばしめよ」**。回覧雑誌は翌年十二月の十四号まで続いた。

俳句　県下初、活版印刷の俳誌『菅菰《すがこも》』創刊…野辺地

明治三十九年八月、第一次「三千里」の旅に出た河東碧梧桐は、三ヶ月余に渡り青森県に滞在。正岡子規の後を受けて日本派の俳句を担う碧梧桐の来県は、県俳壇に大きな影響を与えた。野辺地には四十年一月六日に到着し連続八夜俳句会を催すなど交流を深めた。

「鷲の羽を宿の箒や榾埃　碧梧桐　食ひ癖の呑み癖の焚く榾火かな　泰山」（『三千里』「陸奥野辺地」一月七日）。これより先、日本派の俳句にいち早く反応した野辺地では三十三年に笹鳴会を結成。三十六年には県下初の活版印刷による俳誌『菅菰』を創刊した。この笹鳴会に拠り俳句を始めた**中村泰山**《なかむらたいざん》（明治18年～大正10年・野辺地町）は新聞『日本』に投句していたが、碧梧桐との交流で俳句熱を強め新傾向から自由律へと進む。晩年の「青森県俳壇私録」（大正10年）は県近代俳句史の先駆的研究である。

碧梧桐来県と県俳壇

来県した碧梧桐のもとに日参した青森の**岩谷山梔子**《いわやくちなし》（明治15年～昭和19年・青森市）は『日本』に熱心に投句し、『山梔子第一句集』（大正13年）では碧梧桐の序文を仰いでいる。一方、早くに日本派俳句に参加しながら、**木村横斜**《きむらおうしゃ》（明治3年～大正15年・弘前市）は碧梧桐来県に与しなかった。横斜は若き日に正岡子規閲の日本派最初の総合句集『新俳句』（明治31年）に入集し、弘前で本県初の新派俳句吟社「無名会」を結成。『東奥日報』文芸欄、青森の「善知鳥吟社」「松濤社」などで指導的な役割を果たした。**高松玉麗**《たかまつぎょくれい》（明治36年～平成7年・青森市）は、大正十三年、選者に木村横斜をいただき「松濤社」を結成。昭和五年に俳誌『寂光』を創刊し『青森県句集』第一輯を刊行。〈郷土俳句〉を提唱した。一方、大正初期、子規門下で碧梧桐と双璧をなした高浜虚子が〈守旧派〉を宣言して俳壇に復帰して以来、『ホトトギス』は全盛期を迎えた。虚子門の**増田手古奈**《ますだてこな》（明治30年～平成5年・

大鰐町）は、昭和六年、東北唯一のホトトギス系統雑誌『十和田』を大鰐で創刊。〈客観写生〉の俳句の道を六十年以上の長きにわたって広めた。

詩　青森県最初の詩の結社「パストラル詩社」結成…弘前

本県初の新派俳句吟社「無名会」結成（明治31年）、与謝野鉄幹の「新詩社」第一支部結成（同33年）など、弘前は中央文壇の動きにいち早く呼応した。本県初の詩の結社「パストラル詩社」もまた大正八年八月、弘前で結成された。第一詩集『田園の秋』（大正8年）を皮切りに七冊の詩集と三冊の雑誌を刊行。指導にあたった福士幸次郎は、第六詩集『落葉する頃』（大正10年）の序に次のように書いた。**「パストラルは誇るに足る詩社です。所謂田山花袋氏も東北屈指の床しい都会と賞讃されたる都会を中心として、諸君はその床しさをどこまで端れない感情のもとに、素朴な田園的詩歌の芽を、そこで育てゝゐられるのである」**。福士を通じて中央詩壇との接触の道も開拓された。

弘前からは、昭和の激動期に「人生派的なアナキスト詩人」(17)として知られた**菊岡久利《きくおかくり》**（明治42年〜昭和45年・弘前市）も出ている。久利が師と仰いだ横光利一は第一詩集『貧時交』（昭和11年）の序に**「鮮麗な闘志が叙情となって一貫してゐるところは近ごろ稀な詩集」**と書いた。社会的弱者に向けられたその視点は一貫して変わることがなかった。『歴程』『日本未来派』にも参加。劇作家、小説家、画家としても活躍した。

本稿は、弘前市立郷土文学館（平成2年開館）、青森県近代文学館（同6年開館）の常設展示作家を中心に記述したが、誌面の都合により青森県近代文学館常設の次の人々は割愛した。小説の薄田斬雲、佐々木千之、評論・研究の柳田泉、板垣直子、戯曲・映画の小国英雄、川島雄三、短歌の稲垣浩、横山武夫。また、川島雄三の出身地で、多くの名作の舞台となった下北地域についても言及できなかった。「北の山嶺」の遙かなることを思う……。

※生没年や図書・雑誌等の発行年については元号で表記。本文の数字は漢数字表記としたが、（　）内は算用数字とした。また、文人の生誕地等は現在の市町村名で記した。

注

（1）清藤碌郎『文壇資料　津軽文士群』（講談社、昭和五四年一一月）の書名で「津軽文士」の語を用いている。

（2）陸羯南「新聞記者（二）」（『日本』五二九号、明治二三年一〇月二三日）

（3）高松亨明『陸羯南詩通釈』（津軽書房、昭和五六年三月）では、「名山名士をいだす、此の語久しく相伝う。試みに問う巌城《いわき》のもと、誰人《たれびと》か天下の賢。」と訓読されている。

（4）小野正文『津軽の文学と風土』青森県の文化シリーズ5（北方新社、昭和五〇年一二月）に「この言葉は、羯南が郷党の後輩に示した、"Boys, be ambitious."に他ならない」とある。

（5）萩原朔太郎「福士幸次郎君について」（『現代詩人全集』第一〇巻「現代詩人全集月報第六号」新潮社、昭和四年一二月）

（6）今官一「碧落の碑—「善蔵を思ふ」について—」（『太宰治の肖像』楡書房、昭和二八年一一月）

（7）碑文、「私には、また別の専門科目があるのだ。世人は假にその科目を愛と呼んでゐる。人の心と人の心の觸れ合ひを研究する科目である。私はこのたびの旅行に於いて、主としてこの一科目を追及した。　太宰治『津軽』より」

（8）官立弘前高等学校時代（昭和二年）の英作文"Should the Sake of Alcholic Beverages be Restricted?"（『太宰治全集　1』筑摩書房、平成一一年二月）

（9）葛西善蔵書簡・光用穆宛、明治四二年一〇月二三日付（小山内時雄編『葛西善蔵全集　第三巻』津軽書房、昭和五〇年六月）

（10）出典の石坂洋次郎『わが日わが夢』（中央公論社、昭和二四年七月）「あとがき」には「物は乏しいが、空は青く、雪は白く、林檎は赤く、女達は美しい國である。私の日はそこで過され、私の夢はそこで育くまれた。」とある。

（11）平野謙「昭和文学私論」（『毎日新聞』昭和四六年一一月一五日）

(12)秋田雨雀『雨雀自伝』(新評論社、昭和二八年九月)
(13)池田健太郎「偉大なる書痴　鳴海完造」(『文藝春秋』昭和五〇年一〇月号)
(14)上條勝芳「村次郎の詩魂(精神の風景)」(『特別展　青森県近代詩のあゆみ』青森県近代文学館、平成二〇年七月)
(15)大阪国際児童文学館編『日本児童文学大事典　第一巻』(大日本図書、平成五年一〇月)
(16)徳冨蘆花書簡・後藤宙外宛、明治三八年一二月六日夜擱筆(後藤宙外『明治文壇回顧録』岡倉書房、昭和一一年五月)
(17)清藤碌郎『文壇資料　津軽文士群』(講談社、昭和五四年一一月)

主な参考文献

小野正文『文学のある風景』(津軽書房、昭和四一年六月)
小野正文『北の文脈　青森県人物文学史』上巻(北の街社、昭和四八年一一月)
小野正文『北の文脈　青森県人物文学史』中巻(北の街社、昭和五〇年一一月)
小野正文『北の文脈　青森県人物文学史』下巻(北の街社、昭和五六年七月)
小野正文『続北の文脈　青森県人物文学史』(北の街社、平成三年一二月)

小野正文『津軽の文学と風土』青森県の文化シリーズ5（北方新社、昭和五〇年一一月）
藤田龍雄『青森県文学史（1）』青森県の文化シリーズ9（北方新社、昭和五二年五月）
藤田龍雄『青森県文学史（2）』青森県の文化シリーズ12（北方新社、昭和五三年五月）
藤田龍雄『青森県文学史（3）』青森県の文化シリーズ16（北方新社、昭和五五年五月）
清藤碌郎『文壇資料　津軽文士群』（講談社、昭和五四年一一月）
北の会編『津軽海峡　歴史と文芸の旅』（北の街社、平成元年一二月）
日本近代文学会東北支部編『東北近代文学事典』（勉誠出版、平成二五年六月）
『青森県の近代文学』（青森県近代文学館、平成六年三月）
『北の文脈―青森県の近代文学』（青森県近代文学館、平成六年三月）

　このほか、青森県近代文学館特別展、および弘前市立郷土文学館企画展の各図録を参考にした。

あとがき

本書は、私を「青森」にいざなってくださった多くのご縁ある方々へのご恩返しの意味をもち、ひとつの節目となるものです。本州最北の青森というこの地において、その風土と文化の土壌に育まれた、偉大な作家たち……。本書は、二〇一三年刊行の『太宰へのまなざし』、二〇一四年刊行の『寺山修司という疑問符』に続く、三冊目の研究論集であり、これをもって青森三部作が完結いたします。青森にゆかりある多くの作家たちに想いを馳せ、その魅力的な作品をあらためて読みなおしてくださるきっかけとしていただければ、大変嬉しく思います。

生まれ故郷を離れ、弘前大学教育学部国語講座に職を得た、専門領域を異にする教員たちが、せっかく青森に来たのだから一緒に太宰治を再考しよう、との試みで編集したのが『太宰へのまなざし』でした。太宰研究の専門家でない、というマイナス要因を逆手にとって、各人がそれぞれの専門性を生かして新たな視点から取り組んだものでした。私自身、日本語学（語彙・表記）の研究者ですが、青森の弘前大学で働く機会を得たからこそ、挑戦できたテーマです。

『寺山修司という疑問符』は、国語国文の枠を超え、社会学や芸術を専門とする先生方をもまき込み、歌人や演劇人でもあった奇才「寺山修司」に対峙した論集です。太宰も寺山も、故郷青森に対しては、愛惜や郷愁だけでなく、憎悪や嫌悪も含む複雑な心情を持ち続けていたことがうかがえます。青森に生を受けた、という自分では選べない環境や、幼い頃の経験は、その人の生き様や考え方にどのように作用し、影響を与えたのでしょうか。

作家と作品を切り離して観賞する立場であった私ですが、弘前大学で教鞭をとるなかで、青森出身の作家について、その背後に漂う故郷なるもの、の気配が気になりはじめました。青森に居住するようになって初めて、自分の生まれ故郷の奈良や関西弁についても意識するようになりました。自分では青森住民だと思っているのに、いつまで経っても世間からは「関西の方ですよね」と、よそ者として扱われます。出張から青森に戻り、岩木山を眺めて、「ああ帰ってきた」という安堵の思いを抱く私自身の心情とはうらはらに、周囲からは青森の人として認めてもらえない違和感……。

地域性という課題に敏感にならざるをえない日常のなかで、青森の作家たちへの興味が芽生え、本書の構想へつながりました。東北に馴染んだ、青森出身の人同志にしか理解しあえない何かが、ここ青森にはあるように思います。しかしまた、よそ者だからこそ知り得る、感じ得ることもあるのではないでしょうか。

一九九九年三月末、まだ雪残る青森空港に心細い思いで降り立ってから二十年が経ちました。島津忠夫先生（大阪大学名誉教授）が、手書きの、便箋五枚にもわたる推薦状をしたためてくださり、弘前大学教官公募に応募。幸運にも採用いただきましたが、知人が皆無の弘前赴任を心配してくださった、もうひとりの恩師、前田富祺先生（大阪大学名誉教授）は、「東北大時代の知人が弘前大学人文学部に二人いる。弘前へ行ったら、その先生たちに私からの紹介状を持ってご挨拶に行きなさい。」と、これまた手書きの、丁寧に私の人柄や業績を紹介した封書を持たせてくださったのでした。

島津忠夫先生は、講書始で明仁上皇に和歌史を講じられた国文学者で、とても清廉で崇高な先生でした。お若い頃の島津先生は大変厳しかったそうですが、私は最後の弟子なので優しい先生しか知りません。私が弘前へ赴任後、何度か青森にお出でいただき、東北をご案内したこと—観光でなく研究調査の同行—は何より嬉しい充実した時間でした。先生は、「文学者は、国語学の研究成果をもっと学ばなければいけない。国語学者はもう少し文学に理解がないといけない。」とよくおっしゃっていました。ご自身の研究以外に『角川古語大辞典 一巻～四巻』を四十年以上かけて執筆編集のとりまとめをなさった先生は、研究者の専門が細分化されている現状を憂い、大局的見地から考えることの重要性を常にお示し下さいました。

日本語学の語彙・表記研究の面白さに気づかせてくださったのは、もう一人の恩師、前田富祺先生です。語彙研究の泰斗で、日本最大の国語辞書『日本国語大辞典 一巻〜十三巻』の編集に尽力なさった先生は、新設の「語誌欄」執筆のお手伝いに私を採用下さり、語誌部会に参加させてくださいました。大阪大学の前田研究室に通って、先生の傍らで語誌研究に携わることのできた数年間は、研鑽を積む至福の時間でした。

非常勤講師をいくつも掛け持ちし、子どもを育てながら、研究を続けることができたのは、二人の恩師からの叱咤激励のおかげにほかなりません。島津先生、前田先生との出逢いがなければ、研究者として自立することはできず、青森へいざなわれることもなかったでしょう。受けた学恩や影響ははかり知れません。偉大な先生方にご指導いただけたことに感謝ばかりです。

ここ青森でも新たなご縁をいただき、お世話になって参りました。教育学部では、教育研究だけでなく様々な職務を経験させていただき多くの学びを得ました。医学研究科・農学生命科学部・人文社会科学部・理工学研究科・保健学研究科といった、今まで出逢ったことのなかった研究分野の先生方と知り合い、多くの刺激を受けました。大学の管理運営に携わる機会もいただき、視野や交流範囲を広げることもできました。二〇一九年は、平成から令和へと元号が改正され、弘前大学が創立七十周年を迎える年でもあります。記念すべき本年に本書を刊行できることは感慨深く幸運に思います。

『青森の文学世界』では、陸羯南、佐藤紅緑、秋田雨雀、葛西善蔵、高木恭造、石坂洋次郎、今官一、三浦哲郎の諸氏と作品を取りあげて論じていただきました。執筆者は、大学の枠にこだわらず、また専門領域を問わず、多彩な研究者にご協力いただきました。当初の青森再考の意図とは別に、学術的な観点からは、文学研究における風土と作家の課題が一筋縄でいかない難問であることについて、仁平政人先生が「はじめに」で触れてくださっています。副題の「北の文脈」に込めた意味が示すように、地域性のもくろみからは一歩離れて、青森を基底にしつつ、丁寧にそれぞれの作家や作品について考察検討した軌跡をここにご紹介できたのではないでしょうか。

「青い森」をイメージした、幻想的で魅惑的な装幀は、弘前大学教育学部・美術デザイン専門の佐藤光輝先生がご担当くださいました。本書の趣旨にご賛同いただき、関わっていただいた、すべての先生方にあらためて御礼申し上げます。青森へいざなってくださった方々はもちろん、新たに青森で出逢い、青森で得た多くのご縁に心より感謝いたします。

本書を通じて、「青森の魅力」「文学の魅力」「作家の魅力」を少しでもみなさまにお伝えすることができたとすれば、そして、文学とその周縁世界がもつ力や可能性を少しでも感じていただくことができたとすれば幸いです。

青森との邂逅に思いを馳せつつ、本書をお届けいたします。

刊行にあたって、弘前大学出版会の多大なご協力とご支援をいただきました。足達薫編集長はじめ、関係者の皆様に記して感謝申し上げます。

二〇一九年六月

郡　千寿子

執筆者紹介（執筆順）

仁平　政人（にへい　まさと）

一九七八年、茨城県生まれ。東北大学大学院文学研究科博士後期課程を修了。弘前大学教育学部講師を経て、現在、東北大学大学院文学研究科准教授。専門は日本近現代文学。主な著作に、『川端康成の方法―二〇世紀モダニズムと「日本」言説の構成』（東北大学出版会、二〇一一年）、『寺山修司という疑問符』（共編著、弘前大学出版会、二〇一四年）などがある。

舘田　勝弘（たてだ　かつひろ）

一九四五年、青森県弘前市生まれ。弘前大学教育学部中学校教員養成課程国語科卒業。一九六八年より野辺地高校を初めとして青森県内高校に勤務、また、青森県近代文学館開館業務に携わる。二〇〇六年、弘前中央高校校長で定年退職。青森県郷土作家研究会代表理事。陸羯南会会長。編著に、『新聞『日本』と青森県の俳人たち』（二〇一二年、青森県郷土作家研究会発行、以下同じ）、『雑誌『ホトトギス』・『日本及日本人』と青森県の俳人たち』（二〇一四年）、『『懸葵』と青森県の俳人たち』（二〇一四年）、『『陸奥の友』―大正時代、青森に夢を追い求めた人々―』（二〇一五年）などがある。

山田　史生（やまだ　ふみお）

一九五九年、福井県生まれ。東北大学文学部中国哲学科卒業。東北大学大学院文学研究科博士後期課程修了。博士（文学）。現在、弘前大学教育学部教授。専門は中国哲学。主たる著書に『物語として読む　全訳論語・決定版』（トランスビュー、二〇一九年）、『龐居士の語録　さあこい！禅問答』（東方書店、二〇一九年）など。

尾崎　名津子（おざき　なつこ）

一九八一年、神奈川県生まれ。慶應義塾大学大学院文学研究科後期博士課程を修了。早稲田大学総合人文科学研究センター客員主任研究員などを経て、現在、弘前大学人文社会科学部講師。専門は日本近現代文学。主な著作・論文に、『織田作之助論　〈大阪〉表象という戦略』（和泉書院、二〇一六年）、「木村友祐「イサの氾濫」の改稿―フラットな破局の後を生きる生―」（『日本文学研究ジャーナル』第九号、二〇一九年三月）などがある。

竹浪　直人（たけなみ　なおと）

一九七七年、青森県生まれ。東北大学大学院文学研究科博士課程前期二年の課程を修了後、青森県内の高校で教壇に立つ。二〇〇七年から青森県近代文学館に勤務。「北村小松生誕一一〇年展」や「葛西善蔵生誕一三〇年特別展」を担当。現在の職名は文学専門主幹。青森県郷土作家研究会に所属し、雑誌『郷土作家研究』に葛西善蔵の作品論を複数発表している。

ソロモン・ジョシュア・リー（SOLOMON JOSHUA LEE）

アメリカ合衆国ニュージャージー州生まれ。二〇一七年、シカゴ大学大学院東アジア言語及び文明博士後期課程を修了。現在、弘前大学教育推進機構　教養教育開発実践センター講師。専門は近現代日本文学、日本民族音楽。おもな著作に、"Fantastic Placeness: Fukushi Kōjirō's Regionalism and the Vernacular Poetry of Takagi Kyōzō"（Japanese Studies, 2018）、「汝再び故郷に帰れず―寺山修司と故郷の再〈ソウゾウ〉」（『寺山修司という疑問符』、弘前大学出版会、二〇一四年）などがあり、翻訳に、一戸謙三「茨の花コ」（Transference, 2018）、福士幸次郎「自分は太陽の子である」（Transference, 2016）などがある。

森　英一（もり　えいいち）

一九四五年、弘前市生まれ。北海道大学大学院博士課程修了。金沢大学名誉教授。専門は日本近代文学。主な著作に、『石坂洋次郎の文学』（創林社、一九八一年）、『明治三十年代文学の研究』（おうふう、一九八八年）、『林芙美子の形成』（有精堂、一九九二年）、『小説の生誕地・その源流をたどる』（能登印刷出版部、二〇一八年）、『林政文の生涯』（北國新聞社、二〇一八年）などがある。

郡　千寿子（こおり　ちずこ）

一九六五年、奈良市生まれ。武庫川女子大学大学院文学研究科修了。博士（文学）。弘前大学教育学部教授を経て、現在、弘前大学理事（研究担当）・副学長。附属図書館長。専門は日本語学。主な著作に、『真字本方丈記―影印・注釈・研究―』（共編著、和泉書院、一九九五年）、『寺山修司という疑問符』（共編著、弘前大学出版会、二〇一四年）などがある。

鈴木　愛理（すずき　えり）

一九八四年、愛知県生まれ。広島大学大学院教育学研究科文化教育開発専攻博士課程後期を修了。愛知教育大学非常勤講師を経て、現在、弘前大学教育学部講師。専門は、国語教育学・文学教育。主な著作に、『国語教育における文学の居場所』（ひつじ書房、二〇一六年)、『寺山修司という疑問符』(共著、弘前大学出版会、二〇一四年)などがある。

櫛引　洋一(くしびき　よういち)

弘前市立郷土文学館企画研究専門官。一九五五年、青森県生まれ。弘前大学教育学部卒業。青森県立高校の教諭を経て、弘前南高校教頭、田子高校校長、板柳高校校長を歴任。その間、青森県近代文学館に一一年在職。室長を務め、「特別展陸羯南と正岡子規」、「太宰治生誕一〇〇年特別展」などを担当。一昨年四月より現職となり、「石坂洋次郎展―『青い山脈70年』―」、「太宰治生誕一一〇年記念展―太宰治と弘前―」などを担当。青森県郷土作家研究会理事。

青森の文学世界
〈北の文脈〉を読み直す

二〇一九年九月二十七日　初版第一刷発行

編著者　郡　千寿子
　　　　仁平　政人

装丁者　佐藤　光輝

発行所　弘前大学出版会
〒〇三六―八五六〇
青森県弘前市文京町一
TEL　〇一七二―三九―三一六八
FAX　〇一七二―三九―三一七一

印刷・製本　有限会社　小野印刷所

ISBN 978-4-907192-79-2